MANESSE BIBLIOTHEK DER WELTLITERATUR

EINLADUNGEN

KLEINE UND GROSSE FESTE IN DER WELTLITERATUR

Herausgegeben
von Anne Marie Fröhlich

Mit 12 Illustrationen

MANESSE VERLAG
ZÜRICH

MAX BEERBOHM
1872–1956

Gast und Gastgeber

Obwohl die englische Sprache sonst so wohltuend verschwommen ist und die Wortbedeutungen so unmerklich ineinander übergehen wie die landschaftlichen Gegebenheiten in der feuchten Luft der englischen Insel und obwohl wir seit jeher eine Vorliebe für den Kompromiß und eine Abneigung gegen scharfe, strenge logische Abgrenzungen haben, nennen wir den Gastgeber nicht Gast, den Gast nicht Gastgeber. Wir bestehen darauf, *host* und *guest* auseinanderzuhalten, im Gegensatz zu den alten Römern, die für beides ein und dasselbe Wort verwendeten. Dabei war doch ihre Sprache so klar und lauter wie ihre Lebensluft und der vollkommene Ausdruck einer scharf umrissenen, streng logischen Weltanschauung, wie sie durch diese klare Luft gefördert wurde. Auch ihre ebenso scharfsinnigen Nachfahren haben in dieser Beziehung nicht so gut abgeschnitten, wie man das hätte erwarten dürfen. *Hôte* und *ospite* und *hóspide* sind ebenso unbegreiflich mehrdeutig wie *hospes.* Man sieht, es gibt gewichtige Gründe, um anzunehmen, die beiden Dinge seien trotz allem ein und dasselbe. Zutiefst in meinem Innern bin ich indessen überzeugt, es handle sich doch um zwei verschiedene Dinge.

Der übliche Kompromiß also. Ich nehme an, daß strenggenommen die beiden Dinge ein und dasselbe sind, daß indessen der gesunde Menschenverstand uns gebietet, sie auseinanderzuhalten usw. usw.

Ich möchte mich sogar zu der Behauptung versteigen, es handle sich da nicht um einen Unterschied, der bloß von Fall zu Fall festzustellen ist. Es kommt mir ganz so vor, als sei es ein allgemeiner, in der Veranlagung jedes einzelnen begründeter Unterschied. Jemand lädt mich ein, mit ihm auswärts zu speisen, ich sage erfreut zu, der Betreffende bestellt das Essen, ich lobe es, der Betreffende bezahlt die Rechnung, ich habe das angenehme Gefühl, sie nicht bezahlen zu müssen – da ist es doch gut, wenn es für jeden von beiden eine besondere Bezeichnung gibt, der Rolle entsprechend, die er bei diesem Vorgang spielt. Die beiden Bezeichnungen sind aber noch in einem weiteren, allgemeineren Sinn anwendbar. In jedem Menschen ist der eine oder der andere dieser beiden Triebe vorherrschend: der aktive oder positive Trieb, Gastfreundschaft zu gewähren; der negative oder passive Trieb, sie zu genießen. Und beide Triebe sind für den Charakter des Betreffenden so aufschlußreich, daß man ohne weiteres behaupten kann, die Menschheit lasse sich in zwei große Kategorien einteilen: Gastgeber und Gäste.

Der Leser ist bereits einigermaßen vorbereitet (siehe den dritten Satz des vorigen Abschnitts) auf ein entsetzliches Geständnis, das ich der Wahrheit zuliebe ablegen muß: Ich gehöre zu den Gästen. Falls das den Leser dermaßen befremdet, daß er von mir nichts mehr wissen und lesen will, kann ich nur sagen: Bravo, so spricht einer, der keine gästische Seele hat! Ich versuche ihm etwas vorzusetzen, und er will sich nichts vorsetzen lassen; er behauptet, geben sei seliger denn nehmen. Schön und gut. Was mich anbetrifft, mir ist es jederzeit mehr ums Lesen als ums Schreiben. Mag also der unwillige Leser statt meiner diesen Essay verfassen! Ich werde sein Erzeugnis gewissenhaft lesen, mag es noch so unansehnlich sein, und werde nicht verfehlen, ein paar freundliche Worte darüber zu sagen. Aha, der Unwillen des Lesers ist plötzlich wie verflogen. Nur ein ausgeprägtes Pflichtgefühl mir selber und allen Gastnaturen gegenüber läßt mich wieder zur Feder greifen. Meines Erachtens kommen Gäste ebensohäufig vor wie Gastgeber. Vielleicht wird sogar der Leser, wenn er sich unvoreingenommen prüft, feststellen müssen, daß auch er zur Kategorie der Gäste gehört. In diesem Fall wird er mir für das, was ich ihm vorsetze, vielleicht noch Dank wissen. Ich finde, auch an Gästen kann etwas Gutes sein, ebenso wie selbst die besten Gastgeber manchmal ihre schlechten Seiten haben.

Unsere unabweisbarsten Bedürfnisse sind diejenigen, die wir mit der übrigen Tierwelt teilen. Gastfreundschaft zu gewähren oder zu genießen ist hingegen ein Bedürfnis, das sich der Mensch erst im

Laufe seiner langen Entwicklung angeeignet hat. Löwen laden einander nicht in ihr Lager ein, auch gibt es keine Vögel, die ein gastfreies Nest führen. Gewisse Wölfe und Tiger sind zwar vom Menschen so sehr ihrer Natur entfremdet worden, daß sie sich dazu herbeilassen, seine Gastfreundschaft anzunehmen. Gibt man aber dem Hund einen Knochen, läuft er dann damit hinaus, um ihn mit andern Hunden zu teilen? Besteht die Hauskatze darauf, einen Kreis befreundeter Katzen um ihren Milchnapf zu versammeln? Ganz im Gegenteil. All diesen Geschöpfen eignet eine ausgeprägte Habgier. Vielleicht daß sie einst nach Jahrtausenden dazu kommen, ihren Besitz mit andern teilen zu wollen. Das heißt, Hunde vielleicht; Katzen wohl nicht. Urteilen wir bis dahin nicht allzu hart über sie. Wenngleich sich gewisse Affen anscheinend als bildungsfähiger erwiesen als irgendein Wolf oder Tiger, ging es doch recht lange, bis selbst wir dazu kamen, gastfreundlich zu sein.

Der Höhlenmensch hatte noch nicht die Gewohnheit, andere zu bewirten. Vielleicht daß es ab und zu einmal vorkam – sagen wir gegen Ende der Steinzeit –, daß der eine oder andere unter den helleren Köpfen, während seine Frau den tags zuvor erlegten Adler rupfte, zu ihr sagte: «Dieser Rothaarige, der im nächsten Tal drüben wohnt, scheint ein anständiger, harmloser Kerl zu sein. Manchmal habe ich das Gefühl, er sei etwas vereinsamt. Ich glaube, ich lade ihn heute abend zum Essen ein.»

Dann begab er sich hinaus, traf den Rothaarigen und sagte zu ihm: «Hast du heute abend etwas vor? Falls nicht, willst du bei uns essen? Meine Frau würde sich sehr freuen. Wir werden ganz unter uns sein. Komm, wie du gehst und stehst.» – «Höchst liebenswürdig», stammelte dann der Rothaarige, «aber leider bin ich heute abend bereits verabredet. Eine Einladung, die ich unmöglich absagen kann. Ich bin in solchen Dingen von einer geradezu lächerlichen Gewissenhaftigkeit.» Wie man sieht, kam der Wunsch, den Gastgeber zu spielen, früher auf als der Wunsch, die Rolle des Gastes zu übernehmen. Indessen muß man sich davor hüten, die beiden Dinge mit dem bloßen Wunsch, zu geben oder zu nehmen, gleichzusetzen. Es ist nicht wahrscheinlich, daß der Rothaarige ein saftiges Stück Adler zurückgewiesen hätte, wenn es ihm an Ort und Stelle angeboten worden wäre. Und noch unwahrscheinlicher ist, daß sein Freund es ihm angeboten hätte. Das ist nicht die Art des Gastgebers. So uneigennützig ist nun die gastfreundliche Veranlagung auch wieder nicht. Besitzerstolz und Eigendünkel haben ebenfalls etwas damit zu tun, wie sich noch zeigen wird.

Doch vorerst, warum brachte eigentlich der Rothaarige diese Ausflüchte vor? Es geschah, weil er Gefahr witterte. Er war von Natur aus nicht mißtrauisch, doch – was konnte den andern bewogen haben, ihn in seine Höhle zu locken, wenn nicht Mordgedanken? Geselliger Verkehr im offenen Talgrund war ja recht gut und schön, aber eine fremde Höhle nach Einbruch der Dunkelheit – nein, nein! Verachtenswerte Furchtsamkeit? Eigentlich waren seine Befürchtungen nicht so abwegig, wie es uns vorkommt. Je zivilisierter der Mensch wurde, je mehr er Herdentier wurde, um so selbstverständlicher wurde die Gastfreiheit. Doch selbst dann war immer noch Vorsicht geboten. Die ungeschriebenen Gesetze der Gastfreundschaft, die diese heute so gefahrlos und annehmlich machen, gab es früher nicht. In der Geschichte der Gastgeberei findet man manch eine Seite, die schmerzlich zu lesen ist, manch einen dunklen Fleck, den keine Träne des himmlischen Buchhalters tilgen kann.

Als Gastgeber würde ich diese Folianten unbeachtet lassen. Da ich Gast bin, werfe ich gelegentlich einen Blick hinein – allerdings mehr einen des Entsetzens als der Schadenfreude. Die Bände, die von der Gastfreundschaft bei barbarischen Völkerstämmen handeln, lasse ich geflissentlich stehen. Was in der Blütezeit hochentwickelter Völker vorkam, ist gerade schlimm genug. Die Israeliten waren das Salz der Erde. Kann man sich aber einen Meuchelmord denken, heimtückischer als derjenige der Jael? Man sollte meinen, auch Menschen von niedrigster Gesinnung hätten dergleichen für verwerflich gehalten. Dabei sangen Debora und Barak: «Gesegnet sei unter den Weibern Jael, das Weib Hebers, des Keniters; gesegnet sei sie in der Hütte unter den Weibern!» Und Barak war bekanntlich ein tapferer Krieger, und die Prophetin Debora war zu der Zeit Richterin in Israel. Das möge genügen als Hinweis, wie es mit dem Gedanken der Gastfreundschaft bei den Kindern Israels stand.

Auch von den alten Griechen läßt sich sagen, sie seien das Salz der Erde gewesen; wobei man hinzufügen kann, ihrem würzigen und heilsamen Wesen sei ein Zusatz milder Verklärung beigemischt gewesen, der sich bei den Kindern Israels nicht findet. Es liegt mir fern, schlankweg zu behaupten, Odysseus hätte die Freier nicht erschlagen sollen. Darüber kann man geteilter Meinung sein. Sie waren zwar Gäste unter seinem Dach, aber ungebetene. Halten wir uns an den Leitsatz: Im Zweifelsfall zugunsten des Angeklagten. Ich denke vielmehr an einen andern Abschnitt seines Lebens. Was sich Circe leistete, und die Art, wie Odysseus darüber hinwegging, wirft ein grelles Licht auf das, was jemand nach Auffassung der alten Griechen einem Gast schuldig war. Odysseus war ein verschlagener, aber kein schlechter Mensch, und im allgemeinen kann man an sein Verhalten einen ziemlich hohen Maßstab anlegen. Nachdem er aber Circes Vorhaben, ihn in ein Schwein zu verwandeln, vereitelt und sie gezwungen hatte, seinen Genossen wieder Menschengestalt zu verleihen, ließ er dem Gehege seiner Zähne nicht etwa geflügelte Worte entfliehen wie die folgenden: «Nicht länger will ich unter deinem Dache weilen, Circe; ich will mit meinen Freunden unter Segel gehen, übers Meer nach Hause zieht es mich, denn was du getan, war niederträchtig und ganz und gar nicht, was sich Fremden gegenüber für die Tochter eines Gottes ziemte.» Er scheint überhaupt nichts Besonderes gesagt zu haben, statt dessen ließ er sich offenbar gerne überreden, mitsamt seinen Genossen noch länger zu bleiben, ein ganzes Jahr lang, und im Laufe desselben gebar ihm Circe einen Sohn namens Telegonus. Wie Matthew Arnold gesagt hätte: «Welch eine Gesellschaft!»

Mein Blick schweift zur Erholung nach dem Gestell, wo die späteren Jahrgänge stehen. Ich hole aufs Geratewohl einen der Bände herunter. Rom im 15. Jahrhundert, unübertroffen an glanzvoller Kultur, und doch – nein, ich stelle den Band wieder zurück. Man braucht nicht lange hineinzugucken, um an die Borgias gemahnt zu werden, die sich mit derselben Kennerschaft, wie sie ihr gepflegter Weinkeller verriet, einen Vorrat an seltenen Giften zulegten. Unerhört! – aber offenbar fanden die Römer weiter nichts dabei. Eine Einladung, im Palazzo Borghese zu speisen, galt als die höchste gesellschaftliche Auszeichnung. Daß in der neueren Literatur eine Neigung besteht, den Charakter der Borgias weißzuwaschen, ist mir bekannt, aber ich halte mich nach wie vor an die alte romantische Gepflogenheit, sie anzuschwärzen. Ich behaupte, man habe zwar im 15. Jahrhundert oft einen standesbewußten Römer in beiläufigem Ton bemerken hören: «Ich speise heute abend bei den Borgias», daß aber

Tischgesellschaft bei Speis und Trank
Lavierte Federzeichnung
von Daniel Lindtmeyer

kein Römer jemals sagen konnte: «Ich habe gestern abend bei den Borgias gespeist.»

Im allgemeinen gelten Macbeth und Lady Macbeth als der Inbegriff dessen, was ein Gastgeber und eine Gastgeberin nicht sein sollten. Daher der Mangel an Begeisterung für Shakespeare bei den Schotten* und daher die unermüdlichen Bemühungen dieses stolzen und empfindsamen Menschenschlages, Burns** an seiner Stelle hochzuloben. Es ist unratsam, den Stolzen und Empfindsamen mit Mitgefühl zu kommen, aber ich finde, die Schotten haben allen Grund, sich zu beklagen. Die historischen Macbeths waren nicht schlimmer als unzählige andere Ehepaare in Ländern, die noch nicht ganz dem Barbarentum entwachsen waren. Es ist hart, daß Shakespeare ausgerechnet auf die Geschichte dieses Paares stoßen mußte und es damit verewigte. Aber er meinte es nicht böse, im Gegenteil, die Schotten mögen mir glauben, er hat damit sogar Gutes gestiftet. Die Gastfreundschaft der Schotten ist sprichwörtlich. Nicht nur in Amerika, auch in Schottland wird der Besucher aus England rot, wenn er daran denkt, wie herzlos und mickrig sich im Vergleich dazu die Gastfreundschaft der Engländer ausnimmt. Es waren die Schotten, die als erste die Gastfreundschaft zum Gesetz erhoben und

---

* Macbeth läßt den zu Gast weilenden König Duncan im Schlaf ermorden.

** Der Lyriker Robert Burns besingt seine Heimat.

einen strengen Ehrenkodex aufstellten, der auf dem Grundsatz beruht, daß der Gast unter allen Umständen in Ehren zu halten und zu beschützen ist. Die Geschichte der Anhänger Jakobs II. wimmelt von Beispielen der heldenhaften Opfer, die der Gastgeber dem Gast brachte. Nicht selten opferte er ihm seine Sicherheit, ja seine politische Überzeugung, um auf keinen Fall auch nur im geringsten gegen diesen geheiligten Ehrenkodex zu verstoßen. Und worauf geht diese edle Ehrpusselei letzten Endes zurück? Auf Shakespeares «Macbeth».

Wenn England so kahl und wild wäre wie Schottland oder so neu wie Amerika, würde der Fremde vielleicht häufiger gastfrei gehalten, als es der Fall ist. London weist eine solche Fülle von romantischen, geschichtlich bedeutsamen Sehenswürdigkeiten auf, und die Landschaft ringsum ist so reizvoll, daß wir voreilig wähnen, der Fremde habe bestimmt weder Zeit noch Lust, in unseren Stuben zu hocken. Dabei ist das Bedürfnis nach Gastfreundlichkeit dem Engländer durchaus nicht abzusprechen. Was man Gastfreundschaft auf Gegenseitigkeit nennen könnte, steht bei uns hoch im Schwang. Die Franzosen und auch die Italiener laden sich untereinander längst nicht so oft zum Essen ein. Der landeseigene Gast kommt in England sehr gut weg, wenn er auch von Zeit zu Zeit dafür den Gastgeber spielen muß.

Nein, praktisch läßt sich die Einteilung der Menschheit in meine zwei Kategorien, Gäste und

Gastgeber, nicht vorbehaltlos durchführen. Aber innerlich hört ein Gast nicht auf, Gast zu sein, wenn er ein Essen gibt, und ein Gastgeber bleibt ein Gastgeber, auch wenn er sich einladen läßt. Wieviel Abendessen einer als Gast zu spendieren hat, das ist etwas, das jeder mit sich selber ausmachen muß. Er wird bald feststellen, daß er nicht weniger oft eingeladen wird, auch wenn er sich nicht jedesmal dafür erkenntlich zeigt; und selbst wenn er es nie täte, würde er trotzdem nicht weniger oft eingeladen. Wie oft, das hängt ganz davon ab, wie gern gesehen er ist. Aus Stolz wird er dann und wann zum Gastgeber, aber glänzen wird er in dieser Eigenschaft nie. Das verlangt auch niemand von ihm. Wenn der geborene Gastgeber eine Einladung von seiner Seite annimmt, geschieht es einzig und allein, um ihn nicht zu kränken; als Gast ist der geborene Gastgeber ja ohnehin nicht in seinem Element.

Natürlich färben die Umstände auf den Charakter ab. Herkömmlicherweise sind es die Reichen, die geben, und die Armen, die nehmen. Reichtum fördert zweifellos die gastgeberische Veranlagung, und Armut schafft Verhältnisse, in denen die gästischen Bedürfnisse gedeihen. Doch eine ausgeprägte Veranlagung setzt sich immer durch. Nicht alle Gastnaturen sind unter den Bedürftigen zu finden, und die Gastgeber gehören nicht immer zu den Wohlhabenden. Sechzehn Jahre lang, nachdem meine Lehrzeit abgeschlossen war, das heißt von meinem zweiundzwanzigsten bis zum achtunddreißigsten Lebensjahr, wohnte ich in London und verkehrte mit allen möglichen Leuten; dabei lernte ich einerseits manch einen Reichen kennen, der wie der Herr des Schäfers Corinnus «von filziger Gemütsart» war und nicht viel danach fragte, «den Weg zum Himmel durch Werke der Gastfreundlichkeit zu finden». Anderseits kannte ich auch arme Teufel, die unverbesserliche Gastgeber waren.

Ehre, wem Ehre gebührt. Für mich kann ich höchstens geltend machen, daß ich, wäre ich reich gewesen, mich besser aufgeführt hätte als der Herr des Corinnus. Auch so habe ich mein Menschenmögliches geleistet, wenn auch ganz gegen meine Überzeugung. Wenn nicht mein Stolz gewesen wäre, hätte ich es vielleicht überhaupt bleiben lassen. Dabei fällt mir ein Vorkommnis aus meiner Schulzeit ein, das in diesem Zusammenhang höchst aufschlußreich ist. In dem Internat, das ich besuchte, war es gestattet, von Zeit zu Zeit «Freßpakete» von daheim zu empfangen. Das Mittagessen wurde im Speisesaal jedes Hauses gemeinsam eingenommen, zum Frühstück und Abendessen dagegen kamen wir in vier oder fünf getrennten Räumen zusammen. Dabei war es üblich, daß der Empfänger eines Freßpaketes den Inhalt mit seinen Tischgenossen teilte. Einmal erhielt ich statt des gewöhnlichen vermischten Pakets eine Schachtel mit zwölf Wurstpasteten. Für diese hatte ich eine besondere Vorliebe. Zufällig war gerade niemand zugegen, als die Schachtel ankam und von mir aufgemacht wurde. Zu meiner Schande muß ich gestehen, daß ich die Schachtel in meine Schlafkammer hinauftrug, wo ich zwei der Wurstpasteten verzehrte, und es dann unterließ, meinen Tischgenossen etwas von den verbleibenden zehn zu sagen. Drei Tage später hatte ich sie alle aufgegessen – alle droben in der Kammer, allein.

Dreißig Jahre sind seither vergangen, meine Schulfreunde sind in alle Welt verstreut, und der Gedanke, es könnte der eine oder andere von ihnen diese Zeilen zu Gesicht bekommen, macht mir nicht sehr zu schaffen, aber ich bin froh, daß ich damals für mein sonderbares Verhalten nicht zur Rechenschaft gezogen wurde. Was hätte ich zu meiner Verteidigung vorbringen können? Angenommen, ich hätte gesagt: «Seht, ich bin nun mal von Natur aus Gast», dann hätte dieses Argument bei niemandem verfangen. Und doch hätte es seine Berechtigung gehabt. Wer ein Freßpaket erhielt, stieg unweigerlich in der Achtung seiner Schulkameraden. Solange seine Sardinen, seine Marmelade, seine Fleischkonserven vorhielten, fanden wir, seine Eltern seien «nicht ohne» und er sei ihrer würdig. Er wurde zum Mittelpunkt, gab beim Gespräch den Ton an, man hörte ihm willig zu, seine Witze wurden belacht. Mit den zwölf Wurstpasteten hätte ich eine Zeitlang den großen Herrn spielen können. Aber es lag mir nicht. Ich habe mir nie

Führereigenschaften zugetraut. Am liebsten ging ich in einer Menge auf. Wenn ich ein Freßpaket erhielt, war ich immer froh, wenn es aufgegessen war und ich wieder ins Glied zurücktreten konnte. Selbstentäußerung ist eine Tugend, und zwar eine, die jedem geborenen Gast eigen ist.

Aus meiner Schilderung, wie die Lebensmittelpakete wirkten, geht hervor, daß jeder als jung vorerst einmal Anlagen zu einem Freischlucker hat. Erst später kommt es vor, daß manche sich zu Gastgebern verhärten. Wäre ich reich gewesen, hätte sich meine Veranlagung mit der Zeit vielleicht zurückgebildet und ich wäre ebenfalls (eine Art) Gastgeber geworden. Vielleicht hätte ich dabei nicht einmal schlecht abgeschnitten. Ich glaube mich jedenfalls leidlich aus der Sache gezogen zu haben, wann immer ich im Laufe der langen Jahre in London Freunde bewirtete. Es kam vor, doch die Erinnerung an diese Vorkommnisse ist mir nicht besonders teuer, namentlich wenn die Bewirtung in einem halbwegs vornehmen Restaurant stattfand. Immer machte mir, während ich ein angeregtes Gespräch in Gang zu erhalten suchte, insgeheim der Gedanke zu schaffen, ich könnte am Ende nicht genug Geld bei mir haben. Nicht daß ich mich je von dieser Angst kleinkriegen ließ. Nie fragte ich jemanden: «Nehmen Sie einen Likör?» – immer: «Welchen Likör nehmen Sie?» Doch den unheilvollen Augenblick, wo es ans Zahlen ging, zögerte ich stets so lange wie möglich hinaus. Hatte ich dann in dem beiläufigen Ton, wie er sich gehörte, schließlich die Rechnung verlangt, wäre es mir jeweils lieber gewesen, sie wäre mir nicht *zusammengefaltet* auf einem Teller vorgelegt worden, gleichsam als sei sie so unverschämt hoch, daß nur ich allein davon wissen durfte. Sobald sie neben mir lag, brannte ich darauf, den Betrag zu erfahren. Doch ich tat, als sei ich so ins Gespräch vertieft, daß ich vom Vorhandensein der Rechnung nichts ahnte, und ich sorgte dafür, daß ich immer mitten in einem Satz war, wenn ich die obere Hälfte des gefalteten Zettels anhob, um einen Blick auf die Bescherung zu werfen. In Wirklichkeit war der Betrag immer viel niedriger, als ich befürchtet hatte. Wer schwarzsieht, erlebt viel Schönes.

Mahlzeiten in den Restaurants von Soho waren für den mittellosen Gast, der sich als Gastgeber aufspielte, weniger zerrüttend. Aber Reiche konnte man dorthin nicht einladen, und Arme übrigens auch nur, wenn es sich um gute Bekannte handelte. Soho ist so unberechenbar, daß das Essen dort oft nicht einmal gut genug ist, um auch nur den ärmsten und ältesten Freunden zugemutet zu werden. Ein Mensch von großer Ausstrahlung könnte zweifellos, wenn er nicht nur Gast-, sondern auch Angeber ist, selbst in Sohos schlimmsten Momenten unter den Gästen die Überzeugung aufrechterhalten, alles stehe zum besten. Doch Angeberei lag mir nicht. Ich mußte immer das Essen für sich selber sprechen lassen. «Es ist billig» war das einzige, was ich gegebenenfalls hätte vorbringen können, und das sprach ich natürlich nicht aus. Und war es überhaupt so billig? Soho läßt einen alles in einem rosigen Licht sehen. Die Rechnung dort war meistens höher, als ich erwartet hatte.

Jedem, auch dem reichsten und freigebigsten Menschen, fällt es leichter, einen hohen Betrag mit einem Scheck zu bezahlen als einen niedrigen mit Bargeld. In Restaurants hätte ich am liebsten immer mit einem Scheck bezahlt. Aber da kannte man mich fast nur als Gast, so daß ich nie sicher war, ob der Besitzer mir trauen würde. Nur in meinem Klub hatte ich das Wohlgefühl oder vielmehr das Nichtgefühl, die Rechnung bargeldlos begleichen zu können. Ein Scheck, namentlich einer, wie er den Klubmitgliedern zur Verfügung steht, nicht aus dem eigenen Scheckbuch herausgerissen, bekümmert einen nicht sonderlich. Man kritzelt ein paar Worte und Zahlen hin, setzt seinen Namen darunter (mit der leisen Genugtuung, die man beim Anblick der eigenen Unterschrift stets empfindet), dann steht man auf und denkt schon nicht mehr daran. Wenn ich Bekannte im Klub bewirten konnte, war ich innerlich ruhig und gelassen. Aber auch da konnte von Ausstrahlung keine Rede sein, so redlich ich mich bemühte. Falls mein Gast ebenfalls von Natur aus Gast war, gelang es mir zuweilen, meine Gastnatur vorübergehend zu vergessen. Wenn aber, wie es gelegentlich vorkam, mein Gast ein richtiger und gewohnheitsmäßiger Gastgeber war, hatte ich immer das Gefühl, etwas an unserem Verhältnis sei grundfalsch; nur mit Mühe konnte ich es mir jeweils verkneifen, ihm zu sagen: «Das ist ja alles gut und schön, wissen Sie, aber – offen gestanden – Sie gehören oben an Ihre eigene Tafel.»

Der Gastgeber als Gast schneidet allerdings viel, viel schlechter ab als der Gast in der Rolle des Gastgebers. Er schneidet überhaupt nicht ab. Dem Gast ermöglicht es ein gewisses Anpassungsvermögen, das zu seiner Veranlagung gehört, das Gehaben eines Gastgebers nachzuahmen. Doch der Gastgeber, selbstbewußt, wie er von Natur aus ist, macht nicht einmal den Versuch, sich in die Rolle des Gastes zu versetzen. Unter Rolle verstehe ich dabei keineswegs etwas Künstliches. Das Benehmen des Gastes entsprießt wie Feldblumen einem guten, fruchtbaren Boden – dem Boden echter Bescheidenheit und Dankbarkeit. Er ist ehrlich bestrebt zu gefallen, als Entgelt für den Gefallen, den man ihm erweist. Er wundert sich, daß die Leute so nett zu ihm sind, und ist seinerseits nett, ganz unwillkürlich. Doch der Gastgeber ist, wie bereits bemerkt, immer ein Gast wider Willen. Daran liegt's. Er findet, geben sei seliger und so weiter, und hat womöglich das Gefühl, er sei es, der dem andern einen Gefallen erweise, nicht umgekehrt. Er paßt sich nicht an, er fällt aus der Rolle, beherrscht das Gespräch, sucht in aller Harmlosigkeit den andern auszuholen, unterläßt es, das Essen oder den Wein zu rühmen, schaut unversehens auf die Uhr und erklärt, er müsse weg. Es fällt ihm nicht ein, zu sagen, er habe sich ausgezeichnet unterhalten. Kurz, er gehört oben an seine eigene Tafel.

An seiner eigenen Tafel, über seinem eigenen Weinkeller, unter seinem eigenen Dach – nur da lernt man den Gastgeber von seiner besten Seite kennen. Es kann vorkommen, daß man von ihm in einen Klub oder ein Restaurant eingeladen wird, aber das ist nicht der Ort, nein, das ist entschieden nicht der Ort, wo sich sein Wesen voll entfaltet. Weder im Leben noch in der Literatur hat es je einen gastfreundlicheren Menschen gegeben als den guten alten Wardle*, den Freund Mr. Pickwicks. Als Gast in einem Klub oder Restaurant ist er völlig undenkbar, aber auch als Gastgeber kann man sich ihn dort nur schwer vorstellen. Bei sich zu Hause, unter dem Dach von Dingley Dell, da stellte er seinen Gästen mit weit ausholender Gebärde alles, was ihm gehörte, zur Verfügung. Einen Klub oder ein Restaurant hätte er einem nicht schenken können. Allerdings, wenn man es bedenkt, auch Dingley Dell verschenkte er nicht. Das Haus blieb in seinem Besitz. Niemand wußte das besser als der alte Wardle. Gastfreundschaft ist, wie bereits bemerkt, nicht eigentlich ein Urtrieb des Menschen, ganz im Gegensatz zur Habgier. Nicht einmal der gute alte Wardle glaubte an Gütergemeinschaft. «Das ist *mein* Dach», sagte er

---

* Der großzügige Landgutbesitzer in Dickens' Roman

sich bestimmt. «Das sind *meine* Pferde, das ist ein Bildnis *meines* geliebten Großvaters.» Und auch zu andern wird er gesagt haben: «Das ist *mein* Dach: schlaft wohl darunter. Das sind *meine* Pferde: reitet mit ihnen aus. Das ist ein Porträt *meines* geliebten Großvaters: schaut es euch genau an.» Aber er forderte niemanden auf, etwas davon mitzunehmen. Nicht einmal das, was er tatsächlich weggab, ging für ihn wirklich in andern Besitz über. «Das ist *mein* Rindsbraten», dachte er wohl bei sich, wenn die Gäste nach dem Essen schläfrig wurden, und «das ist *mein* kalter Milchpunsch», wenn sie in ihre Schlafkammern torkelten. «Aber die schönste Art des Gebens», höre ich jemanden einwerfen, «besteht doch darin, zu geben, ohne sich dessen nachher bewußt zu sein.» Freilich, freilich. Ich habe ja auch gar nichts gegen den alten Wardle. Ich wollte nur mein Versprechen einlösen und darauf hinweisen, daß die Beweggründe auch des besten aller Gastgeber mit Besitzerstolz und Eigendünkel verquickt sind.

Jede Tugend ist, wie man uns schon früh beigebracht hat, ein Mittelding zwischen zwei Extremen; und man versteht wohl jede Tugend besser, wenn man einen Blick auf die Laster wirft, von denen sie eingerahmt wird. Ich finde, die Gastfreundschaft steht halbwegs zwischen der filzigen Gemütsart und der Geltungssucht. Linker Hand des guten Gastgebers steht in weiter Ferne derjenige, der von keinem Menschen etwas wissen will, zur Rechten,

Im Wirtshaus
Radierung von Daniel Chodowiecki

ebenso weit ab, derjenige, der ständig von Menschen umringt sein will, um sich selber zur Geltung zu bringen. Bei der Gestalt zur Linken, kaum wahrnehmbar in der Ferne, handelt es sich wohl um den Herrn des Schäfers Corinnus. Wie er hieß, wissen wir nicht, doch was Corinnus uns von seinem Charakter erzählt, genügt vollauf. «Werke der Gastfreundlichkeit» ist eine trübe Formulierung, wie sie nur dem Diener eines äußerst trüben Herrn einfallen konnte. Nicht weniger aufschlußreich ist die Ansicht des Schäfers, daß diejenigen, die diese «Werke» vollbringen, es nur tun, um sich damit einen Weg zum Himmel zu bahnen. Schade, daß Shakespeare den Arbeitgeber des Corinnus nicht selber auftreten ließ. Man hätte allzugern gesehen, wie Rosalindes Bitte um eine Brotkante sein Herz erweichte, wie er drauf und dran war, ihr die Bitte zu erfüllen, im Bewußtsein, damit etwas für sein Seelenheil zu tun, und es dann doch nicht über sich brachte. So weit die Strecke ist, die ihn von dem guten Gastgeber trennt, hat er doch etwas gemein mit dem, der ebensoweit entfernt auf der andern Seite steht – diesem Punkt dort, bei dem es sich wohl um Lucullus handelt. Nichts, was wir von Lucullus wissen, läßt den Schluß zu, daß er menschlicher gewesen wäre als der Knauserich von Arden. Es läßt sich nicht belegen, daß er auch nur einen einzigen Freund hatte oder einen haben wollte. Seine verschwenderische Freigebigkeit kannte kein Ansehen der Person, abgesehen davon, daß er natürlich nur reiche Leute bewirtete. Man hätte sicher nichts dagegen gehabt, bei ihm zu speisen, doch nicht einmal bei vollem Magen hätte man je gedacht, er habe ein Herz. Man hätte gelten lassen, daß er in materieller Hinsicht ein Meister seiner Kunst war, und auch, daß er diese Kunst um ihrer selbst willen ausübte und nur seiner Meisterschaft wegen Bewunderung heischte, ohne die Hintergedanken, die für manche der berühmtesten Gastgeber allein ausschlaggebend sind. Doch der bloße Umstand, daß er in seinem Fach ein Künstler war, nimmt uns gegen ihn ein. Wenn die Gastfreundschaft zu einer Kunst wird, ist es um ihre Seele geschehen. Lassen wir also Lucullus, und richten wir den Blick wieder auf die Mitte, um die Gestalt dort in ihren Vorzügen besser würdigen zu können – die Gestalt des guten alten Wardle. Etwas Besitzerstolz und Eigendünkel in der gewaltigen Brust, gewiß, aber gleichzeitig ein menschenfreundliches Herz und eine offene Hand für jeden bedürftigen Fremdling, für alle alten und neuen Freunde. Horch, er ruft etwas herüber! Er fordert uns auf, bei ihm zu Gast zu sein. Und der Leser hat bereits freudig zugesagt. Aha, habe ich es nicht von allem Anfang an geahnt, daß er ebenfalls eine Gastnatur ist?

Gemach, so eilt es nun auch wieder nicht. Bevor der Leser seine Siebensachen packt – einen Augenblick bitte! Zuerst muß noch dieser Essay zu einem guten Ende gebracht werden. Dazu bedarf es eines flüchtigen Blicks auf die beiden Extreme, zwischen denen der vorbildliche Gast zu finden ist. Rechter Hand erkennen wir in weiter Ferne den Schmarotzer; zur Linken wiederum den Knauserich; nicht unbedingt denselben Knauserich. Ob der Herr des Corinnus jemals als Gast auf die Probe gestellt wurde, ist nicht bekannt. Vielleicht handelt es sich bei der winzigen Gestalt dort in der Ferne um Dante – Dante Alighieri, von dem nun allerdings bekannt ist, daß er während seiner Verbannung reichlich Gastfreundschaft genoß und daß er es den Gastgebern heimzahlte, indem er schilderte, wie bitter das Brot an ihrer Tafel schmeckte und wie steil er die Treppen in ihren Häusern fand. Es gibt nur etwas, das noch betrüblicher ist, als sich Dante als Gast vorzustellen, und das ist, sich vorstellen zu wollen, was für eine Figur er als Gastgeber gemacht hätte, falls ihm je eingefallen wäre, irgend jemand oder irgend etwas zu nähren außer eine unstillbare Sehnsucht nach Beatrice. Mit wahrhafter Erleichterung wendet man sich dem andern Extrem zu, dem Schmarotzer – Mr. Smurge heißt er wohl, «dessen Dankbarkeit so grenzenlos war wie seine Eßlust und seine Anwesenheit so unerwünscht wie offenbar unvermeidlich». Wie bewundernswert erscheint uns nun die Gestalt in der Mitte – Dankbarkeit ausstrahlend, aber nicht im Übermaß; nie aufdringlich, immer in Rufweite; ihre Würde wahrend und doch höchst umgänglich; still und doch voller Leben; nie ein bloßes Echo, immer ein Beiträger; ohne Widerspruchsgeist, aber oft ein Wegweiser zur Wahrheit; eine Zierde, ein Vorbild, ganz gleich wo.

So ist er beschaffen. Doch wie heißt er? Es ist leichter, einen Mangel einzugestehen, als Anspruch auf eine gute Eigenschaft zu erheben. Ich habe zugegeben, daß ich damals in London als Gastgeber nichts taugte; dagegen will ich nicht behaupten, ich sei ein vorbildlicher Gast gewesen. Das war ich auch nicht. Ich war ein guter Gast, doch wenn ich auf jene Zeit zurückblicke, sehe ich mich nicht ganz in der Mitte – etwas links davon, etwas gegen die knauserige Seite zu. Ich war allzu still, und es kam vor, daß ich widersprach. Und wenngleich ich mich gerne einladen ließ, zog ich es doch öfters vor, zu Hause zu bleiben. Falls dereinst jemand die Briefchen sammeln sollte, mit denen ich auf Einladungen antwortete, wird er wohl den Eindruck gewinnen, ich sei sehr begehrt gewesen, mehr als das wirklich der Fall war, und er wird staunen, wie oft ich krank war oder auf Reisen.

SAKI

1870–1916

Gäste

«Von unseren Fenstern sieht die Landschaft wirklich bezaubernd aus», sagte Annabel. «Die unzähligen Kirschgärten und die grünen Wiesen, dahinter der Fluß, der sich durch das Tal windet, und daneben der Kirchturm, der zwischen den Ulmen aufragt – das alles ergibt ein höchst wirkungsvolles Bild. Und dennoch hat diese Gegend irgend etwas schrecklich Schläfriges und Schlaffes; Stillstand scheint hier der vorherrschende Ton zu sein. Passieren tut nicht das geringste. Aussaat und Ernte, gelegentlich ein plötzliches Auftreten von Masern oder ein behutsam verheerendes Gewitter und alle fünf Jahre eine leichte Aufregung vor den Wahlen ist alles, was wir haben, um die Eintönigkeit unseres Lebens zu mildern. Ziemlich entsetzlich, nicht?»

«Ganz im Gegenteil», sagte Matilda, «ich finde es so besänftigend und geruhsam. Aber vielleicht empfinde ich es nur so, weil ich in Ländern gelebt habe, in denen dauernd irgend etwas und manchmal so viel auf einmal passierte, wenn man gar nicht damit rechnete, daß überhaupt etwas passierte.»

«Das ist natürlich etwas ganz anderes», sagte Annabel.

Drei Damen am l'Hombre-Tischchen
Radierung und Aquatinta
von Daniel Chodowiecki

«Ich werde zum Beispiel nie vergessen», sagte Matilda, «wie der Bischof von Bequar uns einen unerwarteten Besuch abstattete. Er war unterwegs, um irgendwo den Grundstein zu einem Missionshaus oder etwas ähnlichem zu legen.»

«Ich dachte, ihr da draußen wärt immer auf überraschenden Besuch eingerichtet» sagte Annabel.

«Auch ein halbes Dutzend Bischöfe hätten mir nichts ausgemacht», sagte Matilda. «Schwierig wurde es erst, als eine kurze Unterhaltung ergab, daß ausgerechnet dieser eine Bischof ein entfernter Vetter von mir war und dazu noch jenem Zweig der Familie angehörte, der sich mit dem unsrigen erbittert und in beleidigender Weise um ein ganz bestimmtes Dessertservice gestritten hatte; in irgendeiner Erbschaftssache wurde es ihnen zugesprochen, obgleich wir es eigentlich bekommen sollten, oder wir bekamen es, obgleich sie gedacht hatten, sie würden es erben – ganz genau weiß ich das alles nicht mehr. Eines aber wußte ich jedenfalls: daß sie sich schandbar aufgeführt hatten. Und plötzlich tauchte einer dieser Leute bei mir auf, im Gewande der Heiligkeit, wie man wohl sagt, und beanspruchte die traditionelle Gastfreundschaft des Ostens.»

«Das war sicher ziemlich schwierig; aber hättest du deinem Mann nicht den Hauptteil der Unterhaltung überlassen können?»

«Mein Mann war rund fünfzig Meilen landeinwärts gefahren, um einer Dorfgemeinschaft Vernunft beizubringen – oder zumindest das, was er für Vernunft hielt. Die Leute bildeten sich nämlich ein, einer ihrer führenden Männer wäre ein Wertiger.»

«Ein was?»

«Ein Wertiger. Von Werwölfen hast du doch sicher schon einmal gehört, nicht wahr, von dieser Mischung aus Wolf und menschlichem Wesen und Dämon? Und in jener Gegend hat man statt dessen eben Wertiger, oder man glaubt, daß es sie dort gibt, und soweit man nach den beeideten und unbestreitbaren Beweisen urteilen kann, muß ich schon sagen, daß die Leute in dem damaligen Fall allen Grund zu dieser Annahme hatten. Da wir jedoch die Hexenverfolgung bereits vor dreihundert Jahren aufgaben, sehen wir es nun einmal nicht gern, wenn andere Völker unsere abgelegten Bräuche weiterhin beibehalten; es beweist nicht gerade Respekt gegenüber unserer geistigen und moralischen Position.»

«Hoffentlich warst du zu dem Bischof nicht unfreundlich», sagte Annabel.

«Aber ich bitte dich! Er war schließlich mein Gast, und so mußte ich äußerlich höflich zu ihm sein; er dagegen war so taktlos, die Einzelheiten des alten Streites wiederaufzurühren, und versuchte zu betonen, daß es gewisse Gründe für die Art und Weise gäbe, in der sich seine Seite der Familie aufgeführt hatte. Aber selbst wenn es sie gegeben hätte, was ich nie und nimmer zugebe, war mein Haus nicht der geeignete Ort, diese Dinge zur Sprache zu bringen. Ich stritt mich nicht mit ihm, sondern gab meinem Koch frei, damit er seine alten Eltern besuchen konnte, die rund neunzig Meilen entfernt wohnten. Der Aushilfskoch verstand von Curry nicht allzuviel; genaugenommen glaube ich nicht einmal, daß das Kochen in irgendeiner Form oder Art zu seinen Stärken gehörte. Vielmehr war er, wenn ich mich richtig erinnere, ursprünglich in Gestalt eines Gärtners zu uns gekommen; und da wir nie behaupteten, irgend etwas zu besitzen, was als Garten angesehen werden konnte, wurde er von uns als Gehilfe des Ziegenhirten beschäftigt, und soweit ich orientiert bin, übte er diese Tätigkeit auch äußerst zufriedenstellend aus. Als der Bischof erfuhr, daß ich dem Koch einen zusätzlichen und völlig unnötigen Urlaub gegeben hatte, erkannte er den Sinn dieses Manövers, und von diesem Augenblick an redeten wir kaum mehr miteinander. Wenn du jemals einen Bischof in deinem Hause haben solltest, mit dem du nur das Allernotwendigste sprichst, wirst du die Situation erst ganz begreifen.»

Annabel gestand, daß ein derart beunruhigendes Erlebnis in ihrem bisherigen Lebenslauf noch nicht vorgekommen sei.

«Um die Dinge noch weiter zu komplizieren», fuhr Matilda fort, «trat der Gwadlipitschi über seine Ufer – ein Ereignis, das hin und wieder einmal vorkommt, wenn die Regenfälle ungebührlich lange anhalten –, so daß der untere Teil des Hauses und sämtliche Nebengebäude überschwemmt wurden. Es gelang uns, die Ponys rechtzeitig loszubinden, und der Stallknecht schwamm mit ihnen bis zur nächsten flachen Stelle. Einige Ziegen, der Hauptziegenhirte, die Frau des Hauptziegenhirten sowie eine Reihe ihrer Kinder gingen dagegen in der Veranda vor Anker. Der übrige verfügbare Raum war mit nassen, leicht verschmutzt aussehenden Hühnern und Küken angefüllt; erst wenn die Dienerquartiere überflutet sind, erfährt man, wieviel Federvieh man wirklich besitzt. Natürlich hatte ich ähnliches schon bei früheren Überschwemmungen erlebt, aber noch nie hatte ich das ganze Haus voll von Ziegen und Kindern und halb ertrunkenen Hühnern gehabt, ergänzt durch einen Bischof, mit dem ich nur das Allernotwendigste sprach.»

«Das muß wirklich ein anstrengendes Erlebnis gewesen sein», erklärte Annabel.

«Das war jedoch nicht alles! Ich hatte nicht die Absicht, die Erinnerung an jenes Dessertservice durch eine ganz gewöhnliche Überschwemmung fortspülen zu lassen, und so gab ich dem Bischof zu verstehen, daß ihm in diesem Hause ein großes Schlafzimmer mit Schreibtisch sowie ein kleines Badezimmer mit ausreichend kaltem Wasser, das in Krügen aufbewahrt wurde, zur Verfügung stünden und daß der Platz unter den gegenwärtigen Umständen reichlich knapp wäre. Gegen drei Uhr nachmittags, als er von seinem Mittagsschlaf erwacht war, drang er jedoch völlig unvorhergesehen in jenes Zimmer ein, das eigentlich unser Wohnzimmer war, damals aber zugleich als Eßzimmer, Lagerhaus sowie Sattelkammer diente und noch ein weiteres halbes Dutzend vorübergehender Aufgaben hatte. Nach dem Zustand zu schließen, in dem sich die Bekleidung meines Gastes befand, schien dieser zu glauben, daß das Zimmer eventuell auch als Ankleideraum benutzt wurde.

‹Leider scheint kein Stuhl frei zu sein, auf dem Sie Platz nehmen könnten›, sagte ich kalt. ‹Und die Veranda ist mit Ziegen angefüllt.›

‹Auch in meinem Schlafzimmer befindet sich eine Ziege›, bemerkte er hämisch und vorwurfsvoll zugleich, wenn auch mit derselben Kälte in der Stimme.

‹Wirklich?› sagte ich. ‹Also noch ein Überlebender! Ich dachte schon, die übrigen Ziegen wären alle umgekommen.›

‹Auch die oben befindliche Ziege ist umgekommen›, sagte er. ‹Gegenwärtig wird sie gerade von einem Leoparden verschlungen. Das ist auch der Grund, daß ich mein Zimmer verlassen habe; es gibt nun einmal Tiere, die es nicht mögen, wenn man ihnen beim Essen zuschaut.›

Für die Anwesenheit des Leoparden fand sich natürlich leicht eine Erklärung: Als das Wasser kam, hatte er in der Nähe des Ziegenstalls herumgelungert und war dann die Treppe hochgeklettert, die draußen zum Badezimmer des Bischofs hochführte; klugerweise hatte er dabei eine Ziege mitgenommen. Wahrscheinlich hatte der Leopard festgestellt, daß das Badezimmer zu feucht und für seinen Geschmack auch zu eng war, und so war er dann – während der Bischof sein Schläfchen hielt – in das Schlafzimmer gegangen, um dort zu speisen.»

«Eine fürchterliche Situation!» rief Annabel. «Wenn man sich das vorstellt: im Hause selbst ein reißender Leopard, und draußen alles unter Wasser!»

«Reißend war er überhaupt nicht», sagte Matilda. «Er hatte sich den Bauch mit Ziegenfleisch vollgeschlagen, hatte genügend Wasser zur Verfügung, falls er Durst bekam, und aller Wahrscheinlichkeit nach hatte er in diesem Moment nur den Wunsch, ungestört schlafen zu können. Trotzdem wird wohl jeder zugeben müssen, daß es für mich eine äußerst mißliche Situation war: das einzige verfügbare Gästezimmer von einem Leoparden besetzt, die Veranda mit Ziegen, kleinen Kindern und nassen Hühnern vollgestopft, und dazu noch ein Bischof, der sich im einzigen Wohnzimmer niedergelassen hat, obgleich man kaum ein Wort mehr mit ihm wechselt. Ich weiß wirklich nicht, wie ich diese entsetzlichen Stunden überstanden habe, und die Mahlzeiten machten alles natürlich nur noch schlimmer. Der Aushilfskoch hatte nicht die geringste Schuld an den wässerigen Suppen und dem verklumpten Reis, und da weder der Hauptziegenhirte noch dessen Frau erfahrene Taucher waren, bestand auch keine Möglichkeit, in den Keller zu gelangen.

Glücklicherweise lief das Wasser des Gwadlipitschi genauso schnell ab, wie es gestiegen war, und kurz vor Einbruch der Dämmerung kehrte der Stallknecht – laut planschend – mit den Ponys zurück, denen das Wasser nur noch knapp über die Hufe reichte. Eine weitere mißliche Situation ergab sich dadurch, daß der Bischof uns noch vor dem Leoparden verlassen wollte, und da letzterer sich inmitten jener Dinge niedergelassen hatte, die zum persönlichen Besitz des Erstgenannten gehörten, entstand die unvermeidbare Schwierigkeit, die Reihenfolge des Weggangs ändern zu müssen. Dem Bischof gegenüber verwies ich auf die Tatsache, daß die Gewohnheiten und Vorlieben eines Leoparden nicht mit denen eines Fischotters übereinstimmten, daß ein Leopard naturgemäß lieber über trockenen Boden geht als durch Wasser watet und daß eine verspeiste Ziege, die mit Leitungswasser hinuntergespült wurde, in jedem Fall ein gewisses Ruhebedürfnis rechtfertigt. Hätte ich, wie der Bischof vorschlug, versucht, das Tier mit Gewehrschüssen zu verscheuchen, hätte es das Schlafzimmer vermutlich nur verlassen, um ebenfalls das bereits überfüllte Wohnzimmer aufzusuchen. So bedeutete es, alles in allem, eine große Erleichterung, als beide das Haus verließen. Vielleicht verstehst du jetzt jedoch, weshalb ich eine verschlafene Gegend bevorzuge, in der so gar nichts passiert.»

GUY DE MAUPASSANT

1850–1893

Das Scheit

Der Salon war klein, die Wände mit schweren Bespannungen verkleidet, und in der Luft schwebte ein zarter Duft. In einem breiten Kamin loderte ein mächtiges Feuer, während eine einzige Lampe auf der Ecke des Kaminsimses ein weiches, von einem Schirm aus alten Spitzen gedämpftes Licht auf die beiden Menschen warf, die sich unterhielten.

Sie, die Hausfrau, eine alte Dame mit weißem Haar, doch eine jener bewunderungswürdigen alten Damen, deren faltenlose Haut glatt ist wie ein feines Papier und durchduftet, völlig von Düften gesättigt, bis auf das lebendige Fleisch durchtränkt von den köstlichen Essenzen, darin es seit langem seine Oberfläche badet. Eine alte Dame, die, wenn man ihr die Hand küßt, jenen leichten Duft ausstrahlt, den man wittert, sobald man eine Büchse mit Florentiner Irispuder öffnet.

Er war ein alter Freund, Junggeselle geblieben, ein Freund, der pünktlich jede Woche erschien, ein Gefährte auf der Reise durch das Dasein. Sonst nichts.

Seit etwa einer Minute war ihre Unterhaltung verstummt, und sie blickten ins Feuer, träumten von irgend etwas, und es herrschte jenes freundliche Schweigen von Menschen, die nicht andauernd reden müssen, um einander nahezusein. Und plötzlich brach ein mächtiges Scheit, ein Holzstück mit flammenden Wurzeln, zusammen, sprang über den Kaminbock in das Zimmer und rollte, rund um sich feurige Blitze werfend, auf den Teppich.

Die alte Frau fuhr mit einem leisen Schrei auf, als wollte sie fliehen, der Mann dagegen stieß mit den Füßen das riesige Scheit in den Kamin zurück und trat die glühenden Spuren auf dem Teppich aus.

Nachdem alles wieder in Ordnung war, verbreitete sich ein starker Brandgeruch; der Mann setzte sich der Frau gegenüber und betrachtete sie lächelnd. Dann wies er auf das Scheit, das seinen Platz im Kamin wieder eingenommen hatte, und sagte: «Eines solchen Scheits wegen habe ich nie geheiratet.»

Sie musterte ihn sehr erstaunt, mit dem neugierigen Blick der Frauen, die etwas wissen wollen, dem Blick der Frauen, die nicht mehr ganz jung sind und bei denen die Neugier wohlbedacht, kompliziert und manchmal spöttisch ist. Und sie fragte: «Wie kam das?»

«Ach, das ist eine richtige Geschichte, eine recht traurige, häßliche Geschichte!

Meine früheren Kameraden haben sich oft darüber gewundert, daß zwischen einem meiner besten Freunde – mit dem Vornamen hieß er Julien – und mir plötzlich eine Abkühlung eingetreten war. Sie begriffen nicht, wie zwei vertraute, zwei unzertrennliche Freunde unseres Schlags mit einem Mal beinahe völlig einander entfremdet sein konnten. Nun, hören Sie das Geheimnis dieser Entwicklung.

Er und ich wohnten früher zusammen. Wir verließen einander nie. Und die Freundschaft, die uns verband, war scheinbar so fest, daß nichts sie zerbrechen konnte.

Eines Abends, als er heimkam, zeigte er mir seine bevorstehende Hochzeit an.

Für mich war das wie ein Schlag gegen die Brust; als hätte er mich bestohlen oder verraten. Wenn ein Freund heiratet, ist es zu Ende, völlig zu Ende. Die eifersüchtige Liebe einer Frau, jene düstere, unruhige, fleischliche Liebe duldet nicht die starke, ehrliche Neigung, die Bindung von Geist, Herz und Vertrauen, die zwischen zwei Männern besteht.

Ja, Madame, wie groß auch die Liebe sein mag, die sie aneinanderschweißt, der Mann und die Frau sind sich in der Seele, im Geist immer fremd; sie bleiben zwei Kriegführende, sie sind nun einmal von verschiedenem Stamm, es muß immer einer der Bezwinger, der andere der Bezwungene, einer der Herr, der andere der Sklave sein. Sie fassen einander bei den Händen, bei den glutzitternden Händen; niemals aber reichen sie sie einander mit einem kräftigen, redlichen Druck, jenem Druck, der gleichsam die Herzen öffnet, sie in einem Aufschwung von aufrichtiger, männlicher Neigung entblößt. Die Weisen sollten, statt zu heiraten und, zum Trost für ihre alten Tage, Kinder zu zeugen, von denen sie verlassen werden, lieber einen guten, sichern Freund suchen und mit ihm in jener Verbindung der Gedanken alt werden, die eben nur zwischen zwei Männern bestehn kann.

Nun, mein Freund Julien heiratete. Sie war hübsch, seine Frau, reizend, eine kleine, kraushaarige, lebhafte, rundliche Blondine, die ihn anscheinend vergötterte.

Anfangs kam ich nur selten zu ihnen, denn ich fürchtete, ihre Zärtlichkeit zu stören, und hatte die Empfindung, als wäre ich zwischen den beiden zuviel. Sie aber wollten sichtlich mit mir verkehren, riefen mich beständig zu sich ins Haus und hatten mich offenbar gern.

Nach und nach ließ ich mich von dem sanften Zauber dieses gemeinsamen Lebens betören; und ich speiste häufig bei ihnen. Und ebensohäufig dachte ich, wenn ich dann nachts heimkam, es meinem Freund nachzumachen, eine Frau zu nehmen, denn mein leeres Haus dünkte mich damals recht traurig.

Sie wiederum liebten einander offenbar sehr zärtlich; keinen Augenblick trennten sie sich. Nun, eines Abends schrieb mir Julien, ich solle doch zum Essen zu ihnen kommen. Ich ging. ‹Mein Lieber›, sagte er, ‹ich werde mich nach Tisch einer geschäftlichen Angelegenheit halber entschuldigen müssen. Vor elf Uhr bin ich nicht wieder zurück. Dann aber komme ich bestimmt. Und ich rechne damit, daß du Berthe unterdessen Gesellschaft leistest.›

Die junge Frau lächelte. ‹Ich selber›, sagte sie, ‹hatte den Einfall, Sie zu uns zu bitten.›

Ich schüttelte ihr die Hand.

‹Sie sind zu liebenswürdig!›

Und ich spürte in meinen Fingern einen freundschaftlichen, langen Druck. Das beachtete ich nicht. Wir setzten uns zu Tisch, und um acht Uhr verließ uns Julien.

Kaum war er fort, als plötzlich zwischen seiner Frau und mir sich eine seltsame Verlegenheit einstellte. Wir waren noch nie miteinander allein gewesen, und trotz unserer täglich wachsenden Zutraulichkeit versetzte diese Zweisamkeit uns in eine neue Lage. Zunächst redete ich allerlei gleichgültige Dinge, mit denen man ein solches peinliches Schweigen füllt. Sie antwortete nicht, sondern blieb mir gegenüber, an der andern Seite des Kamins, den Kopf gesenkt, den Blick unentschlossen, einen Fuß nach der Flamme gestreckt, als wäre sie in ein schwieriges Problem vertieft. Als ich mit meinem Alltagsgerede fertig war, verstummte ich. Es ist erstaunlich, wie schwer es manchmal ist, Gesprächsstoff zu finden. Und dann spürte ich abermals in der Luft, spürte ich etwas Unsichtbares, etwas Unbestimmtes, das sich unmöglich ausdrücken läßt, jene mysteriöse Ahnung, die einen vor geheimen, guten oder bösen Absichten warnt, den Absichten eines anderen Menschen uns gegenüber.

Dieses peinliche Schweigen dauerte einige Zeit. Dann sagte Berthe: ‹Legen Sie doch noch ein Scheit ins Feuer, mein Lieber. Sie sehen, es will ausgehn.›

Ich öffnete die Holztruhe, die genau so neben dem Kamin stand wie Ihre hier. Ich nahm ein Scheit, das größte Scheit, und ich stellte es senkrecht auf die andern, zu drei Vierteln schon verzehrten Holzstücke.

Und dann wurde es wieder still.

Nach einigen Minuten flammte das Scheit derart, daß es uns das Gesicht fast versengte. Die junge Frau hob die Augen zu mir, Augen, die mir jetzt fremd waren.

‹Es ist zu heiß›, sagte sie. ‹Gehen wir doch hinüber auf das Sofa!›

Und so setzten wir uns auf das Sofa.

Dann, mit einem Mal, sah sie mir voll ins Gesicht: ‹Was täten Sie, wenn eine Frau Ihnen sagen würde, daß sie Sie liebt?›

Sehr verwirrt erwiderte ich: ‹Mein Gott, so ein Fall ist nicht vorgesehen, und dann – das hinge von der Frau ab.›

Da begann sie zu lachen, ein trockenes, nervöses, zitterndes Lachen, ein falsches Lachen, wie es ein feines Glas zum Zerspringen bringen könnte. Und sie fuhr fort: ‹Die Männer sind niemals kühn und gar nicht schlau.›

Sie schwieg. Doch dann begann sie abermals: ‹Sind Sie schon manchmal verliebt gewesen, Monsieur Paul?›

Das gab ich zu; ja, ich war schon manchmal verliebt gewesen.

‹Erzählen Sie mir doch davon›, bat sie.

Ich erzählte ihr eine gleichgültige Geschichte. Sie hörte mir aufmerksam zu, ließ aber häufig ihre Mißbilligung, ja ihre Verachtung merken; und dann plötzlich: ‹Nein, ihr versteht nichts! Damit eine Liebe wirklich stark ist, müßte sie – so stelle ich's mir vor – das Herz umstürzen, die Nerven verkrampfen, den Kopf verheeren. Sie müßte – wie soll ich es sagen? – gefährlich, ja schrecklich, beinahe verbrecherisch, beinahe lästerlich, gewissermaßen ein Verrat sein; ich will damit sagen, daß sie die heiligen Hindernisse, die Gesetze, die brüderlichen Bande vernichten müßte. Wenn eine Liebe gelassen ist, unbeschwert, gefahrlos, gesetzlich, ist das dann noch eine Liebe?›

Ich wußte nicht, was ich antworten sollte, und in meinem Innern bewahrte ich die philosophische Erkenntnis: ‹O Frauenhirn, so bist du ganz und gar!›

Beim Sprechen hatte sie sich eine gewisse Gleichgültigkeit zurechtgelegt, eine Art Rühr-mich-nicht-an-Miene; aber gleichzeitig hatte sie sich auf den Kissen ausgestreckt, den Kopf an meine Schulter gelehnt, und der ein wenig verschobene Rock ließ einen roten Seidenstrumpf sehen, der hin und wieder im Feuerschein auf dem Kamin stärker aufleuchtete.

Eine Minute später sagte sie: ‹Ich mache Ihnen wohl angst?› Ich widersprach. Da schmiegte sie sich ganz an meine Brust und flüsterte, ohne mich anzusehen: ‹Wenn ich Ihnen sagen würde, daß ich Sie liebe – was täten Sie?› Und bevor ich noch eine Antwort finden konnte, hatte sie ihre Arme um meinen Hals gelegt, hatte meinen Kopf brüsk an sich gezogen, und ihre Lippen preßten sich an die meinen.

Ach, verehrte Freundin, ich kann Ihnen schwören, daß ich das gar nicht heiter fand. Was! Julien betrügen? Der Geliebte dieser kleinen, verdrehten, verschlagenen Närrin werden, deren zweifellos überhitzter Sinnlichkeit ihr Gatte schon nicht mehr genügte? Ununterbrochen verraten, unablässig betrügen, mit der Liebe spielen und nur um der Lokkung der verbotenen Frucht, der Gefahr, der man trotzt, der verratenen Freundschaft wegen? Nein, das paßte mir durchaus nicht. Was aber tun? Den Joseph spielen? Eine sehr törichte und überdies sehr schwierige Rolle, denn in ihrer Niedertracht war sie betörend, diese kleine Person, war entflammt in ihrer Verwegenheit, entbrannt in leidenschaftlicher Gier. Wer nie auf seinem Mund den drängenden Kuß einer Frau gespürt hat, die bereit ist, sich hinzugeben, der werfe den ersten Stein auf mich…

Kurz, noch eine Minute… Sie begreifen, nicht wahr? Eine Minute noch und… ich war… nein… sie war… Verzeihung, er ist es, der war… Oder der es vielmehr gewesen wäre, wenn nicht just in diesem Augenblick ein schrecklicher Lärm uns aufgeschreckt hätte.

Das Scheit, ja, das Scheit, Madame, stürzte in den Salon, warf die Schaufel, den Kaminvorsatz um, rollte wie ein flammender Orkan, entzündete den Teppich und wälzte sich unter einen Fauteuil, den es unweigerlich in Brand gesteckt hätte.

Wie ein Wahnsinniger sprang ich hinzu, und während ich das rettende Scheit in den Kamin zurückstieß, öffnete sich jäh die Türe! Julien kam strahlend ins Zimmer. ‹Ich habe mich freigemacht!› rief er. ‹Die Angelegenheit war um zwei Stunden früher erledigt.›

Ja, meine Liebe, ohne das Scheit wäre ich auf frischer Tat ertappt worden. Und die Folgen können Sie sich ausmalen.

Nun, ich tat das Nötige, um nie, nie wieder in so eine Lage zu kommen. Dann bemerkte ich, daß Julien mir, wie man sagt, die kalte Schulter zeigte. Seine Frau untergrub ganz offenbar unsere Freundschaft; und nach und nach hielt er mich von seinem Hause fern. Schließlich sahen wir einander überhaupt nicht mehr.

Ich habe nie geheiratet. Darüber werden Sie sich jetzt wohl nicht mehr wundern.»

THOMAS MANN

1875–1955

Gefallen

Wir vier waren wieder ganz unter uns.

Der kleine Meysenberg machte diesmal den Wirt. In seinem Atelier soupierte es sich ganz charmant.

Das war ein seltsamer Raum, hergerichtet in einem einzigen Stile: bizarre Künstlerlaune. Etrurische und japanesische Vasen, spanische Fächer und Dolche, chinesische Schirme und italienische Mandolinen, afrikanische Muschelhörner und kleine antike Statuen, bunte Rokoko-Nippes und wächserne Madonnen, alte Kupferstiche und Arbeiten aus Meysenbergs eigenem Pinsel – das alles war im ganzen Raum auf Tischen, Etageren, Konsolen und an den Wänden, welche überdies gleich dem Fußboden mit dicken orientalischen Teppichen und verblichenen gestickten Seidenstoffen bedeckt waren, in schreienden Zusammenstellungen arrangiert, welche gleichsam auf sich selbst mit Fingern wiesen.

Wir vier, das heißt der kleine, braunlockige, bewegliche Meysenberg, Laube, der blutjunge, blonde, idealistische Nationalökonom, welcher, wo er ging und stand, über die gewaltige Berechtigung der Frauenemanzipation dozierte, Dr. med. Selten und ich – wir vier also hatten uns in der Mitte des

Ateliers auf den allerverschiedensten Sitzvorrichtungen um den schweren Mahagonitisch gruppiert und sprachen seit geraumer Zeit dem vortrefflichen Menü zu, das der geniale Gastgeber für uns komponiert hatte. Mehr noch vielleicht den Weinen. Meysenberg ließ wieder mal was draufgehn.

Der Doktor saß in einem großen, altertümlich geschnitzten Kirchenstuhl, über den er sich beständig in seiner scharfen Weise lustig machte. Er war der Ironiker unter uns. Welterfahrung und -verachtung in jeder seiner wegwerfenden Gesten. Er war der Älteste unter uns vieren. Wohl schon um die Dreißig herum. Auch hatte er am meisten ‹gelebt›. «Wüscht!» sagte Meysenberg, «aber er ist amüsant.»

Man konnte dem Doktor das «Wüscht» in der Tat ein wenig ansehen. Seine Augen hatten einen gewissen verschwommenen Glanz, und das schwarze, kurzgeschnittene Kopfhaar wies am Wirbel bereits eine kleine Lichtung auf. Das Gesicht, welches in einen spitz zugeschnittenen Bart verlief, zeigte, von der Nase zu den Mundwinkeln hinablaufend, ein paar spöttische Züge, welche ihm manchmal sogar einen bitteren Nachdruck verleihen konnten.

Beim Roquefort waren wir schon wieder mitten in den «tiefen Gesprächen». Selten nannte es so, mit dem wegwerfenden Hohne eines Mannes, welcher es sich, wie er sagte, längst zur einzigen Philosophie gemacht hat, dies von der betreffenden

Regie da oben wenig umsichtig inszenierte Erdenleben völlig frag- und skrupellos zu genießen, um dann die Achseln zu zucken und zu fragen: «Besser nicht?»

Aber Laube, auf geschickten Umwegen richtig in sein Fahrwasser gekommen, war schon wieder ganz außer sich und gestikulierte von seinem tiefen Polsterstuhl aus verzweifelt in der Luft herum.

«Das ist es ja! Das ist es ja! Die schmachvolle soziale Stellung des Weibes» (er sagte nie «Frau», sondern immer «Weib», weil sich das naturwissenschaftlicher machte) «wurzelt in den Vorurteilen, den blöden Vorurteilen der Gesellschaft!»

«Prosit!» sprach Selten sehr sanft und mitleidig und goß ein Glas Rotwein hinunter.

Das nahm dem guten Jungen die letzte Ruhe.

«Ach du! ach du!» fuhr er in die Höhe, «du alter Zyniker! Mit dir ist ja nicht zu reden! Aber ihr», wandte er sich herausfordernd an Meysenberg und mich, «ihr müßt mir recht geben! Ja oder nein?»

Meysenberg schälte sich eine Orange.

«Halb und halb ganz gewiß!» sagte er mit Zuversicht.

«Nur weiter», ermunterte ich den Redner. Er mußte sich wieder erst einmal auslassen, eher gab er doch keinen Frieden.

«In den blöden Vorurteilen und der bornierten Ungerechtigkeit der Gesellschaft, sage ich! All die Kleinigkeiten – ach Gott, das ist ja lächerlich. Daß sie da nun Mädchengymnasien einrichten und Weiber als Telegraphistinnen oder so was anstellen – was hat das zu sagen. Aber im großen, im großen! Welche Anschauungen! Etwa was das Erotische, das Sexuelle anbelangt, welche beschränkte Grausamkeit!»

«So», sagte der Doktor ganz erleichtert und legte seine Serviette weg, «nun wird's wenigstens amüsant.»

Laube würdigte ihn keines Blickes.

«Seht», fuhr er eindringlich fort und winkte mit einem großen Dessertbonbon, den er hernach mit wichtiger Gebärde in den Mund schob, «seht, wenn zwei sich lieben und er führt das Mädchen ab, so bleibt *er* ein Ehrenmann nach wie vor, hat sogar ganz schneidig gehandelt – verfluchter Kerl das! Aber das Weib ist die Verlorene, von der Gesellschaft Ausgestoßene, Verfemte, die Gefallene. Ja, die Ge-fal-le-ne! Wo bleibt der moralische Halt solcher Anschauung?! Ist der Mann nicht geradesogut gefallen? Ja, hat er nicht ehrlo-ser gehandelt als das Weib?! … Na, nun redet! Nun sagt was!»

Meysenberg sah nachdenklich dem Rauch seiner Zigarette nach.

«Eigentlich hast du recht», sagte er gutmütig.

Laube triumphierte über das ganze Gesicht.

«Hab' ich? hab' ich?» wiederholte er nur immer. «Wo ist die sittliche Berechtigung zu solchem Urteil?»

Ich sah Doktor Selten an. Er war ganz still geworden. Während er mit beiden Händen ein Brotkügelchen drehte, blickte er mit jenem bitteren Gesichtsausdruck schweigend vor sich nieder.

«Wollen aufstehen», sagte er dann ruhig. «Ich will euch eine Geschichte erzählen.»

Wir hatten den Speisetisch beiseite gerückt und es uns ganz hinten in dem mit Teppichen und kleinen Polstersesseln traulich hergerichteten Plauderwinkel bequem gemacht. Eine von der Decke niederhängende Ampel erfüllte den Raum mit einem bläulichen Dämmerlicht. Schon lagerte sich eine leise wogende Schicht Zigarettenrauch unter dem Plafond.

«Na, leg los», sagte Meysenberg, indem er vier Gläschen mit seinem französischen Benediktiner füllte.

«Ja, ich will euch die Geschichte gern einmal erzählen, weil wir doch so darauf gekommen sind», sagte der Doktor, «gleich fix und fertig in Novellenform. Ihr wißt ja, daß ich mich einmal mit dergleichen beschäftigt habe.»

Ich konnte sein Gesicht nicht recht sehen. Er saß, ein Bein über das andere geschlagen, die Hände in den Seitentaschen seines Jacketts, zurückgelehnt in seinem Sessel und blickte ruhig zu der blauen Ampel hinauf.

«Der Held meiner Geschichte», begann er nach einer Weile, «hatte in seinem kleinen norddeutschen Heimatort das Gymnasium absolviert. Mit neunzehn oder zwanzig Jahren bezog er die Universität P., eine übermittelgroße Stadt Süddeutschlands.

Er war der vollendete ‹gute Kerl›. Kein Mensch konnte ihm böse sein. Lustig und gutmütig-verträglich, war er gleich der Liebling aller seiner Kameraden. Er war ein hübscher, schlanker Junge mit weichen Gesichtszügen, munteren braunen Augen und zärtlich geschwungenen Lippen, über welchen der erste Bart zu sprossen begann. Wenn er, den hellen runden Hut auf den schwarzen Locken zurückgesetzt, die Hände in den Hosentaschen, durch die Straßen flanierte, neugierig um sich schauend, warfen ihm die Mädchen verliebte Blicke zu.

Dabei war er unschuldig – rein am Leibe wie an der Seele. Er konnte mit Tilly von sich sagen, er habe noch keine Schlacht verloren und kein Weib berührt. Das erste, weil er noch keine Gelegenheit dazu gehabt hatte, und das zweite, weil er ebenfalls noch keine Gelegenheit dazu gehabt hatte.

Kaum war er vierzehn Tage in P., als er sich natürlich verliebte. Nicht in eine Kellnerin, wie es das gewöhnliche ist, sondern in eine junge Schauspielerin, ein Fräulein Weltner, naive Liebhaberin am Goethe-Theater.

Man sieht zwar, wie der Dichter so treffend bemerkt, mit dem Trunk der Jugend im Leib – Helenen in jedem Weib; aber das Mädchen war wirklich hübsch. Kindlich zarte Gestalt, mattblondes Haar, fromme, lustige grau-blaue Augen, feines

Näschen, unschuldig-süßer Mund und weiches, rundes Kinn.

Er verliebte sich zuerst in ihr Gesicht, dann in ihre Hände, dann in ihre Arme, welche er gelegentlich einer antiken Rolle entblößt sah – und eines Tages liebte er sie ganz und gar. Auch ihre Seele, welche er noch gar nicht kannte.

Seine Liebe kostete ihn ein Heidengeld. Mindestens jeden zweiten Abend hatte er einen Parkettplatz im Goethe-Theater. Alle Augenblicke mußte er der Mama um Geld schreiben, wofür er die abenteuerlichsten Erklärungen ausheckte. Aber er log ja um ihretwillen. Das entschuldigte alles.

Als er wußte, daß er sie liebte, war das erste, daß er Gedichte machte. Die bekannte, deutsche ‹stille Lyrik›.

Damit saß er oft bis spät in die Nacht unter seinen Büchern. Nur die kleine Weckuhr auf seiner Kommode klapperte einförmig, und draußen verhallten hin und wieder einsame Schritte. – Ganz oben in der Brust, wo der Hals beginnt, saß ihm ein weicher, lauer, flüssiger Schmerz, welcher oft in die schweren Augen hinaufquellen wollte. Aber weil er sich schämte, wirklich zu weinen, so weinte er es nur in Worten auf das geduldige Papier hinunter.

Da sagte er es sich in weichen Versen, wehmütigen Klangfalls, wie sie so süß und lieblich sei und er so krank und müde, und wie eine große Unrast in seiner Seele sei, welche ins Vage trieb, weit –

weit, wo unter lauter Rosen und Veilchen ein süßes Glück schlummerte, aber er war gefesselt…

Gewiß, es war lächerlich. Ein jeder würde lachen. Die Worte waren ja auch so dumm, so nichtssagend hilflos. Aber er liebte sie! Er liebte sie!

Gleich natürlich, nach dem Selbstgeständnis, schämte er sich. Es war ja eine so armselige, kniende Liebe, daß er nur still ihr Füßchen hätte küssen mögen, weil sie gar so lieblich, oder ihre weiße Hand, dann wollte er ja gerne sterben. An den Mund wagte er gar nicht zu denken.

Als er einmal nachts erwachte, stellte er sich vor, wie sie nun wohl daläge, das liebe Haupt in den weißen Kissen, den süßen Mund ein wenig geöffnet, und die Hände, diese unbeschreiblichen Hände mit dem zartblauen Geäder auf der Decke gefaltet. Dann warf er sich plötzlich herum, drückte das Gesicht ins Kopfkissen und weinte lange in der Dunkelheit.

Damit war der Höhepunkt erreicht. Er war nun so weit, daß er keine Gedichte mehr machen und nicht mehr essen konnte. Er mied seine Bekannten, ging kaum noch aus und hatte tiefe, dunkle Ränder unter den Augen. Dabei arbeitete er gar nicht mehr und mochte auch nichts lesen. Er wollte nur immer so vor ihrem Bilde, das er sich längst gekauft, müde weiterdämmern, in Tränen und Liebe.

Eines Abends saß er mit seinem Freunde Rölling, mit dem er schon früher auf der Schule vertraut gewesen war und der Mediziner war wie er, aber schon in höheren Semestern, bei einem beschaulichen Glase Bier in irgendeinem Kneipenwinkel.

Da stellte Rölling plötzlich resolut seinen Maßkrug auf den Tisch.

‹So, Kleiner; nun sag mal, was dir eigentlich ist.›

‹Mir?›

Aber dann gab er es doch auf und sprach sich aus, über sie und sich.

Rölling wackelte mißlich mit dem Kopfe.

‹Schlimm, Kleiner. Nichts zu machen. Bist nicht der erste. Völlig unnahbar. Lebte bislang bei ihrer Mutter. Die ist zwar seit einiger Zeit tot, aber trotzdem – durchaus nichts zu machen. Gräßlich anständiges Mädel.›

‹Ja glaubtest du denn, ich…›

‹Na, ich glaubte, du hofftest…›

‹Ach Rölling…!›

‹… Ah – a so. Pardon, nun komm' ich erst ins klare. So sentimentalisch hatte ich mir das ja gar nicht gedacht. – Also dann schick ihr ein Bukett, schreib ihr dazu keusch und ehrfurchtsvoll, flehe um schriftliche Erlaubnis ihrerseits, ihr deine Aufwartung machen zu dürfen, zum mündlichen Ausdruck deiner Bewunderung.›

Er wurde ganz blaß und zitterte am ganzen Leibe.

‹Aber… aber das geht ja nicht!›

‹Warum nicht! Jeder Dienstmann geht für vierzig Pfennig.›

Tête-à-Tête
Lavierte Federzeichnung
von Daniel Lindtmeyer

Er zitterte noch mehr.

‹Herrgott – wenn das möglich wäre!›

‹Wo wohnt sie noch gleich?›

‹Ich – weiß nicht.›

‹*Das* weißt du noch nicht mal?! Kellner! Das Adreßbuch.›

Rölling hatte es schnell gefunden.

‹Gelt? Solange lebte sie in einer höheren Welt, nun wohnt sie auf einmal Heustraße 6a, dritte Etage; siehst du, hier steht's: Irma Weltner, Mitglied des Goethe-Theaters... Du, das ist übrigens eine scheußlich billige Gegend. So wird die Tugend belohnt.›

‹Bitte, Rölling...!›

‹Na ja, schon gut. Also das machst du. Vielleicht darfst du ihr mal die Hand küssen – Gemütsmensch! Die drei Meter für den Parkettplatz wendest du diesmal an das Bukett.›

‹Ach Gott, was kümmert mich das lumpige Geld!›

‹Es ist doch schön, von Sinnen zu sein!› deklamierte Rölling.

Am folgenden Vormittag schon ging ein rührend naiver Brief nebst einem wunderschönen Bukett nach der Heustraße ab. – Wenn er eine Antwort von ihr erhielte – irgendeine Antwort! Wie wollte er aufjubelnd die Zeilen küssen!

Nach acht Tagen war die Klappe des Briefkastens an der Haustür abgebrochen von dem vielen Öffnen und Schließen. Die Wirtin schimpfte.

Die Ränder unter seinen Augen waren noch tiefer geworden; er sah wirklich recht elend aus. Wenn er sich im Spiegel sah, erschrak er ordentlich; und dann weinte er vor Selbstmitleid.

‹Du, Kleiner›, sagte Rölling eines Tages sehr entschieden, ‹das geht nicht so weiter. Du gerätst ja immer mehr in Dekadenz. Da muß etwas geschehn. Morgen gehst du einfach zu ihr.›

Er machte seine kränkelnden Augen ganz groß.

‹Einfach… zu ihr…›

‹Ja.›

‹Ach das geht ja nicht; sie hat es mir ja nicht erlaubt.›

‹Das war ja überhaupt dumm mit dem Geschreibsel. Das hätten wir uns auch gleich denken können, daß sie dir nicht unbekannterweise gleich schriftliche Avancen machen würde. Du mußt einfach zu ihr gehn. Du bist ja doch schon glückstrunken, wenn sie einmal guten Tag zu dir gesagt hat. Ein Scheusal bist du ja auch nicht gerade. Sie wird dich schon nicht ohne weiteres hinauswerfen. – Morgen gehst du.›

Ihm war ganz schwindlig.

‹Ich werde nicht können›, sagte er leise.

‹Dann ist dir nicht zu helfen!› Rölling wurde ärgerlich. ‹Dann mußt du halt sehen, wie du's allein überwindest!›

Nun kamen, wie draußen mit dem Mai der Winter ein letztes Ringen versuchte, Tage schweren Kampfes.

Aber als er dann eines Morgens aus tiefem Schlaf erwachte, nachdem er sie im Traum gesehen, und sein Fenster öffnete, da war es Frühling.

Der Himmel war licht – ganz lichtblau, wie in einem milden Lächeln, und die Luft hatte ein so süßes Gewürz.

Er fühlte, roch, schmeckte, sah und hörte den Frühling. Alle Sinne waren ganz Frühling. Und es war ihm, wie wenn der breite Sonnenstreif, der drüben über dem Hause lag, in zitternden Schwingungen bis in sein Herz flösse, klärend und stärkend.

Und dann küßte er stumm ihr Bild und zog ein reines Hemd an und seinen guten Anzug und rasierte sich die Stoppeln am Kinn und ging in die Heustraße.

Es war eine seltsame Ruhe über ihn gekommen, vor der er fast erschrak. Aber sie blieb doch. Eine traumhafte Ruhe, als ob er es gar nicht selbst wäre, der da die Treppen hinaufging und nun vor der Tür stand und die Karte las: Irma Weltner.

Da auf einmal durchfuhr es ihn, daß es ein Wahnsinn sei, und was er denn wollte, und daß er schnell umkehren müsse, bevor ihn jemand sähe.

Aber es war nur, wie wenn durch dieses letzte Aufstöhnen seiner Scheu der irre Zustand von vorhin endgültig abgeschüttelt sei, dann zog eine große, sichere, heitere Zuversicht in sein Gemüt, und während er bislang wie unter einem Druck gestanden, unter einer lastenden Notwendigkeit, wie in der Hypnose, handelte er nun mit freiem, zielsicherem, jauchzendem Willen.

Es war ja Frühling!

Die Glocke klapperte blechern durch die Etage. Ein Mädchen kam und öffnete.

‹Das gnädige Fräulein zu Hause?› fragte er munter.

‹Zu Hause – ja – aber wen darf ich…›

‹Hier.›

Er gab ihr seine Karte, und während sie dieselbe forttrug, ging er mit einem übermütigen Lachen im Herzen einfach gleich hinterher. Als das Mädchen ihrer jungen Herrin die Karte überreichte, stand er auch schon im Zimmer, aufrecht, den Hut in der Hand.

Es war ein mäßig großer Raum mit einfachem, dunklem Ameublement.

Die junge Dame hatte sich von ihrem Platz am Fenster erhoben; ein Buch auf dem Tischchen neben ihr schien eben beiseite gelegt. Er hatte sie niemals so reizend gesehen, in keiner Rolle, wie in der Wirklichkeit.

Das graue Kleid mit dunklerem Brusteinsatz, das ihre feine Gestalt umschloß, war von schlichter Eleganz. In dem blonden Gekraus über ihrer Stirn zitterte die Maisonne.

Sein Blut quirlte und rauschte vor Entzücken, und als sie nun einen erstaunten Blick auf seine Karte warf und dann einen erstaunteren auf ihn selbst, da brach, indem er zwei schnelle Schritte auf sie zu tat, seine warme Sehnsucht in ein paar bangen, heftigen Worten hervor:

‹Ach nein... böse dürfen Sie nicht sein!!›

‹Was ist denn das für ein Überfall?› fragte sie belustigt.

‹Aber ich mußte Ihnen doch, wenn Sie mir's auch nicht erlaubt haben, ich mußte Ihnen doch einmal mündlich sagen, *wie* ich Sie bewundere, gnädiges Fräulein.› Sie deutete freundlich auf einen Sessel, und indem sie sich setzten, fuhr er etwas stockend fort: ‹Sehen Sie – ich bin nun schon mal so einer, der immer gleich alles sagen muß und nicht nur so immer alles... alles mit sich herumtragen kann, und da bat ich denn... warum haben Sie mir eigentlich gar nicht geantwortet, gnädiges Fräulein?› unterbrach er sich treuherzig.

‹Ja – ich kann Ihnen nicht sagen›, erwiderte sie lächelnd, ‹wie aufrichtig mich Ihre anerkennenden Worte und der schöne Strauß erfreut haben, aber... das ging doch nicht, daß ich da gleich so... ich konnte ja nicht wissen...›

‹Nein, nein, das kann ich mir nun auch ganz gut denken, aber nicht wahr, jetzt sind Sie mir auch nicht böse, daß ich so ohne Erlaubnis...›

‹Ach nein, wie kann ich wohl!›

‹Sie sind erst seit ganz kurzer Zeit in P.?› fügte sie schnell hinzu, feinfühlig eine verlegene Pause verhütend.

‹Doch schon etwa sechs bis sieben Wochen, gnädiges Fräulein.›

‹So lange? Ich dachte, Sie hätten mich vor anderthalb Wochen zuerst spielen sehen, als ich Ihre freundlichen Zeilen erhielt?›

‹Ich bitte Sie, gnädiges Fräulein!! Ich hab' Sie ja während der ganzen Zeit beinah jeden Abend gesehen! In allen Ihren Rollen!›

‹Ja, warum sind Sie denn da nicht schon früher gekommen?› fragte sie harmlos erstaunt.

‹Hätte ich schon früher kommen sollen?› erwiderte er ganz kokett. Er fühlte sich so namenlos glücklich ihr gegenüber im Sessel, mit ihr in zutraulichem Gespräch, und so unfaßlich war ihm die Situation, daß er fast fürchtete, es möchte wieder wie sonst ein trauriges Erwachen dem süßen Traume folgen. So munter-behaglich war ihm zu Sinn, daß er fast ganz gemütlich ein Bein über das andere geschlagen hätte, und dann wieder so überschwenglich selig, daß er ihr am liebsten gleich aufjauchzend zu Füßen gesunken wäre... Das ist ja alles dumme Mimerei! Ich habe dich ja so lieb... so lieb...!

Sie wurde ein bißchen rot, lachte aber herzlich erheitert über seine lustige Replik.

‹Pardon – Sie mißverstehen mich. Ich sagte das allerdings etwas ungeschickt, aber Sie müssen nicht so schwer von Begriffen sein...›

‹Ich werde mich bemühen, gnädiges Fräulein, von jetzt an – noch leichter von Begriffen zu sein...›

Er war vollkommen außer Rand und Band. Das erzählte er sich nach dieser Erwiderung gleich noch einmal. Da saß sie! Da saß sie! Und er bei ihr! Er raffte immer wieder all sein Bewußtsein zusammen, um sich zu zeigen, daß er es wirklich selbst war, und seine ungläubig-seligen Blicke glitten immer wieder über ihr Antlitz und ihre Gestalt... Ja, das war ihr mattblondes Haar, ihr süßer Mund, ihr weiches Kinn mit dieser leisen Neigung zur Doppelung, das war ihre helle Kinderstimme, ihre liebliche Sprache, welche jetzt außerhalb des Theaters den süddeutschen Dialekt ein wenig hervortreten ließ; das waren, wie sie nun noch einmal, ohne auf seine letzte Antwort weiter einzugehen, seine Karte vom Tische nahm, um von seinem Namen noch einmal des genaueren Kenntnis zu nehmen – das waren ihre geliebten Hände, die er so oft im Traume geküßt, diese unbeschreiblichen Hände, und ihre Augen, die sich nun wieder auf ihn richteten – mit einem Ausdruck, dessen interessierte Freundlichkeit sich noch stetig steigerte! Und ihre Sprache galt wieder ihm, wie sie nun mit Fragen und Antworten das Plaudern fortsetzte, das sich, hin und wieder stockend, dann wieder mit Leichtigkeit von ihrer beider Herkunft über ihre Beschäftigungen und über Irma Weltners Rollen fortspann, deren ‹Auffassung› ihrerseits er natürlich unumschränkt belobte und bewunderte, obgleich eigentlich, wie sie selbst lachend abwehrte, blitzwenig dran ‹aufzufassen› war.

Es klang in ihrem lustigen Lachen immer eine kleine Theater-Note mit, wie wenn etwa der dicke

Papa soeben einen Moserschen Witz ins Parkett dirigiert hätte; aber es entzückte ihn, wenn er dazu mit ganz naiv unverhüllter Innigkeit ihr Gesicht betrachtete, dermaßen, daß er mehrmals die Versuchung niederkämpfen mußte, ihr schnell zu Füßen zu sinken und ihr seine große, große Liebe ehrlich zu gestehen.

Eine volle Stunde mochte vergangen sein, als er endlich ganz bestürzt auf seine Uhr blickte und sich eilig erhob.

‹Aber wie lange halte ich Sie denn auf, Fräulein Weltner! Sie hätten mich längst fortschicken sollen! Sie sollten das doch allmählich wissen, daß einem die Zeit in Ihrer Nähe...›

Er machte es unwissentlich ganz geschickt. Er war schon fast ganz von der lauten Bewunderung des Mädchens als Künstlerin abgekommen; seine treuherzig vorgebrachten Komplimente wurden instinktiv immer mehr rein persönlicher Natur.

‹Aber wie spät ist es denn? Warum sollen Sie denn schon gehen?› fragte sie mit einer betrübten Verwunderung, welche, wenn sie gespielt war, jedenfalls realistischer und überzeugender wirkte als jemals auf der Bühne.

‹Lieber Gott, ich habe Sie lange genug gelangweilt! Eine ganze Stunde!›

‹Ach nein! Ist mir die Zeit schnell vergangen!› rief sie jetzt mit zweifellos aufrichtiger Verwunderung. ‹Schon eine Stunde!? Da muß ich mich allerdings beeilen, noch etwas von meiner neuen Rolle in den Kopf zu bekommen – für heute abend –, sind Sie im Theater heute abend? – auf der Probe konnte ich noch gar nichts. Der Regisseur hätte mich beinahe geprügelt!›

‹Wann darf ich ihn umbringen?› fragte er feierlich.

‹Lieber heut' als morgen!› lachte sie, indem sie ihm zum Abschied die Hand reichte.

Da beugte er sich mit aufwallender Leidenschaft nieder auf ihre Hand und preßte seine Lippen darauf in einem langen, unersättlichen Kusse, von dem er sich, wie es auch zur Besonnenheit in ihm mahnte, nicht trennen konnte, nicht trennen von dem süßen Duft dieser Hand, von diesem seligen Gefühlstaumel.

Sie zog ihre Hand etwas hastig zurück, und als er sie wieder anblickte, glaubte er auf ihrem Gesicht einen gewissen Ausdruck der Verwirrung zu bemerken, über den er wahrscheinlich sich hätte von Herzen freuen können, den er aber als Ärger über sein unschickliches Betragen deutete und über den er sich einen Moment schamvoll grämte.

‹Meinen herzlichsten Dank, Fräulein Weltner›, sagte er schnell und in förmlicherer Weise als bisher, ‹für die große Freundlichkeit, die Sie mir erwiesen haben…›

‹Ich bitte Sie; ich bin sehr erfreut, Sie kennengelernt zu haben.›

‹Und nicht wahr?› bat er nun wieder in seinem früheren treuherzigen Ton, ‹eine Bitte werden Sie mir auch nicht abschlagen, gnädiges Fräulein, nämlich – daß… ich einmal wiederkommen darf!›

‹Natürlich!… das heißt… gewiß – warum nicht!› Sie ward ein wenig verlegen. Seine Bitte schien nach dem seltsamen Handkusse etwas unzeitgemäß.

‹Ich würde mich sehr freuen, wieder einmal mit Ihnen plaudern zu können›, fügte sie dann jedoch mit ruhiger Freundschaftlichkeit hinzu und reichte ihm noch einmal die Hand.

‹Tausend Dank!›

Noch eine kurze Verbeugung, dann war er draußen. Auf einmal wieder, als er sie nicht mehr sah, wie im Traum.

Aber dann fühlte er aufs neue die Wärme ihrer Hand in der seinen und auf seinen Lippen, dann wußte er wieder, daß es wirklich Wirklichkeit war und daß seine ‹verwegenen›, seligen Träume wahr geworden. Und er taumelte wie betrunken die Treppe hinunter, seitwärts auf das Geländer gebeugt, welches sie so oft berührt haben mußte und welches er küßte, mit jubelnden Küssen – von oben bis unten.

Unten, vor dem von der Straßenfront ein wenig zurückweichenden Hause, war ein kleiner hof- oder gartenartiger Vorplatz, an dessen linker Seite ein Fliederbusch die ersten Blüten trieb. Da blieb er stehen und barg sein glühendes Gesicht in dem kühlen Gesträuch und trank lange, während sein Herz pochte, den jungen, zarten Duft.

Oh, o wie er sie liebte!

Rölling und ein paar andere junge Leute waren schon eine Weile mit Essen fertig, als er das Restaurant betrat und sich erhitzt und mit einem flüchtigen Gruße zu ihnen setzte. Einige Minuten saß er ganz still und sah sie nur nach der Reihe mit einem überlegenen Lächeln an, als machte er sich im geheimen über sie lustig, die so dasaßen und Zigaretten rauchten und gar nichts wußten.

‹Kinder!› schrie er dann auf einmal, indem er sich über den Tisch beugte, ‹wißt ihr was Neues? Ich bin glücklich!›

‹*Aha?!*› sagte Rölling und sah ihm sehr ausdrucksvoll ins Gesicht. Dann reichte er ihm mit einer feierlichen Bewegung über dem Tische die Hand. ‹Meinen tiefgefühltesten Glückwunsch, Kleiner.›

‹Wozu denn?›

‹Was ist denn los?›

‹Ja so, das wißt ihr noch gar nicht. Also es ist sein Geburtstag heute. Er feiert Geburtstag. Schaut ihn mal an – ist er nicht ganz wie neugeboren?!›

‹Nanu!›

‹Donnerwetter!›

‹Gratuliere!›

‹Du, also da müßtest du eigentlich…›

‹Natürlich! – Kell-ner!›

Man mußte ihm zugestehen, er wisse seinen Geburtstag zu feiern.

Dann, nach mühevoll mit sehnender Ungeduld heruntergewarteten acht Tagen, wiederholte er seinen Besuch. Sie hatte es ihm ja erlaubt. All die exaltierten *états d'âme,* die das erste Mal die Liebesscheu in ihm wachgerufen, kamen da schon in Wegfall.

Nun, und dann sah und sprach er sie halt öfter. Sie erlaubte es ihm ja immer wieder aufs neue.

Sie plauderten ungezwungen miteinander, und ihr Verkehr wäre fast freundschaftlich zu nennen gewesen, hätte sich nicht hin und wieder plötzlich eine gewisse Verlegenheit und Befangenheit, etwas wie eine vage Ängstlichkeit bemerkbar gemacht, die sich gewöhnlich bei beiden gleichzeitig zeigte. Es konnte in solchen Momenten das Gespräch plötzlich stocken und in einem sekundenlangen, stummen Blick sich verlieren, der dann, gleich dem ersten Handkuß, den Anlaß dazu gab, den Verkehr in augenblicklich steiferer Form fortzusetzen.

Einige Male durfte er sie nach der Vorstellung nach Hause begleiten. Welche Fülle von Glück bargen für ihn diese Frühlingsabende, wenn er an ihrer Seite durch die Straßen wanderte! Vor ihrer Haustür dankte sie ihm dann herzlich für sein Bemühen, er küßte ihr die Hand und ging mit einer jubelnden Dankbarkeit im Herzen seines Weges.

An einem dieser Abende war es, als er sich nach dem Abschiede, schon einige Schritte von ihr entfernt, noch einmal umwandte. Da sah er, daß sie noch in der Tür stand und scheinbar am Boden etwas suchte. – Doch wollte es ihm dünken, als habe sie erst bei seiner schnellen Wendung plötzlich die Haltung des Suchens angenommen.

‹Gestern abend habe ich euch gesehen!› sagte Rölling einmal. ‹Kleiner, nimm den Ausdruck meiner Hochachtung. So weit hat's wahrhaftig noch keiner mit ihr gebracht. Du bist ein Hauptkerl. Aber ein Schaf bist du doch. Viel mehr Avancen kann sie dir doch eigentlich gar nicht machen. Dieser notorische Tugendbold! Sie muß ja vollkommen in dich verliebt sein! Daß du da nun nicht mal frisch drauflosgehst!›

Er sah ihn einen Augenblick verständnislos an. Dann begriff er und sagte: ‹Ach schweig!›

Aber er zitterte.

Dann reifte der Frühling. Schon gegen Ende dieses Mai reihte sich eine Anzahl heißer Tage, in denen kein Tropfen Regen fiel. Mit einem fahlen, dunstigen Blau starrte der Himmel auf die dürstende Erde hernieder, und die starre, grausame Hitze des Tages machte gegen Abend einer dumpfen, lastenden Schwüle Platz, die ein matter Luftzug nur desto fühlbarer machte.

An einem dieser Spätnachmittage strich unser braver Junge einsam in den hügeligen Anlagen vor der Stadt umher. Es hatte ihn daheim nicht gelitten. Er war wieder krank; wieder trieb ihn diese durstige Sehnsucht, die er doch längst gestillt glaubte, durch all das Glück. Aber nun mußte er wieder stöhnen. Nach ihr. Was wollte er noch!

Von Rölling kam es, diesem Mephisto. Nur gutmütiger und weniger geistvoll.

Um dann die hohe Intuition –
Ich darf nicht sagen, wie – zu schließen…

Er schüttelte mit einem Ächzen den Kopf und starrte weit hinaus in die Dämmerung.

Von Rölling kam es! – Oder der hatte es doch, als er ihn wieder bleich werden sah, zuerst in brutalen Worten genannt und nackt vor ihn hingestellt, was sonst noch von den Nebeln weicher, vager Melancholie umhüllt gewesen!

Und er wanderte immer weiter, in diesem müden und doch strebenden Schritt, in der Schwüle.

Und er konnte den Jasminbusch nicht finden, dessen Duft er schon immerfort empfand. Es konnte ja noch gar kein Jasmin blühen, aber er hatte doch immer diesen süßen, betäubenden Geruch, überall, solange er draußen war.

An einer Biegung des Weges, gelehnt an einen wallartigen Abhang, auf dem verstreute Bäume standen, war eine Bank. Da setzte er sich und sah geradeaus.

An der anderen Seite des Weges senkte sich bald der dürre Grasboden zum Fluß hinab, der träge vorüberglitt. Jenseits die Chaussee, schnurgerade, zwischen zwei Reihen Pappeln. Dort, mühselig dem fahlvioletten Horizont entlang, schleppte sich einsam ein bäuerischer Wagen.

Er saß und starrte und wagte keine Bewegung, weil sonst auch nichts sich regte.

Und immer und immer dieser schwüle Jasmin!

Und auf der ganzen Welt diese dumpfe Last, diese lauwarme, brütende Stille, so durstig und lechzend. Er fühlte es, daß irgendeine Befreiung kommen mußte, irgendwoher eine Erlösung, eine stürmisch erquickende Befriedigung all dieses Durstes in ihm und der Natur...

Und dann sah er wieder das Mädchen vor sich, in dem hellen antiken Kostüm, und ihren schmalen, weißen Arm, der weich und kühl sein mußte...

Da stand er auf mit einem halben, vagen Entschluß und ging schneller und schneller den Weg zur Stadt.

Als er stehenblieb mit einem unklaren Bewußtsein, am Ziele zu sein, schlug plötzlich ein großer Schreck in ihm empor.

Es war völlig Abend geworden. Alles war still und dunkel um ihn. Nur hin und wieder zeigte sich noch ein Mensch um diese Zeit in der noch vorstadtartigen Gegend. Unter vielen leis verschleierten Sternen stand der Mond am Himmel, beinahe voll. Ganz fern das phlegmatische Licht einer Gaslaterne.

Und er stand vor ihrem Hause.

Nein, er hatte nicht hingehen wollen! Aber es hatte in ihm gewollt, ohne daß er es wußte.

Und nun, wie er da stand und regungslos zum Monde emporsah, war es doch wohl richtig so, und sein Platz.

– Es war irgendwoher noch mehr Lichtschein da. –

Es kam von oben, aus dem dritten Stockwerk, aus ihrem Zimmer, wo ein Fenster offenstand. Sie war also nicht im Theater beschäftigt; sie war daheim und noch nicht zur Ruhe gegangen.

Er weinte. Er lehnte am Zaun und weinte. Es war alles so traurig. Die Welt war so stumm und durstig, und der Mond war so blaß.

Er weinte lange, weil er das eine Weile als die erdürstete Lösung und Erquickung und Befreiung empfand. Aber dann waren seine Augen trockener und heißer als zuvor.

Und diese dürre Beklommenheit preßte wieder seinen ganzen Leib, daß er stöhnen mußte, stöhnen nach – nach...

Nachgeben – nachgeben.

Nein! Nicht nachgeben, sondern selbst...!

Er reckte sich. Seine Muskeln schwollen.

Aber dann spülte wieder ein stilles, laues Weh seine Kraft hinweg.

Doch lieber nur müde nachgeben.

Er drückte schwach auf den Haustürgriff und ging langsam und schleppend die Treppen hinauf.

Das Dienstmädchen sah ihn doch etwas erstaunt an, zu dieser Stunde; aber das gnädige Fräulein sei daheim.

Sie meldete ihn nicht mehr; er öffnete gleich selbst nach kurzem Klopfen die Tür zu Irmas Wohnzimmer.

Er war sich keines Handelns bewußt. Er ging nicht zu der Tür, sondern er ließ sich gehen. Es war ihm, als habe er irgendeinen Halt aus Schwäche fahrenlassen und als wiese ihn nun eine stille Notwendigkeit mit ernster, fast trauriger Gebärde dahin. Er fühlte, daß irgendein selbständig überlegter Wille gegen diesen still-mächtigen Befehl sein Inneres nur in wehevollen Widerstreit versetzt hätte. Nachgeben – nachgeben; es würde das Richtige geschehn, das Notwendige.

Auf sein Klopfen vernahm er ein leises Hüsteln, wie um die Kehle zum Sprechen herzurichten; dann klang ihr ‹Herein›, müde und fragend.

Als er eintrat, saß sie an der Rückwand des Zimmers in der Sofaecke hinter dem runden Tisch im Halbdunkel; die Lampe brannte verhüllt am offenen Fenster auf der kleinen Servante. Sie blickte ihn nicht an, sondern, indem sie zu glauben schien, es sei das Mädchen, verharrte sie in ihrer müden Stellung, die eine Wange an das Rückenpolster geschmiegt.

‹Guten Abend, Fräulein Weltner›, sagte er leise.

Da hob sie zusammenfahrend den Kopf und sah ihn einen Augenblick mit tiefer Erschrockenheit an.

Sie war bleich, und ihre Augen waren gerötet. Ein still hingebender Ausdruck des Leides lag um ihren Mund, und eine namenlos sanfte Müdigkeit klagte in ihrem zu ihm emporgerichteten Blick und in dem Klang ihrer Stimme, als sie dann fragte: ‹So spät noch?›

Da quoll es ihm in die Höhe, was er noch niemals empfunden, weil er noch niemals sich selbst vergessen hatte, ein warmes, inniges Weh, auf diesem süßen, süßen Antlitz, und in diesen geliebten Augen, welche als liebliches, heiteres Glück über seinem Leben geschwebt, den Schmerz zu sehen; ja, während er bisher nur immer Mitleid mit sich selbst empfunden hatte – ein tiefes, unendlich hingebendes Mitleid mit ihr.

Und dann blieb er so stehen, wie er stand, und fragte nur scheu und leise, aber sein Gefühl sprach in innigen Lauten mit:

‹Warum haben Sie geweint, Fräulein Irma?›

Sie blickte stumm in ihren Schoß nieder, auf das weiße Tüchlein, das sie dort in der Hand zusammenpreßte.

Da trat er auf sie zu, und indem er sich neben ihr niedersetzte, nahm er ihre beiden schmalen, mattweißen Hände, welche kalt und feucht waren, und küßte zärtlich eine jede, und während ihm tief aus der Brust heiße Tränen in die Augen stiegen, wiederholte er mit bebender Stimme: ‹Sie haben... ja geweint?›

Aber sie ließ den Kopf noch tiefer auf die Brust sinken, daß der leise Duft ihres Haares ihm entgegenhauchte, und während ihre Brust mit einem schweren, angstvollen, lautlosen Leiden rang und ihre zarten Finger in den seinen zuckten, sah er, wie aus ihren langen, seidenen Wimpern zwei Tränen sich lösten, langsam und schwer.

Da preßte er ihre beiden Hände angstvoll an seine Brust und klagte laut auf vor verzweifeltem

Wehgefühl, mit gewürgter Kehle: ‹Ich kann das ja nicht… ansehn, daß du weinst! ich halt' das ja nicht aus!!›

Und sie hob ihr blasses Köpfchen zu ihm empor, daß sie sich in die Augen sehen konnten, tief, tief, bis in die Seele, und einander in diesem Blick sagen, daß sie sich lieb hatten. Und dann durchbrach ein jubelnd-erlösender, verzweifelt-seliger Liebesschrei die letzte Scheu, und während sich ihre jungen Leiber in aufbäumender Krampfspannung umschlangen, preßten sich ihre bebenden Lippen aufeinander, und in den ersten, langen Kuß, um welchen die Welt versank, flutete durch das offene Fenster der Duft des Flieders hinein, der nun schwül und begehrlich geworden war.

Und er hob ihre zarte, fast überschlanke Gestalt vom Sitz empor, und sie stammelten einander in die offenen Lippen, wie sehr sie sich liebten.

Und dann machte es ihn seltsam erschauern, wie sie, die für seine Liebesscheu hohe Gottheit gewesen, vor der er sich stets schwach und ungeschickt und klein gefühlt, unter seinen Küssen zu wanken begann…

Einmal in der Nacht erwachte er.

Das Mondlicht spielte in ihrem Haar, und ihre Hand ruhte auf seiner Brust.

Da sah er empor zu Gott und küßte ihre schlummernden Augen und war ein besserer Kerl als jemals.

Ein stürmischer Gewitterregen war über Nacht niedergegangen. Die Natur war aus ihrem dumpfen Fieber erlöst. Die ganze Welt atmete einen erfrischten Duft.

In der kühlen Morgensonne zogen die Ulanen durch die Stadt, und die Leute standen vor den Türen und rochen in die gute Luft und freuten sich.

Und wie er, seiner Wohnung zu, durch den verjüngten Frühling wanderte, eine träumerisch-selige Schlaffheit in den Gliedern, hätte er nur immer in den lichtblauen Himmel hineinjauchzen mögen – o du Süße – Süße – Süße!!!

Dann, daheim an seinem Arbeitstisch, vor ihrem Bilde hielt er Einkehr und veranstaltete eine gewissenhafte Prüfung seines Inneren, was er getan und ob er nicht etwa bei allem Glück ein Lump sei. Das hätte ihn sehr geschmerzt.

Aber es war gut und schön.

Ihm war so glockenfeierlich im Gemüt wie etwa bei seiner Konfirmation, und wie er hinausblickte in den zwitschernden Frühling und in den milde lächelnden Himmel, war es ihm wieder wie in der Nacht, als sähe er dem lieben Gott mit ernster, schweigender Dankbarkeit ins Angesicht, und seine Hände falteten sich, und mit inbrünstiger Zärtlichkeit flüsterte er ihren Namen als andächtiges Morgengebet in den Frühling hinaus.

Rölling – nein, der sollte es nicht wissen. Es war ja ein ganz lieber Junge, aber er würde doch nur wieder seine Redensarten dazu machen und die

Sache so – komisch behandeln. Aber wenn er einmal nach Hause käme – ja, dann wollte er es abends einmal, wenn die Lampe summte, seiner Mama erzählen – all – all sein Glück…

Und er versank wieder darin.

Rölling wußte natürlich nach acht Tagen Bescheid.

‹Kleiner!› sagte er, ‹denkst du, ich bin blödsinnig? Ich weiß alles. Du könntest mir die Sache gern mal ein bißchen detailliert erzählen.›

‹Ich weiß nicht, was du sprichst. Wenn ich aber auch wüßte, was du sprichst, würde ich nicht von dem sprechen, was du weißt›, entgegnete er ernsthaft, indem er den Frager mit lehrhafter Miene und gestikulierendem Zeigefinger durch die geistvolle Verwickelung seines Satzes wies.

‹Nun sehe einer! Ordentlich witzig wird der Kleine! Der reine Saphir! – Na, sei recht glücklich, mein Junge.›

‹Das bin ich, Rölling!› sagte er ernst und fest und drückte mit Innigkeit des Freundes Hand.

Aber dem wurde es schon wieder zu sentimental.

‹Du›, fragte er, ‹wird Irmachen nun nicht bald junge Frauen spielen? Kapotthütchen müssen ihr reizend stehen! – Übrigens – kann ich nicht Hausfreund werden?›

‹Rölling, du bist unausstehlich!›

Vielleicht plauderte Rölling. Vielleicht auch konnte die Angelegenheit unseres Helden, der dadurch seinen Bekannten und seinen bisherigen

Gewohnheiten völlig entfremdet wurde, überhaupt nicht lange unbekannt bleiben. Man erzählte sich sehr bald in der Stadt, ‹die Weltner vom Goethe-Theater› habe ein ‹Verhältnis› mit einem blutjungen Studenten, und die Leute versicherten nun, an die Anständigkeit der ‹Person› ja auch niemals recht geglaubt zu haben.

Ja, er war allem entfremdet. Um ihn her war die Welt versunken, und unter lauter rosa Wölkchen und Rokoko-Amoretten, welche geigten, schwebte er durch die Wochen – selig, selig, selig! Wenn er nur immer, während unmerklich die Stunden schwanden, zu ihren Füßen liegen konnte und hintübergeworfenen Kopfes ihr den Atem vom Munde trinken – im übrigen war das ganze Leben aus, aus und vorbei. Jetzt gab es nur noch dies eine – eine, für das in den Büchern das schäbige Wort ‹Liebe› stand.

Die erwähnte Position zu ihren Füßen war übrigens charakteristisch für das Verhältnis der beiden jungen Leute. Es zeigte sich darin sehr bald das ganze äußere gesellschaftliche Übergewicht der Frau von zwanzig Jahren über den Mann gleichen Alters. Er war immer derjenige, welcher in dem instinktiven Verlangen, ihr zu gefallen, sich in Worten und Bewegungen zusammennehmen mußte, um ihr richtig zu begegnen. Abgesehen von der völlig freien Hingabe der eigentlichen Liebesszenen war *er* es, der während ihres einfach gesellschaftlichen Verkehrs sich nicht ganz ungezwungen geben konnte und der völligen Ungeniertheit entbehrte. Er ließ sich, teils gewiß auch aus hingebender Liebe, mehr noch aber wohl, weil er der gesellschaftlich Kleinere, Schwächere war, wie ein Kind von ihr ausschelten, um dann de- und wehmütig um Verzeihung zu bitten, bis er wieder den Kopf in ihren Schoß schmiegen durfte und sie ihm liebkosend das Haar streichelte – mit einer mütterlichen, fast mitleidigen Zärtlichkeit. Ja er blickte, zu ihren Füßen liegend, zu ihr empor, er kam und ging, wann sie es wünschte, er gehorchte jeder ihrer Launen, und sie *hatte* Launen.

‹Kleiner›, sagte Rölling, ‹ich glaube, du stehst unter dem Pantoffel. Mir scheint, du bist zu zahm für die wilde Ehe!›

‹Rölling, du bist ein Esel. Das weißt du nicht. Das kennst du nicht. Ich liebe sie. Das ist das Ganze. Ich liebe sie nicht bloß – *so*… so, sondern ich – liebe sie eben, ich… ach, das läßt sich ja gar nicht sagen…!›

‹Du bist halt ein fabelhaft guter Kerl›, sagte Rölling.

‹Ach was, Unsinn!›

Ach was, Unsinn! Diese dummen Redensarten von ‹Pantoffel› und ‹zu zahm› konnte auch wieder nur Rölling machen. Der verstand auch wirklich gar nichts davon. – Was war er selbst denn? Was war er denn bloß?! Das Verhältnis war ja so einfach und richtig. Er konnte ja doch immer nur ihre Hände in die seinen nehmen und ihr immer aufs neue sagen: Ach, daß du mich lieb hast, daß du mich ein klein bißchen lieb hast – *wie* dank ich dir dafür!

Einmal, an einem schönen, weichen Abend, als er einsam durch die Straßen wanderte, machte er wieder einmal ein Gedicht, das ihn sehr rührte. Es lautete etwa so:

Wenn rings der Abendschein verglomm,
Der Tag sich still verlor,
Dann falte deine Hände fromm
Und schau zu Gott empor.

Ist's nicht, als ruh' auf unserm Glück
Sein Auge wehmutsvoll,
Als sagte uns sein stiller Blick,
Daß es einst sterben soll?

Daß einst, wenn dieser Lenz entschwand,
Ein öder Winter wird,
Daß an des Lebens harter Hand
Eins von dem andern irrt? –

Nein, lehn dein Haupt, dein süßes Haupt
So angstvoll nicht an meins,
Noch lacht der Frühling unentlaubt
Voll lichten Sonnenscheins!

Nein, weine nicht! Fern schläft das Leid –
O komm, o komm an mein Herz!
Noch blickt mit jubelnder Dankbarkeit
Die Liebe himmelwärts!

Aber dies Gedicht rührte ihn nicht etwa, weil er sich wirklich und ernsthaft die Eventualität eines Endes vor Augen gestellt hätte. Das wäre ja ein ganz wahnsinniger Gedanke gewesen. Recht von Herzen kamen ihm eigentlich nur die letzten Verse, wo die wehmütige Monotonie des Klangfalls in der freudigen Erregung des gegenwärtigen Glücks von raschen, freien Rhythmen durchbrochen ward. Das übrige war nur so eine musikalische Stimmung, von der er sich vage Tränen in die Augen streicheln ließ.

Dann schrieb er wieder Briefe an seine Familie daheim, welche sicher kein Mensch verstand. Es stand eigentlich gar nichts darin; dagegen waren sie auf das erregteste interpunktiert und strotzten besonders von einer Fülle anscheinend gänzlich unmotivierter Ausrufungszeichen. Aber irgendwie mußte er doch all sein Glück mitteilen und von sich geben, und da er, wenn er's überlegte, in dieser Sache doch nicht ganz offen sein konnte, so hielt er sich eben an die vieldeutigen Ausrufungszeichen. Er konnte oft still selig in sich hineinlachen, wenn er bedachte, daß selbst sein gelehrter Papa unmöglich diese Hieroglyphen würde entziffern können, die doch nichts weiter bedeuteten als etwa: Ich bin maßlos glücklich!

So ging, bis Mitte Juli, in diesem lieben, dummen, süßen, sprudelnden Glück die Zeit dahin, und die Geschichte würde langweilig, wenn nicht dann einmal ein lustiger, ein amüsanter Morgen gekommen wäre.

Der Morgen war in der Tat wunderhübsch. Es war noch ziemlich früh, etwa neun Uhr. Die Sonne streichelte nur behaglich die Haut. Auch roch die Luft wieder so gut – gerade so, fiel ihm auf, wie damals an jenem Morgen nach der ersten wundersamen Nacht.

Er war sehr vergnügt und hieb munter mit seinem Stock auf das schneeweiße Trottoir ein. Er wollte zu ihr.

Sie erwartete ihn gar nicht, das war gerade so lieb. Er hatte vorgehabt, diesen Morgen ins Kolleg zu gehen, aber daraus war natürlich nichts geworden – heute. Das fehlte auch noch, bei diesem Wetter im Hörsaal sitzen! Wenn es regnete – allenfalls. Aber unter diesen Umständen, unter diesem Himmel mit seinem hellen, weichen Lachen... zu ihr! zu ihr! Sein Entschluß hatte ihn in die rosigste Laune versetzt. Er pfiff die kräftigen Rhythmen des Trinkliedes aus der ‹Cavalleria rusticana› vor sich hin, während er die Heustraße hinunterging.

Vor ihrem Hause blieb er stehen und schlürfte eine Weile den Fliederduft. Mit dem Strauch hatte er allmählich eine innige Freundschaft geschlossen. Immer, wenn er kam, machte er vor ihm halt und hielt ein kleines, stummes, überaus gemütvolles Zwiegespräch mit ihm. Dann erzählte ihm der Flieder in leisen, zarten Verheißungen von all dem Süßen, das ihn wieder einmal erwartete, und er betrachtete ihn, wie man gern angesichts eines großen Glückes oder Schmerzes, an dessen Mitteilung an irgendeinen Menschen man verzweifelt, sich mit seinem Übermaß von Empfindungen an die große, stille Natur wendet, die wirklich manchmal dreinschaut, als verstände sie etwas davon – er betrachtete ihn längst als etwas durchaus zur Sache Gehöriges, Mitfühlendes, Vertrautes, und sah in ihm kraft seiner permanenten lyrischen Entrücktheit weit mehr als eine bloße szenische Beigabe in seinem Roman.

Als er sich von dem lieben, weichen Duft genug hatte erzählen und verheißen lassen, ging er hinauf, und nachdem er seinen Stock auf dem Korridor abgestellt hatte, trat er ohne zu klopfen, beide Hände in übermütiger Fröhlichkeit in den Hosentaschen seines hellen Sommeranzuges und den runden Hut zurückgeschoben auf dem Kopf, weil er wußte, daß sie ihn damit am liebsten leiden mochte, ins Wohnzimmer.

‹Morgen, Irma! Na, du bist wohl…› – ‹überrascht› wollte er sagen, aber er war selbst überrascht. Bei seinem Eintritt sah er, daß sie sich mit einem Ruck vom Tische erhob, als wolle sie eilig etwas holen, wüßte aber nicht recht was. Sie fuhr nur ratlos mit einer Serviette über den Mund, indem sie dastand und ihn merkwürdig groß ansah. Auf dem Tisch stand Kaffee und Gebäck. An der einen Seite saß ein alter, würdiger Herr mit schneeweißem Zwickelbart und durchaus gentil gekleidet, welcher kaute und ihn sehr erstaunt ansah.

Er nahm schnell seinen Hut ab und drehte ihn verlegen in den Händen.

‹O pardon›, sagte er, ‹ich wußte nicht, daß du Besuch hast.›

Bei dem ‹Du› hörte der alte Herr auf zu kauen und sah nunmehr dem jungen Mädchen ins Gesicht.

Der gute Junge erschrak ordentlich, wie sie bleich war und noch immer so dastand. Aber der alte Herr sah ja noch viel schlimmer aus! Wie eine Leiche! Und die Haare, die er hatte, schien er sich auch nicht gekämmt zu haben. Wer das nur sein mochte?! Er zerbrach sich hastig den Kopf darüber. Ein Verwandter von ihr? Aber sie hatte ihm ja gar nichts gesagt…? Na, jedenfalls kam er ungelegen. Wie jammerschade! Er hatte sich so gefreut! Nun konnte er nur wieder gehen! Es war abscheulich! – Daß auch niemand was sagte! – Und wie sollte er sich gegen sie benehmen?

‹Wieso›, sagte plötzlich der alte Herr und sah sich mit seinen kleinen, tiefliegenden, blanken, grauen Augen um, als erwartete er auch noch eine Antwort auf diese rätselhafte Frage. Er war ja wohl etwas wirr im Kopf. Das Gesicht, das er machte, war dumm genug. Die Unterlippe hing ihm ganz schlaff und blöde hinunter.

Es fiel nun unserem Helden plötzlich ein, sich vorzustellen. Er tat es mit viel Anstand.

‹Mein Name ist ***. Ich wollte nur – ich wollte meine Aufwartung machen…›

‹Was geht denn mich das an?!› polterte auf einmal der würdige alte Herr. ‹Was wollen Sie überhaupt?!›

‹Entschuldigen Sie, ich…›

‹Ach was! machen Sie, daß Sie weiterkommen. Sie sind hier total überflüssig. Was, Mausi?› Dabei blinzelte er liebenswürdig zu Irma hinauf.

Nun war aber unser Held zwar nicht gerade ein Held, aber der Ton des alten Herrn war so durchaus beleidigend gewesen – ganz abgesehen davon, daß ihn die ganze Enttäuschung überhaupt seiner guten Laune gänzlich beraubt hatte –, daß er sein Auftreten sofort veränderte.

‹Erlauben Sie, mein Herr›, sagte er ruhig und bestimmt, ‹ich begreife wirklich nicht, was Sie berechtigt, in dieser Weise mit mir zu sprechen, besonders da ich auf den Aufenthalt in diesem Zimmer mindestens ebensoviel Recht zu haben glaube wie Sie.›

Es war zuviel für den alten Herrn. So was war er nicht gewohnt. Die Unterlippe wackelte in großer Gemütsbewegung hin und her, und er schlug sich dreimal mit der Serviette aufs Knie, während er unter voller Zuhilfenahme seiner bescheidenen stimmlichen Mittel die Worte hervorstieß: ‹Sie dummer Junge Sie! Sie dummer, dummer Junge Sie!›

Hatte der also Angeredete bei seiner letzten Entgegnung noch seinen Zorn zur Ruhe gemäßigt und sich die Eventualität vor Augen gehalten, der alte

Herr könne ein Verwandter Irmas sein, so war es jetzt mit seiner Geduld vorbei. Das Bewußtsein seiner Stellung dem jungen Mädchen gegenüber richtete sich stolz in ihm empor. Wer der andere war, galt ihm jetzt gleich. Er war aufs gröbste beleidigt und empfand etwas wie den guten Gebrauch seines ‹Hausrechtes›, als er eine kurze Wendung nach der Tür machte und mit wütender Schärfe den würdigen alten Herrn zum sofortigen Verlassen der Wohnung aufforderte.

Der alte Herr war einen Moment sprachlos. Dann lallte er zwischen Lachen und Weinen und indem seine Augen irr im Zimmer umhergingen: ‹Nö so... was... aber... nö *so* was...! Herrgott – was sagst... *du* denn eigentlich dazu?!› Dabei sah er hilfeflehend zu Irma in die Höhe, welche sich abgewandt hatte und keinen Laut von sich gab.

Als der unglückliche Greis erkannte, daß von ihr keine Unterstützung zu hoffen sei, und da ihm überdies die drohende Ungeduld, mit der sein Gegner die Bewegung nach der Tür wiederholte, nicht entging, gab er sein Spiel verloren.

‹Ich werde gehen›, sprach er mit einer edlen Resignation, ‹ich werde sofort gehen. Aber wir werden uns sprechen, Sie *Bube* Sie!›

‹Gewiß werden wir uns sprechen!› schrie unser Held, ‹ganz gewiß! oder glauben Sie – Herr, Sie hätten mir Ihre Beschimpfungen so umsonst an den Kopf geworfen! Vorläufig – hinaus!›

Zitternd und ächzend rang sich der alte Herr vom Stuhl in die Höhe. Die weiten Hosen schlotterten ihm um die dürren Beine. Er hielt sich die Lenden und wäre beinahe auf seinen Sitz zurückgesunken. Dies stimmte ihn sentimental.

‹Ich armer alter Mann!› wimmerte er, während er zur Türe wankte, ‹ich armer, armer alter Mann! Diese bübische Roheit! … Oh… ä! Und ein edler Zorn regte sich wieder in ihm – ‹aber wir werden… wir werden uns sprechen! Das werden wir! Das werden wir!›

‹Werden wir auch!› versicherte jetzt schon mehr belustigt auf dem Korridor sein grausamer Peiniger, während der alte Herr mit zitternden Händen seinen Zylinder aufsetzte, einen dicken Überzieher auf den Arm packte und damit unsicheren Schrittes die Treppe gewann. ‹Werden wir auch…›, wiederholte der gute Junge ganz sanft, da ihm das klägliche Aussehn des alten Herrn allmählich Mitleid einflößte. ‹Ich stehe jederzeit zu Ihrer Verfügung›, fuhr er höflich fort, ‹aber nach Ihrem Auftreten gegen mich können Sie sich unmöglich über das meine wundern.› Er machte eine korrekte Verbeugung und überließ dann den alten Herrn, den er unten noch nach einem Wagen jammern hörte, seinem Schicksal.

Jetzt erst fiel ihm wieder ein, wer das bloß gewesen sein könne, der verrückte alte Herr. Am Ende wirklich ein Verwandter von ihr?! Der Onkel, oder der Großvater, oder so was? Herrgott, dann war er vielleicht doch zu heftig mit ihm umgesprungen. Der alte Herr war vielleicht überhaupt, von Natur so – so geradezu! – Aber sie hätte sich doch was merken lassen, wenn es so war! Sie hatte sich ja um die ganze Sache anscheinend gar nicht gekümmert. Erst jetzt fiel ihm das auf. Vorhin war seine ganze Aufmerksamkeit durch den unverschämten alten Herrn gefesselt worden. – Wer mochte er nur sein! Ihm wurde wirklich ganz ungemütlich, und er zögerte einen Augenblick, wieder zu ihr einzutreten bei dem Gedanken, er könne sich ungebildet benommen haben.

Als er darauf die Zimmertür wieder hinter sich geschlossen hatte, saß Irma seitwärts in der Sofaecke, hatte einen Zipfel ihres Batisttüchleins zwischen den Zähnen und blickte starr geradeaus, ohne eine Wendung ihm entgegen.

Er stand einen Augenblick ganz ratlos da; dann faltete er vor sich die Hände und rief fast weinend vor Hilflosigkeit: ‹Aber so sag mir doch nur, wer das bloß war, Herrgott!›

Keine Bewegung. Kein Wort.

Es wurde ihm heiß und kalt. Ein vages Grauen stieg in ihm auf. Aber dann hielt er sich eindringlich vor, daß das Ganze ja einfach lächerlich sei, setzte sich neben sie und nahm väterlich ihre Hand.

‹Geh, Irmachen, nun sei mal vernünftig. Du kannst mir doch nicht böse sein? Er fing doch an – der alte Herr. – Wer war's nun eigentlich?›

Totenstille.

Er stand auf und ging ratlos ein paar Schritte von ihr weg.

Die Tür neben dem Sofa zu ihrem Schlafzimmer stand halb offen. Auf einmal ging er hinein. Auf dem Nachttisch am Kopfende des offenen Bettes hatte er etwas Auffallendes gesehen. Als er wieder eintrat, hatte er ein paar blaue Zettel in der Hand, Banknoten.

Er war froh, momentan etwas anderes zu sagen zu haben. Er legte die Scheine vor ihr auf den Tisch mit den Worten: ‹Schließ das lieber weg; es lag drüben.›

Aber plötzlich ward er wachsbleich, seine Augen vergrößerten sich und seine Lippen taten sich zitternd auseinander.

Sie hatte, als er mit den Banknoten eintrat, die Augen zu ihm aufgeschlagen, und er hatte ihre Augen *gesehen.*

Etwas Abscheuliches langte mit knochigen, grauen Fingern in ihm empor und ergriff ihn inwendig im Halse.

Und nun war es allerdings traurig zu sehen, wie der arme Junge die Hände von sich streckte und mit dem kläglichen Ton eines Kindes, dessen Spielzeug zerschlagen am Boden liegt, nur immer hervorstieß: ‹Ach nein! … Ach – ach nein!›

Dann in jagender Angst auf sie zu, mit irren Griffen nach ihren Händen, wie um sie zu sich zu retten und sich zu ihr, mit einem verzweifelten Flehen in der Stimme: ‹Bitte nicht...! Bitte – bitte nicht! Du weißt ja nicht – wie... wie ich... nein! Sag doch nein!›

Dann wieder, zurück von ihr, stürzte er laut aufjammernd am Fenster in die Knie, hart mit dem Kopf gegen die Wand.

Das Mädchen rückte sich mit einer verstockten Bewegung fester in die Sofaecke.

‹Ich bin schließlich beim Theater. Ich weiß nicht, was du für Geschichten machst. Das tun ja doch alle. Ich hab' die Heilige satt. Ich hab' gesehen, wohin das führt. Das geht nicht. Das geht bei uns nicht. Das müssen wir den *reichen* Leuten überlassen. Wir müssen schauen, was wir mit uns anfangen können. Da sind die Toiletten und... und alles.› Schließlich herausplatzend: ‹Es wußten ja doch alle, daß ich sowieso...!›

Da stürzte er sich auf sie und bedeckte sie mit wahnsinnigen, grausamen, geißelnden Küssen, und es klang, wie wenn in seinem stammelnden ‹O du... du...!!› seine ganze Liebe verzweiflungsvoll gegen furchtbare, widerstrebende Gefühle rang.

Vielleicht, daß er es schon aus diesen Küssen lernte, daß für ihn fortan die Liebe im Haß sei und die Wollust in wilder Rache; vielleicht, daß da später noch eins zum anderen kam. Er weiß es selber nicht.

Und dann stand er unten, vor dem Hause, unter dem weichen, lächelnden Himmel, vor dem Fliederstrauch.

Regungslos stand er lange, starr, die Arme am Leibe herunter. Aber auf einmal merkte er es, wie wieder ihm der süße Liebesatem des Flieders entgegenquoll, so zärtlich, so rein und lieblich.

Und da schüttelte er mit einer jähen Bewegung aus Jammer und Wut die Faust zu dem lächelnden Himmel hinauf und griff grausam in den lügnerischen Duft hinein, mitten hinein, daß das Gesträuch knickte und brach und die zarten Blüten zerstoben.

Dann saß er daheim an seinem Tisch, still und schwach.

Draußen herrschte in lichter Majestät der liebliche Sommertag.

Und er starrte auf ihr Bild, wie sie noch immer dastand, wie früher, so süß und rein...

Über ihm unter rollenden Klavierpassagen klagte ein Cello so seltsam, und wie die tiefen, weichen Töne sich quellend und hebend um seine Seele legten, stiegen wie ein altes, stilles, längstvergessenes Leid ein paar lose, sanft-wehmütige Rhythmen in ihm auf...

> Daß einst, wenn dieser Lenz entschwand,
> Ein öder Winter wird,
> Daß an des Lebens harter Hand
> Eins von dem andern irrt...

Und das ist noch der versöhnlichste Schluß, den ich machen kann, daß der dumme Bengel da weinen konnte.»

Es war einen Augenblick ganz still in unserer Ecke. Auch die beiden Freunde neben mir schienen von der wehmütigen Stimmung, die des Doktors Erzählung in mir erweckt hatte, nicht frei zu sein.

«Aus?» fragte schließlich der kleine Meysenberg.

«Gott sei Dank!» sagte Selten mit einer, wie mir schien, etwas gemachten Härte und stand auf, um sich einer Vase mit frischem Flieder zu nähern, die ganz hinten im letzten Winkel auf einer kleinen geschnitzten Etagere stand.

Jetzt hatte ich es auf einmal heraus, woher der merkwürdig starke Eindruck kam, den seine Geschichte auf mich gemacht hatte: von diesem Flieder, dessen Duft in ihr eine so bedeutsame Rolle spielte und der über der Erzählung gelegen hatte. Dieser Duft war es zweifellos, welcher für den Doktor den Beweggrund für die Mitteilung des Begebnisses ausgemacht hatte und der für mich von geradezu suggestiver Wirkung gewesen war.

«Rührend», sagte Meysenberg und zündete sich mit einem tiefen Seufzer eine neue Zigarette an. «Eine ganz rührende Geschichte. Und doch so riesig einfach!»

«Ja», stimmte ich bei, «und gerade diese Einfachheit spricht für ihre Wahrheit.»

Der Doktor lachte kurz auf, während er sein Gesicht noch mehr dem Flieder näherte.

Der junge blonde Idealist hatte noch gar nichts gesagt. Er hielt den Schaukelstuhl, in dem er saß, in fortwährender Bewegung und aß noch immer Dessertbonbons.

«Laube scheint furchtbar ergriffen zu sein», bemerkte Meysenberg.

«Gewiß ist die Geschichte rührend!» antwortete der Angeredete eifrig, indem er mit Schaukeln innehielt und sich aufrichtete. «Aber Selten wollte mich doch widerlegen. Davon hab' ich nichts gemerkt, daß ihm das geglückt ist. Wo bleibt, auch angesichts dieser Geschichte, die moralische Berechtigung, über das Weib...»

«Ach, hör auf mit deinen abgestandenen Redensarten!» unterbrach ihn der Doktor brüsk und mit einer unerklärlichen Erregung in der Stimme. «Wenn du mich noch nicht verstanden hast, kannst du mir leid tun. Wenn eine Frau heute aus Liebe fällt, so fällt sie morgen um Geld. Das hab' ich dir erzählen wollen. Weiter gar nichts. Das enthält vielleicht die moralische Berechtigung, nach der du so zeterst.»

«Ja sag mal», fragte auf einmal Meysenberg, «wenn sie wahr ist – woher weißt du denn eigentlich die ganze Geschichte so genau bis in alle Details, und warum regst du dich überhaupt so darüber auf?!»

Der Doktor schwieg einen Augenblick. Dann griff plötzlich seine rechte Hand mit einer kurzen, eckigen, fast krampfhaften Bewegung mitten in den Fliederstrauß hinein, dessen Duft er eben noch tief und langsam eingeatmet hatte.

«Na Gott», sagte er, «weil ich das selber war, der ‹gute Kerl› – sonst wär' mir's doch ganz egal...!»

Wirklich, wie er das so sagte und dazu mit dieser verbitterten, traurigen Brutalität in den Flieder griff... gerade wie damals – wirklich, von dem «guten Kerl» war nichts mehr an ihm zu bemerken.

SIGISMUND VON RADECKI

1891–1917

Der Kontakt

Herr Treumann im vierten Stock warf seine Wohnungstür zu und stieg, zufrieden pfeifend, die Treppe hinunter. Der Treppenflur hatte große Ähnlichkeit mit anderen Treppenfluren: dieselben Butzenscheiben mit bunten Glasbildern aus der deutschen Märchenwelt, derselbe Treppenläufer, der an jeder siebzehnten Stufe seinen Messingstab gelöst hatte und auf Knochenbrüche lauerte, dieselbe Luft, welche den Portier-Speisezettel durch alle Etagen trug, und endlich draußen vom Hofe her derselbe Leierkastenton. Man kennt das.

Herr Treumann, in der Branche tätig, hatte gestern erst sein Möbliertes bezogen. Wohlgelaunt sah er sich darum die Türschildchen an: ein Spezialist mit Höhensonne; eine Agentur gegen Leben und Unfall; eine Pension «für In- und Ausländer». Eine Hochherrschaftliche hatte sich in zwei Teile gespalten (mit separater Küche). Unten aber, im zweiten Stock, war eine Wohnung effektiv in fünf verschiedene Visitenkarten zerfallen, wobei jede (darunter auch ein vereidigter Bücherrevisor) ihr eigenes Klingelzeichen anzeigte – ein-, zweimal und so weiter. Die dritte dieser Karten trug eine rot unterstrichene Bemerkung:

Anneliese Hähnel
Kunstgewerbe
Klingelzeichen: 3 ×
NB. Bitte mein Signal nicht zu miß-
brauchen!!

«Hä!» sagte Herr Treumann, als er das Notabene las, strich sich den Schnurrbart, drückte dreimal auf den Klingelknopf und eilte kichernd die Treppe hinunter. Er hatte ausgesprochenen Sinn für Humor und übernahm auch meist die Rede auf die Damen. Dann bestieg er seinen Autobus, guckte sämtlichen weiblichen Wesen auf die Nasenspitze, fand nichts Erschütterndes und vertiefte sich in seine Zeitung.

Unterdessen hatte Fräulein Hähnel einen gesteppten Kimono umgeworfen und war an die Tür gehastet. Sie legte ein Auge ans Guckloch. Seit dem Sommer hatte keiner bei ihr geklingelt. Dann öffnete sie vorsichtig einen Türspalt. Dann machte sie die Tür ganz weit auf. Und ihr Blick fiel auf die rot unterstrichene Warnung: «Bitte mein Signal nicht zu mißbrauchen!!» Mit einem Knall schloß sie die Tür und stampfte in beleidigten Pantoffeln nach ihrem Zimmer zurück.

Dieses war unaufgeräumt, doch man kann es immerhin schildern. Zwei Prinzipien lagen in dem Zimmer im Kampf: die solide Vermieterinnentradition inklusive Morgenkaffee und ein gewisses «Laßt Sonne herein!» Die Tradition hatte ein Mittelding zwischen Sofa, Büfett und Festung hineingesetzt.

Laßt Sonne herein! dagegen hatte in die Etageren Rilke plaziert und auf das Sofa Berge von üppigen, sechsmonatlich sich vermehrenden Seidenkissen. Die Tradition hatte ein Ding hingehängt, einen drohenden Beleuchtungskörper, der die eiserne Krone Karls des Großen dreimalig, immer wieder vergrößert, zeigte – Laßt Sonne herein! aber hatte einen schonenden Mantel von orangerotem Chintz darübergebreitet, so daß die Geschichte als wahrhaft gigantischer Luftballon aufleuchtete. Die Tradition hatte dem Schönheitssinn Rechnung getragen und die Mona Lisa, «Hänschen lernt gehen» sowie die Beschießung der Taku-Forts an die Wand genagelt, während Laßt Sonne herein! dazwischen mit einer gewissen Zähigkeit Leinwände befestigt hatte, wo jeder Apfel einen dicken blau-schwarzen Rand trug und die Landschaften meist gerade im Umfallen begriffen waren. Dieser stumme Kampf wurde jedoch zweifellos für das Sonnenprinzip entschieden durch eine halbfußhohe Kautsch – gelb, flach und kahl wie das Tafelland von Abessinien –, vor der die Tradition endgültig passen mußte. Die Sonne hatte gesiegt.

Auf dieser Kautsch aber lebte Anneliese Hähnel, entwarf Vorsatzpapiere, schnitzte Holzleuchter, stickte Decken, schnitt Silhouetten, nähte Stoffpuppen, kurz, tat ihr möglichstes, um noch mehr Sonne hereinzulassen. Sie war vor fünfundzwanzig Jahren in Schwabing gewesen und hatte von dort Reformkleider, glühende Erinnerungen an den

Fasching sowie die Überzeugung mitgebracht, daß alles anders werden müsse – vor allem aber die Gebrauchsgegenstände, denn von denen sollte das neue Heil ausgehen. Sie wußte eine aparte Art, sich plötzlich mit den Armen um die Knie hinzuhocken und Morgenstern aufzusagen, und wenn ihr Komplimente zugeflüstert wurden, so bog sie den Kopf zurück und schüttelte lachend ihre Locken – welche aber dabei allmählich grauer wurden. Sie war aus jener Zeit, wo man alles komisch fand und für das Spielerische schwärmte; doch inzwischen waren alljährlich neue Mädchenheere angerückt, die noch viel mehr lachten... sogar über das Spielerische. Anneliese machte zwar noch einen verzweifelten Versuch, der Zeit zu trotzen, indem sie mit übergelaufenem Lippenrot, grellen Haarnuancen und emanzipiertem Monokel durchs Café ging, um nach Bekannten auszuspähen. Dann aber gab sie es endgültig auf, verzichtete auf jegliches Aussehen und bekam eine dumpfe Ahnung davon, daß der Wein ihres Lebens in Essig umgeschlagen war.

Weil in ihrer Blütezeit alles eigen und persönlich sein mußte, hatte sie es verschmäht, Anschluß an eine Freundin, ein Kränzchen oder sonst eine Ansammlung zu suchen, wo die alleinstehenden Alternden sich wohl zusammentun, um es ein bißchen wärmer zu haben. Damals, als sie noch ohne Angst in den Spiegel schaute, war ihre holde, in sich ruhende Passivität die sicherste Kraft gewesen, die Menschen anzuziehen. Jetzt war die Passivität geblieben – aber keiner kam. Sie flehte innerlich um Besuch, um Menschen, um jemand, der ihr die grauen Locken streichelte. Aber keiner kam je auf den Gedanken. So nähte sie Stoffpuppen. Und so hatte sie schließlich das Schild hinausgehängt: «Bitte mein Signal nicht zu mißbrauchen!!»

An diesem Tage hatte Herr Treumann nachts halb drei nach einer schweren Sitzung höchst vergnügt wieder heimgefunden. Sein schwimmender Blick war wiederum auf: «Bitte mein Signal...» gefallen. Kichernd hatte er es mit dem Spazierstock dreimal pflichtgemäß mißbraucht, der Schmetterling, und war dann glucksend in rasender Flucht nach seiner Bude hinaufgelaufen. Anneliese jedoch hatte dem ersten und zweiten Klingelzeichen atemlos gelauscht, um das dritte mit geschlossenen Lidern und gepreßten Lippen über sich ergehen zu lassen – das war unerhört, diese Frechheit! Dann hastete sie im Kimono zur Tür. Niemand. Das Treppenlicht erlosch gerade.

Und nun machte sich's für einen humorvollen Menschen wie Herrn Treumann ganz von selbst, daß er jedesmal morgens und nachts dreimal die Klingel drückte und eiligst abschwand. Gewohnheit birgt Süße; es machte ihm täglich mehr Spaß; es war sogar gut für seine Verdauung. Unterdessen aber lag die Kunstgewerblerin auf der gelben Kautsch und wartete jeden Tag auf den Mißbrauch ihres Signals – jetzt, jetzt mußte es kommen! Mit geschlossenen Wimpern lag sie da und erschauerte dreimal unter den drei Klingelzeichen. Empört lief sie dann zur Tür, um den Schamlosen zu stellen, doch Treumann, der gute Gymnastiker, war stets längst außer Reichweite.

Drei Wochen zogen ins Land, die für Fräulein Hähnel mit einem gewissen neuen Inhalt angefüllt waren. Präzise zweimal täglich schrillte durch die Stille des Stoffpuppennähens das Signal, ihr Signal: Tr–Trr–Trrr!, welches sie mit dem Aufruhr der verschiedenartigsten Gefühle durchbebte. Aber schließlich hat alles seine Grenzen. Dieser furchtbare Mißbraucher ihres Signals mußte einmal zur Verantwortung gezogen werden. Es gab doch noch Verpflichtungen! Er lastete ja bereits wie ein Alpdruck auf ihr! Sie konnte ja vor lauter Aufregung keine Stoffpuppen mehr nähen, es kam keine Sonne mehr herein!

Als deshalb wieder nachts dies wohlbekannte Tr–Trr–Trrr! ertönte, stürzte sie zwar, wie immer, zur Tür, stampfte dann aber nicht in ihr Zimmer zurück, sondern schlich sich in den nebenan gelegenen Waschraum. In diesem schlicht gekachelten Raume verbrachte Fräulein Hähnel die Nachtstunden in fieberhafter Erwartung. Jedesmal, wenn sie von der Treppe Schritte hörte, ballte sie die Fäuste und hielt sich sprungbereit.

Herr Treumann kam diesen Morgen die Treppe ziemlich verschlafen herunter. Das, gestern in der Weinstube, hatte sich ausgedehnt; die hatten da wieder Witze erzählt, also einfach glänzend…

Noch etwas dösig beäugte er die Signalwarnung und drückte in automatischer Gewohnheit dreimal auf den Klingelknopf. Aber wie entsetzt war er, als die Tür sogleich aufgerissen wurde und ein hageres Furienantlitz auftauchte!

Mit einem Sprung war Herr Treumann auf dem nächsten Treppenabsatz. Doch ihm wurden Worte nachgerufen, so fürchterlich, wie sie nur eine Frau durch ein schallendes Treppenhaus nachrufen kann! Daß ein erwachsener Mensch sich nicht schäme... Wo habe er eigentlich seine Erziehung genossen... Sie werde sich beim Hausverwalter über den groben Unfug beschweren... Polizei!... Er solle es noch einmal wagen... usw. usw. ging die Sprache des empörten Frauenherzens, während Herr Treumann schon längst auf seinen Autobus wartete und bloß «dämliche Ziege» murmelte.

Als Siegerin schritt Anneliese in ihr Zimmer. Der sollte es noch einmal wagen!

Und der wagte es wirklich nicht mehr. Feige wie alle Männer, wußte er von seinen Toasten auf die Damen jedenfalls so viel über diese Menschenart, daß er sich da lieber nichts anfing.

Kampfgierig wartete Anneliese abends auf den Mißbrauch. Aber kein Signal ertönte. Am Morgen lag sie regungslos auf der gelben Kautsch, hielt sich nervös die Schläfen und wartete auf die drei Zeichen. Aber sie kamen und kamen nicht. «So klingele doch schon!» flüsterte sie, nur um die Spannung loszuwerden. Nachts las sie bis halb drei ihren

Roman – jetzt, jetzt mußte es kommen – dumpfe Stille, keine Klingel, nichts als dumpfe Stille die ganze Nacht lang! Und so ging es die nächsten Tage. Das Leben wurde wieder wie immer: eine Stoffpuppe nach der anderen ... Es gab keinen Mißbrauch mehr, nie mehr, nimmermehr.

Eine Woche lang kämpfte sie mit sich.

Dann, am siebenten Tage nach dem Furienerlebnis, erhielt Herr Treumann einen Brief. Als er den Absender las, wurde er etwas feige. Dann öffnete er das Kuvert:

Sehr geehrter Herr!

Ich bitte Sie wegen des Auftritts neulich auf dem Treppenflur vielmals um Entschuldigung. Es war eine Kleinlichkeit von mir, wegen dieser harmlosen Klingelzeichen solch ein Geschrei zu machen. Im Gegenteil, ich bin auch ein künstlerischer Mensch (ich nähe Stoffpuppen) und weiß darum die Betätigung des Spielerischen sehr wohl zu schätzen. Denn man muß doch Sonne hereinlassen, nicht? – –

Und so möchte ich Sie, sehr geehrter Herr, keineswegs am Abgeben der drei Klingelzeichen hindern. Ja, ich bitte sogar darum und wäre Ihnen für weitere Abgabe des Signals zu den gewöhnlichen Zeiten (morgens und nachts), oder wann Sie sonst wünschen, sehr verbunden!

Hochachtungsvoll
Anneliese Hähnel, Kunstgewerbe

ALBERTO MORAVIA

1907–1990

Appetit

Wer morgens in der Gegend der Poliklinik an jenem Punkt der Stadtmauer vorüberkommt, wo eine Unmenge marmorner Votivtäfelchen wie Briefmarken auf einem Kuvert angebracht sind, wird ein paar Schritte vom Tabernakel der Muttergottes entfernt einen schönen, großen Blumenstand sehen, mit Gefäßen voller Blumen, mit farbigen, kleinen Gipsstatuen und fertigen Blumengewinden. Dort kaufen Angehörige und Freunde der Kranken des Spitals Blumen, dort deckt die ganze Gegend ihren Bedarf. Die Besitzerin ist eine dicke, blonde, große Frau. Ihr Sohn, der ihr sehr ähnlich sieht, hilft ihr beim Verkauf. Er heißt Carlo, ist neunzehn Jahre alt und wiegt bereits seine hundert Kilo.

Carlo hat ein dickes, mehlfarbenes Gesicht, starke Augengläser und rote, bürstenförmig geschnittene Haare. Bei jeder Bewegung wackelt seine Brust wie die einer Frau, und sein gewaltiger Bauch ruht auf säulenartigen Beinen. Er ist immer auf amerikanische Art gekleidet, mit einer Windjacke und gestreiften Hosen. Die Jacke ist so eng, daß sie wie angegossen aussieht; und wenn er sich bückt, fürchtet man jedesmal, die Hose könnte ihm hinten platzen.

Carlo und ich waren Freunde. Jetzt sind wir es nicht mehr. Das tut mir leid – nicht zuletzt darum, weil sein Äußeres danach angetan ist, einen in heitere Stimmung zu versetzen. Wenn man schwermütige Gedanken vertreiben wollte, genügte es, ihn essen zu sehen. Mein Gott, was für einen Appetit! So etwas wie Carlo ist mir nie wieder begegnet: Er war imstande, ein halbes Kilo Spaghetti mit Saft und Brot in sich hineinzuschaufeln und dann ärgerlich zu erklären: «Das war ja gar nichts! Mutter, ich habe Hunger!»

Das ging so weit, daß ihn seine Freunde öfters ins Gasthaus einluden, um ihn essen zu sehen. Und er ließ sich nicht lange bitten: An einem Abend verschlang er ein komplettes Lamm in weniger als einer halben Stunde, so daß auf dem Teller nur ein Haufen abgenagter Knochen zurückblieb.

Daheim konnte er sich solche Fressereien nicht leisten, denn seine Mutter hatte es schwer, mit ihrem Blumenladen das nötige Geld zum Leben zu verdienen. Im Bewußtsein, ein Schauspiel bieten zu können, schlug er uns deshalb selber manchmal vor: «Ladet ihr mich heute abend ein? Ich esse im Akkord, ohne jede Begrenzung nach oben! Einverstanden?»

Eines Sonntags teilte Carlo mir mit, wir seien beide zum Essen im Hause seiner Verlobten Faustina eingeladen. Ich wunderte mich, denn ich kannte die Familie Faustinas nicht näher und verstand den

Grund dieser Einladung nicht recht. Aber als ich auf dem Corso d'Italia mit Carlo zusammentraf, begriff ich sehr bald, um was es sich handelte.

Er hatte die Hände in den Taschen vergraben, machte einen traurigen, niedergeschlagenen Eindruck und seufzte oft. Während wir auf die Wohnung Faustinas zugingen, erkundigte ich mich, was er denn hätte; doch er antwortete mir nur wieder mit einem Seufzer. Ich drängte ihn – ein neuer Seufzer!

Schließlich sagte ich: «Hör einmal – wenn du mich nicht einweihen willst, dann laß es eben. Aber hör mit dem Geseufze auf! Als ob du ein Seehund wärst...»

«Wieso? Seufzen die Seehunde?»

«Nein, aber wenn sie seufzen, würden sie so seufzen wie du!»

Er seufzte von neuem und erklärte dann: «Ich habe dich heute mit einladen lassen, damit du mir hilfst. Willst du mir das versprechen?»

Ich versprach es.

Darauf erklärte er, noch immer seufzend: «Faustina will nichts mehr von mir wissen!»

Ich gestehe, daß mein erstes Gefühl Befriedigung war. Faustina gefiel mir selbst, und ich hatte nie verstanden, was sie eigentlich an Carlo fand. Aber ich bin ein guter Freund, und es war mir infolgedessen nicht einmal eingefallen, Faustina auch nur zu verstehen zu geben, daß ich etwas für sie übrig hätte.

Auch jetzt täuschte ich Gleichgültigkeit vor und sagte: «Das tut mir leid. Aber was kann man da machen?»

«Du kannst sehr viel machen... Auf mich hört Faustina nicht, doch du hast Einfluß auf sie. Du verstehst zu sprechen. Sie wollte mich überhaupt nicht mehr sehen, aber ich habe auf einer Aussprache bestanden, und da hat sie uns schließlich eingeladen. Jetzt mußt du reden und ihr erklären, daß ich sie liebe und daß sie mich nicht einfach sitzenlassen kann.»

Ich erwiderte, Frauen ließen sich nicht durch vernünftige Erwägungen überzeugen; aber da er mich so inständig bat, erklärte ich mich schließlich bereit, es zu versuchen.

Inzwischen waren wir bei Faustinas Wohnhaus nahe dem Markt auf der Piazza Alessandria angekommen. Wir stiegen die Treppe hinauf und klopften an der Tür.

Faustinas Mutter, eine kleine, grauhaarige Frau, öffnete uns und rief: «Na, ihr seid wenigstens da!» Darauf verschwand sie sogleich wieder in der Küche.

Wir gingen in den Salon, der unter der Woche Faustinas Vater, einem Schneider, als Anprobezimmer diente. Dort war zwischen den vier mit Modellzeichnungen bedeckten Wänden ein Tisch für acht Personen gedeckt. In einer Ecke stand eine Schneiderpuppe mit einer zugeschnittenen Jacke darauf. In der ganzen übrigen Wohnung schien mir ein gewaltiges Durcheinander zu herrschen: Man hörte die Mutter wütend schreien und irgendwem antworten. Dann wurde die Tür aufgerissen, und Faustina erschien.

Sie war ein achtzehnjähriges, kleines, zartes Mädchen, mit Kraushaar, fliehender Stirn, grünen Augen und einem großen, nicht schönen, aber aufreizenden Mund. Vergnügt rief sie: «Grüß dich, Carlo! Grüß dich, Mario! Mutter ärgert sich, weil sie Spaghetti für acht Personen vorbereitet hat, während doch der Vater, Gino und Alfredo wegen des Fußballspiels außer Haus essen. Auch Annamaria kommt nicht. Ihr Verlobter hat sie eingeladen. Und ich bin im Weggehen – ich bin nämlich auch eingeladen. Also seid nur ihr drei übrig. Mutter sagt, das Fleisch könne sie ja aufheben, aber die Spaghetti nicht.»

Das alles sprudelte über ihre Lippen. Dann zog sie ihr Kleid hoch, um es nicht zu zerdrücken, setzte sich auf einen alten, gelben, löchrigen Diwan und erklärte weiter: «Hör einmal, Carlo, ich habe dich heute mit deinem Freund kommen lassen, weil Mutter meinte, das sei ich dir schuldig. Aber ich sage dir: Es hat keinen Sinn, daß du weiter in mich dringst!»

Mich freuten diese Worte, die sie so leichthin aussprach. Während des Sprechens hatte sie nicht Carlo angesehen, sondern mich, und unsere Blicke hatten sich gekreuzt. Wenn ich mich nicht täuschte, hatte sie mir sogar kokett zugelächelt.

Carlo sagte weinerlich: «Was soll ich denn aber anfangen, wenn du mich nicht willst?»

Sie lachte herzhaft und zeigte dabei ihre breiten Zähnchen: «Du wirst eine andere finden! Oder auch nicht! Das ist mir egal – wenn nur ich dich nicht mehr zu sehen brauche! Ich hab's satt!»

«Aber warum hast du's denn satt? Was habe ich dir denn getan? Warum bist du böse mit mir?»

Sie reckte sich auf, und während sie mich mit ihren grünen Augen lustig ansah, ihn aber nicht, sagte sie: «Ich hab's satt, weil du du bist – ein Fettwanst, ein Vielfresser! Du denkst ja nur ans Essen. Und je mehr du ißt, um so fetter wirst du. Meine Freundinnen fragen mich, ob ich denn König Faruk heiraten wolle. Neben dir sehe ich wirklich aus wie der Floh neben dem Elefanten. Nein, ich bin nicht für dich geschaffen.»

«Aber ich liebe dich doch!»

«Und ich liebe dich nicht – nicht im mindesten.»

Habt ihr schon einmal einen dicken Mann weinen sehen? Wenn ein Magerer weint, macht das einen echten Eindruck; aber bei einem Dicken glaubt man immer, er spiele Komödie. Carlo hatte die Brille abgenommen und begann, in sein Taschentuch zu schluchzen.

Jetzt trat die Mutter ein. Sie trug eine bis zum Rand mit Spaghetti gefüllte Suppenterrine und fragte erstaunt: «Was ist denn geschehen? Was hat Carlo?»

«Er heult!» sagte Faustina vergnügt und zuckte mit den Achseln. «Das wird ihm guttun!» Dann stand sie auf und erklärte: «Na, ich gehe… Du hast kommen wollen… Ich habe dir gesagt, was ich dir zu sagen hatte – und jetzt verschwinde ich. Ich habe zu tun.»

«Ißt du denn nicht?» schrie die Mutter.

«Nein, ich esse später. Hebt mir etwas auf. Leb wohl, Carlo! Und guten Appetit! Auf Wiedersehen, Mario!»

Bei den letzten Worten drückte sie meine Hand und sah mich mit ihren grünen Augen fest an. Ich spürte, wie sie mit ihren Fingern die meinen liebkoste.

«Tja», meinte die Mutter gereizt, «dann seid also nur ihr beiden da! Setzt euch zu Tisch und eßt!»

«Ich habe keinen Hunger…», sagte Carlo. Doch seine Augen hatten sich an die Terrine geheftet, und seine Tränen waren wie auf ein Zauberwort verschwunden.

Ich selbst hatte keinen Hunger. Die Blicke Faustinas und die Berührung ihrer Finger hatten mich zu sehr in Unruhe versetzt.

Ich schlug also vor: «Wie wär's, wenn wir wieder gingen?»

«Und die Teigwaren? Soll ich die wegwerfen?» rief die Mutter mit in die Hüften gestemmten Fäusten. «Hausgemachte Nudeln! Los, setzt euch und eßt!»

«Ich hab' keinen Hunger!» protestierte Carlo schwach.

Aber in diesem Augenblick erschien Faustina wieder in der Tür und rief: «Wem willst du denn erzählen, daß du keinen Hunger hast? Zier dich nicht und greif zu!»

Sie packte ihn bei der Hand, nötigte ihn, sich vom Diwan zu erheben und sich an den Tisch zu setzen, band ihm die Serviette um den Hals und gab ihm die Gabel in die Hand. Die Mutter hatte inzwischen Carlos Teller mit einem Berg Spaghetti gefüllt. Halb erstickt protestierte er weiter: «Ich hab' keinen Hunger!» Doch der Teller mit den dampfenden Nudeln und der schönen hellen Tomatensoße schien ihn sehr zu locken; denn während er weiter behauptete, keinen Hunger zu haben, fing er schon an, die Spaghetti um die Gabel zu rollen.

«Guten Appetit!» rief Faustina und verschwand wieder aus dem Zimmer.

Die Mutter war ebenfalls verschwunden, nachdem sie auch mir den Teller gefüllt hatte.

Carlo hob seine gehäuft volle Gabel und sagte mit weinerlicher Stimme: «Mario, geh zu Faustina, ehe sie das Haus verläßt... Vielleicht, wenn sie mit dir allein spricht...» Er vollendete den Satz nicht, schob die Spaghetti in den Mund, und die Tränen rollten ihm von neuem über die Wangen herab.

Ich sagte vergnügt: «Recht hast du, vielleicht hört sie auf mich, wenn ich mit ihr allein rede... Iß du nur einstweilen… Ich gehe und komme gleich wieder.»

Ich ging geradewegs in Faustinas Zimmer. Sie stand in einem grünlichen Unterrock vor dem Schrankspiegel und schminkte sich die Lippen. Ich schloß die Tür, legte den Arm um ihre Hüften und fragte ganz schlicht: «Sehen wir uns morgen?»

Sie sah mich mit ihren grünen Augen verschmitzt an und machte einen höchst zufriedenen Eindruck.

«Nein», sagte sie, «heute…»

«Wann – heute?»

«Erwarte mich unten in der Bar – in einer halben Stunde.»

Ich sagte nichts, drehte mich auf dem Absatz um und ging in das Speisezimmer zurück. Carlo aß jetzt mit gutem Appetit und ohne Eile. Sein Teller war schon halb leer.

Ich sagte zu ihm: «Es tut mir wirklich leid – aber sie hat mich aus ihrem Zimmer hinausgeworfen… nichts zu machen…»

Er schlang den Bissen hinunter, den er gerade im Munde hatte, schluchzte dann auf und sagte mit gesenktem Kopf, während er neue Spaghetti um seine Gabel rollte: «Blöde Ziege! Und dabei liebe ich sie doch so sehr…»

Auch ich hatte jetzt zu essen begonnen, denn nach dem Besuch in Faustinas Zimmer war mein Appetit wiedergekehrt; und die Nudeln schmeckten wirklich ausgezeichnet, waren saftig und mit einer Menge Schafkäse gewürzt.

Carlo begann von neuem: «Ich will sie nicht wiedersehen – selbst dann nicht, wenn sie mich darum bittet!» Sein Teller war jetzt leer, und er nahm sich von neuem aus der Terrine.

«Da tust du gut daran», sagte ich.

Mit einem Wort, wir beide, vor allem aber Carlo, aßen die Hälfte von dem auf, was auf dem Tisch stand. Dann erschien die Mutter und bot uns der Form halber von dem aufgeschnittenen Fleisch an. Ich erklärte, wir hätten genug gegessen, und erhob mich, obwohl ich an dem Gesichtsausdruck Carlos merkte, daß er gern auch noch von dem Fleisch gegessen hätte. Natürlich blieb ihm aber nichts anderes übrig, als aufzustehen. Er seufzte, wischte sich mit der Serviette zuerst den Mund und dann die Augen. Darauf verabschiedeten wir uns beide von der Mutter und gingen fort.

Sobald wir auf der Straße standen, sagte ich zu Carlo: «Tja, ich muß jetzt gehen. Ich habe eine Verabredung.» Und ehe mein Freund Zeit zum Nachdenken gefunden hatte, lief ich ihm auch schon davon.

Ich strich eine Weile in dem Viertel umher und ging dann zur festgesetzten Zeit in die Bar. Faustina erwartete mich bereits. Sie sah sehr elegant aus in ihrem enganliegenden Kostüm, einen Veilchenstrauß in der Hand.

Sogleich hing sie sich bei mir ein und erklärte: «Dummkopf, warum hast du denn so lange gebraucht, um zu kapieren, daß du mir gefällst?»

Ich kam nicht dazu, etwas zu erwidern; denn wir gingen gerade an einem Bäckerladen vorbei, wo heiße Süßigkeiten frisch aus dem Ofen verkauft wurden. In der Tür dieses Ladens aber stand Carlo – einen neapolitanischen Blätterteigkuchen in der Hand, den Mund voll und das Gesicht ganz weiß von Puderzucker.

Erst roch ich den angenehmen Duft des Backofens, dann sah ich ihn und sah, daß er uns gesehen hatte, wie wir da Arm in Arm unseres Weges dahergekommen waren.

Faustina ließ sich nicht aus der Fassung bringen. «Grüß dich, Carlo!» rief sie, während wir uns entfernten.

EDITH SOMERVILLE 1858–1949 MARTIN ROSS 1862–1915

Poisson d'avril

Das Sprichwort: «Wo Rauch ist, da ist auch Feuer», wurde von der Luft und der Temperatur im Warteraum Lügen gestraft. Als ich mich beim Bahnhofsvorsteher beschwerte, stellte er zunächst einmal die unumstößliche Tatsache fest, daß jeder Kamin bei Südostwind rauche, zweitens, daß er kein Schüreisen habe, und drittens, wenn man die Glut schüre, dann fiele der Feuerrost herunter. Da er aber nicht ohne Mitgefühl war, sank er vor dem schwelenden schwarzen Schlackenhäufchen auf die Knie nieder und bemühte sich, ihm durch sanfte Rippenstöße mit der Knipszange ein Lächeln abzuschmeicheln. Zu guter Letzt ließ er mich vor dem Feuer in seiner Küche sitzen und unterhielt sich mit mir über Politik und Lachsfang, ersteres unter weiser Beachtung meiner mutmaßlichen Einstellung (unter vorsichtigem Verschweigen der seinigen) und über den Lachsfang mit ebenso taktvoller Rücksichtnahme, weil ich, wie er wußte, seit drei Tagen keinen einzigen Fisch gefangen hatte. Und die ganze Zeit über dampfte es von meinen nassen Stiefeln; denn ein offener Wagen hatte mich zehn Meilen weit durch strömenden Regen hergefahren.

Ehe der Zug signalisiert wurde, war es mir zum hundertsten Male vor Augen geführt worden, wie wunderbar erhaben die irische Seele über alles bürokratische Beamtentum ist und wie hartnäckig sich in Irland das persönliche Element behauptet.

Eine Art nicht bahnamtlich angestellter Gepäckträger in einer alten Strickjacke, der mir meinen Koffer verkehrt herum unter die Sitzbank des Abteils quetschte, tröstete mich: «Von Carrig an bekommen Sie vielleicht einen Fußwärmer. Manchmal gibt's welche, aber meistens gibt's keine!»

Der Zug keuchte asthmatisch aus der Station, und ein kalter Frühlingsregen fuhr ihm in die Flanke, sowie wir ins Freie kamen. Es war sogar für April äußerst unfreundliches Wetter. Ich zog beide Fenster hoch und fing an zu rauchen. Gründlich verpestete Luft kann manchmal den Anschein von Wärme erwecken.

Meine Frau behauptet immer, daß ich ihre Briefe nicht lese, und da ich auf dem Weg zu ihr und meiner Familie in Gloucestershire war, schien es zweckmäßig, mich in ihren Brief und seine letzten Instruktionen zu versenken: «Wir fahren also heute, denn Alice schrieb mir, wir sollten zwei Tage vor der Hochzeit eintreffen, damit wir mit den kleinen Pagen Generalprobe abhalten können. Die Kleider sind gekommen, und die Kinder sehen zu süß darin aus...» (Ich überspringe ein paar schwärmerische Einzelheiten, da sie doch nichts mit meiner Geschichte zu tun haben.) «Es ist scheußlich,

Lasset uns essen und fröhlich sein
Lavierte Federzeichnung
eines unbekannten Künstlers

daß du noch gar nichts gefangen hast. Wenn es ganz schlimm kommen sollte, wirst du wohl einen kaufen müssen.»

Ich schlug mir mit der Hand aufs Knie! Da hatte ich den verdammten Lachs vergessen! Wieder ein Punkt, den Philippa für sich verbuchen würde. Wenn sie wenigstens aus meinen Versagern lernte, daß man sich nicht auf mich verlassen kann. Aber nein, sie wurde nicht durch Erfahrung klug. Es macht mir gar nichts aus, «Idiot» genannt zu werden; aber wenn ich schon einer sein soll, dann will ich auch alle Vorrechte und Freiheiten eines Idioten genießen.

Sicher hatte Philippa an Alice geschrieben und ihr erklärt, daß Sinclair furchtbar gern einen Lachs mitbringen würde; und Alice, der es immer Spaß machte, wenn sie Geld sparen konnte, rechnete bereits mit dem Lachs und seinem rühmlichen Ende in Mayonnaise.

Ich versank in finsteres Brüten. Wir fuhren durch eine Landschaft, die durch windschiefe und zerfallene Mäuerchen in eine Flickendecke aus steinigen Äckern und Haselgestrüpp zerlegt wurde; darüber hingen Regenschleier. Ungefähr alle sechs Meilen hielten wir auf einem nassen, windigen Bahnhof. Auf einem geschah nichts weiter, als daß der Stationsvorsteher dem Schaffner eine Zeitung brachte; auf dem nächsten las der Schaffner dem Gepäckträger aus dieser Zeitung ein paar interessante Stellen vor. Auch auf dieser Nebenlinie der Munster-

und-Connaught-Bahnen machte das persönliche Element sich stark bemerkbar. Routine, die jedem künstlerischen Gemüt ein Greuel ist, wurde in freundliche Unterhaltung gekleidet. Selbst der Lokomotivführer, ein Beamter, der im allgemeinen so unnahbar wie der Mikado ist, milderte die ihm aufgezwungene Einsamkeit durch geselliges Pfeifen seiner Lokomotive an jedem Bahnübergang, und die lange Reihe von Kneipen, aus der, soweit ich es sehen konnte, die Stadt Carrig bestand, begrüßte er mit einem besonders schönen und, wie mir schien, humorvollen Salut!

Der Fahrplan bestimmte, daß wir auf dem Eisenbahnknotenpunkt Carrig zehn Minuten verweilen sollten. Doch es wurden fünfzehn Minuten, ehe wir die Menge der Marktbesucher auf dem Bahnsteig assimiliert hatten. Schließlich wurde das Fenster eines Nachbarabteils heruntergestoßen, und eine zornige englische Stimme fragte, wieviel länger der Zug noch warten müsse.

Der Bahnhofsvorsteher war gerade in eine Unterhaltung mit dem Schaffner und einem Mann vertieft, der ein langes, in Zeitungspapier gehülltes Paket trug. Er sah auf und antwortete ernsthaft: «Oh, Sir – das ist streng geheim!»

Der Mann mit dem Paket wandte sich ab und studierte krampfhaft ein Plakat. Der Schaffner versteckte den Mund hinter seiner Hand.

Die Stimme fragte noch wütender, um wieviel Uhr man in Belfast ankäme.

Ohne Eile oder sichtbaren Ärger antwortete der Bahnhofsvorsteher: «Nächstens werden Sie mich noch fragen, um wieviel Uhr ich morgens frühstücke!»

Das Fenster fuhr mit einem Knall wieder in die Höhe. Der Mann mit dem Paket stieß dem Schaffner den Ellbogen in die Rippen, und das Paket glitt ihm aus dem Arm und fiel auf den Bahnsteig.

«O je, o je, mein Fisch!» rief der Mann und hob behutsam einen erstaunlich gut aussehenden Lachs auf, der aus seiner Zeitungspapierhülle geschlüpft war.

Mir kam eine Erleuchtung, und jetzt war ich's, der das Fenster öffnete und den Bahnhofsvorsteher ansprach. Würde sein Freund mir den Lachs verkaufen?

Der Bahnhofsvorsteher übernahm mit viel Eifer, aber ohne Erfolg die Vermittlerrolle.

Nein, der Herr wäre gerade eben erst während unseres Aufenthalts in die Stadt gelaufen und hätte ihn für sich gekauft. Aber warum wollte ich mir nicht auch einen holen? Bei Coffey's sei noch ein halbes Dutzend zu haben, und nicht teuer. Zeit sei genug, denn der Postzug sei noch nicht angekündigt.

Ich sprang aus dem Abteil und sauste in größter Eile aus dem Bahnhof; der Schaffner hatte mir noch nachgerufen, daß er mich nicht vergessen würde. Ich beglückwünschte mich wieder wegen der Überlegenheit des persönlichen Elements und raste durch aufgeweichten Straßenschlamm auf die Wirtshäuser zu. Unterwegs begegnete ich einem ganz erhitzten Mann, der einen Lachs trug und mir ohne viel Umstände zurief, daß noch drei oder vier gute Fische da seien und daß er selbst auch vom Zuge käme.

«Noch haufenweise Zeit!» schrie er mir nach. «Das erste Haus, das keine Kneipe ist! Im Schaufenster liegen Stiefel. Sie läßt sie Ihnen für zehn Pence das Pfund, wenn sie festbleiben.»

Ich eilte an den Wirtshäusern vorbei. «Zehn Pence das Pfund?» dachte ich. «Zu dieser Jahreszeit! Teuer genug!»

Aber da ich das Haus mit den Stiefeln im Schaufenster bemerkte, tauchte ich in den dunklen Torweg. Hinter einem niedrigen Ladentisch saß ein Schuhmacher. Er murmelte etwas von seiner «Alten», obwohl er den Mund voll Pechdraht hatte, der ihm rechts und links herunterhing. Eine dicke Frau erschien, und im gleichen Augenblick hörte ich aus schrecklicher Nähe das Pfeifen des einlaufenden Postzuges. Die Dicke hatte im Nu die Lage erfaßt. Mit einer einzigen schwungvollen Bewegung griff sie einen großen Fisch vom Fußboden des Nebenraums auf und wickelte ihn in Zeitungspapier: «Acht Pfund Lebendgewicht!» sagte sie flink, «macht genau zehn Shilling!»

Ein krampfhafter Versuch im Kopfrechnen überzeugte mich, daß das noch mehr als zehn Pence für ein Pfund war. Aber es war nicht ganz der gegebene Moment, um «festzubleiben». Also schob ich ihr zehn Shilling in die Fischhand, klemmte meinen Lachs unter den Arm und rannte.

Daß es bergauf ging, brauche ich wohl nicht zu sagen. An der steilsten Stelle stachen mich erneute Pfiffe, als hätte man mir die Sporen gegeben. Über dem Stationsdach aufsteigende und vorwärtsrükkende Dampfwölkchen belehrten mich, daß das Schlimmste vermutlich schon geschehen sei – aber ich rannte weiter. Als ich den Bahnsteig erreichte, hatte der Zug sich bereits von ihm entfernt, doch das persönliche Element bewährte sich wieder. Jede Menschenseele auf dem Bahnhof – so kam es mir wenigstens vor – hob die Stimme und schrie gellend. Der Bahnhofsvorsteher steckte die Finger in den Mund und sandte dem abfahrenden Zug einen schneidenden, markerschütternden und gruselig unnatürlichen Pfiff nach. Er blieb nicht ohne Wirkung. Der Zug fuhr langsamer; ich stürzte vom Bahnsteig hinunter und über die Geleise, und aus jedem Fenster der beiden Züge tauchten, wie immer neue Blüten an einem Baum, die Köpfe hochinteressierter Zuschauer auf. Der Schaffner kam mir schon auf der Strecke entgegen, entschuldigte sich sehr und war voll guter Ausreden, daß der englische Herr, der das Schiff erreichen wollte, ihn nicht länger habe warten lassen. Hinter uns drein klang der triumphierende Schrei des Bahnhofsvorstehers: «Und du hast ihm versprochen, ihn nicht zu vergessen!»

Der Schaffner überhörte die Hohnrede, schob mich und meinen Lachs in den Wagen hoch und sagte: «In Ihrem Abteil sind ein paar Bauersfrauen, Sir, aber sie steigen nach ein paar Stationen wieder aus! Es war sonst nirgends Platz für sie.»

Meine aufsehenerregende Rückkehr ins Abteil wurde von nicht weniger als sieben in Umschlagtücher eingehüllte Bäuerinnen mit herzlicher Anteilnahme beobachtet. Um Platz für mich zu schaffen, hatte sich eine, den Korb auf dem Schoß, auf den Fußboden gesetzt; eine andere drückte sich unter die zwischen zwei Sitzplätzen befindliche Armlehne, die nur teilweise hochgeklappt war. Der Geruch von nassen Tüchern, gesalzenem Fisch und Torfrauch verschmolz zu einem kräftigen Parfüm. Mir war unerträglich heiß, und die Blicke der sieben Frauen hingen mit gespanntem, unvermindertem Interesse an mir.

«Mary Jack, sei so gut, rück ein kleines Stück nach Westen!» sagte eine umfangreiche Madame in der Ecke, «wir sitzen ja hier so zusammengepfercht wie dreie in einem Bett!»

«Ha, Julie Casey, du kannst dich gewiß nicht beklagen», murrte die Frau unter der Armlehne, «sieh mich mal an, wie ich hier sitze! Den feinen Leuten muß ja ein Buckel wachsen, wenn sie sich unter solch ein Ding setzen! Lieber will ich eine Kiepe voll Rüben auf dem Rücken schleppen, als mich so zusammenquetschen zu lassen!»

Die Frau mir zu Füßen tauschte ob so viel ländlicher Unwissenheit einen mitleidig-spöttischen Blick mit mir. Taktvoll wechselte sie das Thema und fragte mich, ob ich den Lachs bei Coffey's gekauft habe.

Ich bejahte es.

Eine Stille entstand, und es wurde mir klar, daß *eine* Frage allen auf der Zunge brannte.

«Ich wette, sie hat zehn Pence dafür verlangt», sagte die Frau unter der Armlehne, als schiene ihr das der Gipfel der Verrücktheit.

«Es ist ein schöner Fisch!» wehrte ich mich. «Er wiegt acht Pfund. Ich habe ihr zehn Shilling dafür bezahlt.»

Auf dieses Geständnis folgte, was man bei Gericht «Tumult im Saal» nennt.

«Seht ihr wohl», rief die Frau unter der Armlehne und schoß wie eine Schildkröte mit ihrem Kopf aus der Kapuze hervor, «so wird's gemacht: an deren Schlechtigkeit kommt keine von uns heran!»

«Weiß der Kuckuck, der Fisch hat Eliza Casey keinen Pfennig gekostet!» schimpfte die Dicke in der Ecke. «Ihre Jungen haben heute früh vor Tagesgrauen eine ganze Kiepe voll gestohlen!»

«Wie soll der Herr hier es auch mit so einer aufnehmen können?» schrie die Frau auf dem Fußboden, während gleichzeitig ein langgezogener Pfiff gellend eine neue Station ankündigte. «Mit so einer kann's nicht mal ein Türke aufnehmen! Eine Zunge hat die ja, damit kann sie eine Gartenhecke stutzen!»

Umständlich und ächzend stiegen sie aus. Ich reichte ihnen ihre riesigen Körbe hinunter, die anscheinend mit Bleibarren gefüllt waren. Dafür sagten sie mir auch, daß ich ein feiner, lieber Mensch sei und daß es schade sei, daß nicht alle so wären wie ich. Schließlich wünschten sie mir eine «gedeihliche» Fahrt und verschwanden. Durch ihr Schöntun hatten sie mich mit einer gewissen wohltuenden Selbstzufriedenheit beschenkt, die sich der nüchternen Stimme des Verstandes gern eine Zeitlang widersetzt. Außerdem ließen sie mich mit der Erkenntnis zurück, daß ich die höchst ehrenwerte Alice Harvey mit einem gestohlenen Lachs beschenken wollte.

Aus dem Nachmittag wurde bald Abend, und ich merkte nicht, daß meine Reise «gedieh». Irgendwo stieg ich bei tropfnassem Zwielicht um, und später noch einmal, und dabei mauserte sich der Lachs in seinem feuchten Zeitungsgewand immer mehr, so daß ich ernstlich erwog, ob ich ihn nicht ungeachtet aller üblen Folgen in meinem Koffer begraben sollte. Mit viel Lärm wurde ein Lämpchen in die Decke meines Abteils geklemmt – ein winziges orangefarbenes Flämmchen, das in einer großen Glaskugel wie ein Goldfisch herumschwamm und auch ungefähr die gleiche Leuchtkraft besaß. Dann wurde mir der Picknickkorb gebracht, den ich telegraphisch bestellt hatte, und sein Inhalt, obwohl er nach gar nichts schmeckte, vermochte mich doch immerhin räumlich etwas aufzufüllen, so daß ich in ein stumpfsinniges Hindämmern verfiel, das fast in Halbschlaf überging.

Auf der nächsten Station hielten wir sehr lange. Es geschah nichts, und der Regen trommelte geduldig aufs Dach. Zwei Nonnen und einige Schulmädchen saßen im Abteil nebenan, und ihre mißvergnügten Stimmen drangen ab und zu durch die Trennwand.

Nach einer langen Pause, in der sie sich wohl schon in ihr Los ergeben hatten und während der ich die Augen geschlossen hielt, um dem kalten Blick des Lachses oben im Netz zu entgehen, hatte nebenan jemand einen guten Einfall und rief: «Kinder, ich weiß, was wir tun könnten! Wir könnten den Rosenkranz beten!»

«O ja, das wäre schön! Wer betet vor? Du, Theresa Condon, mach du's!»

Theresa betete mit einer nicht unmelodischen, eintönigen Stimme vor, der die andern Stimmen etwas leiser Antwort gaben. Die Worte waren nicht unterscheidbar, und das Auf und Ab der westirischen Stimmen war einschläfernd wie Bienengesumm. Ich schlief ein.

In völliger Finsternis wachte ich wieder auf. Der Zug stand still, und überall herrschte tiefes Schweigen. Wir mußten auf einer Station sein, so viel konnte ich im trüben Lichtschein einer Laterne erkennen, die am andern Ende des feuchtglitzernden Bahnsteigs stand. Ich zündete ein Streichholz an und stellte fest, daß es elf Uhr war, genau die Zeit, zu der ich in den Postzug* einsteigen sollte. Ich sprang hinaus und rannte den Bahnsteig entlang. Es war kein Mensch mehr im Zug. Nicht einmal auf der Lokomotive war jemand; verlassen zischte sie vor sich hin.

Nirgends war ein menschliches Wesen zu sehen. Alle Türen waren zu, und alles war dunkel. Das Schild mit dem Namen der Station war nur undeutlich zu erkennen. Mit einem brennenden Streichholz las ich Buchstaben für Buchstaben. Der Name schien das ganze Alphabet zu enthalten, und als ich glücklich am Ende des langen Wortes anlangte, hatte ich den Anfang vergessen. Allerdings war ich von einer Tatsache überzeugt: es war nicht der Knotenpunkt, an dem ich den Postzug erreichen sollte.

Zweifellos war ich wach; aber einen Augenblick neigte ich der Erklärung zu, daß ein Unfall stattgefunden habe und ich in einer andern Welt zum Leben erwacht sei. Ich unternahm noch einen Angriff auf das Stationsgebäude, den Schalterraum, den Wartesaal und schließlich, in einiger Entfernung, den Güterschuppen, vor dem eine einzige Laterne kläglich das Dunkel und den Sprühregen glossierte. Als ich näher kam, bemerkte ich in der Ritze unter der Tür einen Lichtschimmer, und eine

---

* Zug, der Anschluß an die Schiffe im Hafen hat.

Stimme drang nach außen: «Versuch's und stich ihn! Spiel den Buben aus!»

Mit verzeihlicher Heftigkeit riß ich die Tür auf und sah Stationsvorsteher, Schaffner, Lokomotivführer und Heizer auf Fässern um eine Kiste sitzen und Karten spielen.

Zu sehr im Vorteil zu sein ist für einen großzügigen Menschen auch keine reine Freude. Angesichts ihrer völligen Niederlage ließ ich es zu, daß sich Lokomotivführer und Heizer von ihren Fäßchen verzogen und draußen im Dunkel verschwanden, ohne daß sie den gebührenden Abschiedssegen bekamen. Mit dem Schaffner und dem Stationsvorsteher sprang ich gewissenhafter um – aber ertränkte Ratten zu ersäufen ist ein Vergnügen von beschränkter Dauer. Ich nahm ihre Behauptung entgegen, daß sie geglaubt hätten, es sei keine Menschenseele mehr im Zug, daß ein paar Minuten Aufenthalt hier oder dort nichts zu bedeuten hätten, daß sie mich in zwanzig Minuten zu meinem Umsteigebahnhof befördern würden und daß der Postzug oft Verspätung habe.

Von dieser Hoffnung angespornt, eilte ich in mein Abteil zurück, vor mir her im Galopp die Beamten, einer schneller als der andere. Der Schaffner stieß mir die Laterne vom «Kartentisch» nach und floh in den letzten Wagen.

«Tim, denk an den Güterzug!» brüllte der Stationsvorsteher, als er meine Abteiltür zuwarf, «er kann jeden Augenblick kommen!»

Großspurig klang es von der Lokomotive her: «Laß ihn kommen! Mit dem werden wir schon fertig!»

Ein Kriegsgeschrei der Dampfpfeife bildete den passenden Schlußpunkt, und der Zug stürzte sich in den Kampf.

Wir hatten ungefähr fünfzehn Meilen zurückzulegen und polterten und jagten in Rekordzeit darüber hin. Mir war zumute, als hätte das Abteil vier hölzerne Beine. Die Zähne klapperten mir im Kopf, und der Lachs schraubte sich langsam aus dem Zeitungspapier und glitt mit gräßlich verstohlener Tücke durchs Gepäcknetz.

Es war alles vergebens. Als ich auf dem einsamen Bahnsteig in Loughranny stand, sagte der Schaffner: «Der elende Postzug ist der unpünktlichste Zug von ganz Irland! Wenn man 'ne kleine Minute Verspätung hat, ist er einem vor der Nase fortgefahren, und wenn man ein bißchen zu früh ankommt, kann man eine halbe Stunde auf ihn warten!»

Überhaupt erwies sich der Schaffner als Gentleman. Er erbot sich, mir das beste Hotel in der Stadt zu zeigen, obwohl er befürchtete, ich würde Schwierigkeiten haben, ein Nachtlager zu bekommen – wegen der *Feis!* (Ein Feis ist, wie ich wohl erklären sollte, ein festlicher Wettbewerb für irische Tänzer und Sänger.)

Er warf sich den Koffer über die Schulter; es gelang ihm sogar, den Lachs zu packen, und dann, während wir durch die leeren Straßen wanderten, sagte er mir, wie leicht ich den ersten Dampfer in Rosslare erreichen könnte, und im Grunde genommen sei es eine Fügung des Schicksals, daß ich meinen ursprünglichen Plan habe aufgeben müssen.

Das Hotel, das mein Schaffner mit seiner Gunst beehrte, lag im Stockdunkeln, und sein Portal war alles andere als einladend. Trotzdem standen wir volle fünf Minuten wartend davor und klingelten ununterbrochen. Dann schlug ich vor, es anderswo zu versuchen. «Er wird schon kommen», sagte der Schaffner, zuversichtlich wie der Rattenfänger von Hameln, und ließ seinen Daumen unerbittlich auf dem Klingelknopf. «Er wird schon kommen. Es läutet bestimmt in seinem Zimmer.»

Das halbbekleidete, halbschlafende Opfer kam. In der Hand hielt er einen tropfenden Kerzenstummel. Bei ihnen sei kein Bett mehr frei, sagte er. Überhaupt in der ganzen Stadt nicht.

Ich sagte, ich könne bis zur Abfahrt des Frühzuges im Eßsaal sitzen.

«Im Eßsaal sind fünf Betten aufgeschlagen», sagte der Hausknecht, «und in jedem Bett liegen zweie.»

Seine Stimme klang fest, aber sein Blick schwankte etwas.

«Und das Billardzimmer, Micki?» fragte der Schaffner in Flötentönen.

«Gott behüte», erwiderte der müde Mann, «auf dem Tisch liegt eine Matratze, und darauf schläft der Bursche, der den ersten Preis im Reel-Tanz gewonnen hat!»

«So, und kannst du keine Matratze *unter* den Tisch legen, du Einfaltspinsel?» rief der Schaffner und stauchte mein Gepäck und den Lachs in die Halle, «'s gibt doch weiß Gott kein gemütlicheres Plätzchen im ganzen Haus! Ich muß jetzt schnell heim, sonst denkt meine Alte, ich sei abgekratzt.»

Seine sich entfernenden Schritte verhallten auf der leeren Straße.

«*Der* macht sich keine Sorgen!» sagte der Hausknecht bitter.

Und zwischen mir und der Not stand wieder einmal das persönliche Element.

Es war noch dunkel, als ich erwachte und den Kampf ums Dasein von neuem aufnehmen mußte. Eine Stimme tropfte halb erstickt aus einer Art Oberwelt zu mir herunter. Es war der Erstpreisträger im Reel-Tanz, der durch eine Tasche im Billardtisch mit mir sprach: «Verzeihung, Sir, wollen Sie mit dem Fünf-Uhr-Zug nach Cork?»

Ich brummte: «Nein!»

«Dafür wär's nämlich zu spät!»

In unwilligem Schweigen hörte ich mir diese nützliche Mitteilung an und versuchte, mich wieder in den entschwindenden Falten eines Traumes zu bergen.

«Ich fahre mit dem Sechs-Uhr-dreißig», fuhr die Stimme fort, «und 's ist mir rätselhaft, wie ich meine Schuhe anziehen soll. Meine Füße sind von den Tanzschuhen, die ich gestern abend tragen mußte, so geschwollen wie Dreipfundbrote, und in punkto Stiefel bin ich ein Gourmet, so delikat sind meine Füße!»

Ich schnarchte beleidigend, aber der Traum war entschwunden. Und im Grunde genommen auch die Nacht.

Der Erstpreisträger erhob sich und bot in seinen grasgrünen Kniehosen, dem weißen Hemd und den perlgrauen Strümpfen einen erstaunlichen Anblick. Seine Toilette bestand darin, daß er diese Kleidung ab- und die übliche anlegte und sich dann an die anscheinend qualvolle Aufgabe des Stiefelanziehens machte. Zu jeder andern Tagesstunde hätte ich Mitleid mit ihm gehabt. Er ging mit seinen Sachen in die Halle und begann dort eine dröhnende Unterhaltung mit dem Hausknecht. Ich kroch aus meiner Höhle hervor, um den Kampf mit den widrigen Umständen wiederaufzunehmen und an Alice Harvey ein Telegramm mit Entschuldigungen und Erklärungen aufzusetzen, das im ganzen nicht mehr als siebeneinhalb Shilling kosten durfte. Außerdem mußte ich mich um den Lachs kümmern.

Erfreulicherweise erschien in dem Augenblick der Hausknecht mit einer Tasse Tee und der Nachricht, daß er den Lachs schon in stroherne Flaschenhülsen und braunes Kartonpapier verpackt habe und daß ich nun durch ganz Europa mit ihm reisen könne, wenn ich wollte. Außerdem teilte er mir mit, daß er jetzt mit dem Koffer an die Bahn gehen würde und ob ich vielleicht den Lachs selbst tragen könne, er läge auf dem Tisch in der Halle.

Mein Zug ging um sechs Uhr fünfzehn. Der Hausknecht hatte mir eines der vielen leeren Abteile belegt und blieb noch bis zum Abgang des Zuges, um mir mit Gesprächen die Zeit zu vertreiben. Er bedauerte höflich, daß ich eine solch schlechte Nacht im Hotel gehabt hätte, und versicherte, daß er Jimmy Durkan vom Billardtisch gejagt und mir den Platz gegeben hätte (Jimmy Durkan war der Erstpreisträger), wenn Jimmy nicht ein bißchen angeheitert gewesen wäre. Schließlich vertraute er mir noch an, daß Jimmy Durkan mit seiner Schwester verlobt und ein gutsituierter Bäckermeister in der Stadt Limerick sei. «Ja», sagte er, «manch Mädchen wäre froh, wenn sie den haben könnte. Er tanzt wie ein Pingpongball und kann fabelhaftes Brot backen!»

Und dann fuhr der Zug ab.

Es war sehr spät am Abend des gleichen Tages, als ich schmutzig, zerschlagen und mit müden Augen, die ins grelle elektrische Licht zwinkerten, von einem makellosen Lakaien in die Freiherrlich-Harveysche Halle geleitet wurde. Dort teilte mir der imposante Harveysche Hausmeister mit, daß man schon gespeist habe und daß die Herren sich ins Rauchzimmer begeben hätten. Ich wollte es gerade hastig ablehnen, mich ihnen anzuschließen, als eine Stimme rief: «Da ist er!», und Philippa stürzte strahlend und in raschelnder Seide in die

Halle, gefolgt von der atlasschimmernden, spitzenumflatterten Alice sowie von der auserkorenen Braut und der üblichen festlichen Schar von ausgelassenen männlichen und weiblichen Verwandten, deren Aufgabe es ist, vor der Hochzeit für die nötige muntere Stimmung zu sorgen.

«Ist das ein Hochzeitsgeschenk für mich, Onkel Sinclair?» fragte die auserkorene Braut inmitten einer Sintflut von Fragen und Ausrufen des Bedauerns und zog mir das braune Papierpaket unter dem Arm fort, das aus trüber Gewohnheit noch immer dort steckte.

«Ich rate dir, mach's nicht auf», warnte ich, «es ist ein Lachs!»

Die auserkorene Braut schleuderte es mit einem Schrei des Abscheus und ohne im geringsten zu zaudern ihrer nächsten Nachbarin, der ersten Brautjungfer, zu. Die erste Brautjungfer schrie ebenso, sprang beiseite, und das Paket, das ich auf der Fahrt durch zwei Länder und über das stürmische Meer mit mütterlicher Fürsorge behütet hatte, zerschellte auf den Fliesen.

Warum zerschellte es?

«Ein Lachs?» schrie Philippa und starrte auf das Paket, um das sich eine Pfütze zu bilden begann. «Aber es ist ja Whisky! Man riecht es!»

Hier trat der Lakai untertänigst dazwischen. Er kniete nieder und zog aus dem braunen Papier eine Flaschenhülse, in der eine Menge Glasscherben steckten. Sie tropfte von Whisky.

«Die andern Sachen sind leider arg beschädigt, Sir», sagte er ernsthaft und holte der Reihe nach ein sehr großes Paar hoher Schnürschuhe, lange graue Wollstrümpfe und grasgrüne Kniehosen hervor.

Diese Sachen ernteten einen Applaus, der ihnen sicher von den Triumphen Jimmy Durkans her wohlvertraut war. Alice Harvey ließen sie jedoch gänzlich kalt.

Nachher sagte sie zu Philippa: «Weißt du, Liebling, es war wirklich nicht sehr gescheit von dem guten Sinclair, das verkehrte Paket zu nehmen. Ich hatte so mit dem Lachs gerechnet!»

ITALO SVEVO
1861–1928

Feuriger Wein

Eine Nichte meiner Frau heiratete in dem Alter, in dem die jungen Mädchen aufhören, solche zu sein, und zu alten Jungfern verkümmern. Die Ärmste hatte noch bis vor kurzem versucht, sich dem Leben zu verweigern, war dann aber durch das Drängen der ganzen Familie dazu gebracht worden, sich ihm wieder zuzuwenden und ihren Wunsch nach Reinheit und Religion aufzugeben; sie hatte sich bereit gefunden, mit einem jungen Mann, den die Familie als gute Partie für sie ausgesucht hatte, zu sprechen. Und schon war es aus mit der Religion und den Träumen von tugendhafter Einsamkeit! Die Hochzeit wurde sogar früher angesetzt, als die Verwandten es gewünscht hatten. Und nun saßen wir also am Polterabend beim Essen.

Ich, als alter Fuchs, lachte. Was hatte der junge Mann gemacht, um sie so rasch umzustimmen? Wahrscheinlich hatte er sie in die Arme genommen, um sie die Lust am Leben spüren zu lassen, und er hatte sie wohl eher verführt als überzeugt. Deshalb mußte man ihnen auch sehr viel Glück wünschen. Alle, die heiraten, können Glückwünsche brauchen, aber dieses junge Mädchen mehr als alle anderen. Welches Unglück, wenn sie eines

Tages bereuen müßte, daß sie sich auf diesen Weg hatte zurücklocken lassen, vor dem ihr Instinkt sie gewarnt hatte. Und auch ich begleitete manches Glas mit Glückwünschen, die ich sogar auf diesen Sonderfall abzustimmen wußte: «Seid ein oder zwei Jahre glücklich, dann werdet ihr die anderen langen Jahre im dankbaren Gedenken, genossen zu haben, leichter ertragen. Die Freude läßt Bedauern zurück, und wenn das auch ein Schmerz ist, so doch einer, der den tiefen, den wahren Schmerz des Lebens überdeckt.»

Es sah nicht so aus, als empfände die Braut ein Bedürfnis nach so vielen Glückwünschen. Mir schien vielmehr, als sei ihr Gesicht geradezu erstarrt in einem Ausdruck vertrauensvoller Hingabe. Es war jedoch der gleiche Ausdruck wie damals, als sie ihren Willen verkündet hatte, sich in ein Kloster zurückzuziehen. Auch dieses Mal legte sie ein Gelübde ab, das Gelübde, ihr ganzes Leben lang froh zu sein. Es gibt Leute, die eben immerzu Gelübde ablegen. Würde sie dieses Gelübde besser halten als das vorige?

Alle anderen an der Tafel waren von heiterer Ungezwungenheit, wie Zuschauer es immer sind. Mir fehlte diese Ungezwungenheit völlig. Es war ein denkwürdiger Abend auch für mich. Meine Frau hatte bei Doktor Paoli erreicht, daß es mir an diesem Abend erlaubt sein sollte, zu essen und zu trinken wie alle anderen. Diese Freiheit war durch die Mahnung, daß sie mir schon am nächsten Tag wieder genommen würde, noch kostbarer geworden. Und ich benahm mich genau so wie die jungen Leute, denen man zum ersten Mal den Hausschlüssel läßt. Ich aß und trank nicht aus Hunger oder Durst, sondern in der Gier nach Freiheit. Jeder Bissen, jeder Schluck sollte meine Unabhängigkeit demonstrieren. Ich öffnete den Mund weiter, als es nötig gewesen wäre, um die einzelnen Bissen hineinzuschieben, der Wein floß aus der Flasche in mein Glas, bis es überlief, und im nächsten Augenblick hatte ich es schon wieder geleert. Ich spürte einen Drang, mich zu bewegen, und obwohl ich wie festgenagelt auf meinem Stuhl saß, hatte ich das Gefühl, als liefe und spränge ich herum wie ein Hund, den man von der Kette gelassen hat.

Meine Frau verschlimmerte meinen Zustand noch, indem sie ihrer Nachbarin schilderte, welchen Diätvorschriften ich für gewöhnlich unterworfen war, während meine fünfzehnjährige Tochter Emma ihr zuhörte und sich wichtig machte, indem sie die Ausführungen ihrer Mutter noch hier und da ergänzte. Wollten sie mich unbedingt an die Kette erinnern, auch noch in dem Augenblick, in dem sie mir abgenommen worden war? Und alle meine Qualen wurden beschrieben: wie sie das bißchen Fleisch abwogen, das mir mittags erlaubt war, und ihm jeden Geschmack nahmen, und wie es abends nicht einmal mehr etwas abzuwiegen gab, da das Abendessen nur aus einem Brötchen mit einem Hauch von Schinken und einem Glas warmer Milch ohne Zucker bestand, von der mir fast übel wurde. Und während sie so sprachen, machte ich mir meine eigenen Gedanken über die Wissenschaft des Doktors und über ihre Liebe. Wenn mein Organismus wirklich so zerrüttet war, wie konnte man dann annehmen, daß er an diesem Abend – nur weil das Kunststück geglückt war, jemanden zu verheiraten, der es aus eigenem Antrieb nicht getan hätte – plötzlich so viel unverdauliches und schädliches Zeug vertragen würde? Beim Trinken bereitete ich mich auf die Rebellion am kommenden Tag vor. Die würden Augen machen!

Die anderen blieben beim Champagner, ich aber kehrte, nachdem ich einige Gläser getrunken hatte, um bei den verschiedenen Trinksprüchen mitzuhalten, zu dem einfachen Tischwein zurück, einem trockenen, sauberen istrischen Wein, welchen ein Freund des Hauses zu diesem Anlaß geschickt hatte. Ich liebte diesen Wein, wie man seine Erinnerungen liebt, und mißtraute ihm nicht, noch war ich überrascht, daß er, statt mir Heiterkeit und Vergessen zu schenken, den Zorn in meinem Herzen größer werden ließ.

Wie sollte ich auch nicht zornig sein? Man hatte mich eine scheußliche Zeit durchmachen lassen. Verängstigt und elend hatte ich jeden großzügigen Trieb in mir erstickt, um ihn durch Pillen, Tropfen und Pülverchen zu ersetzen. Kein Sozialismus mehr! Was ging es mich an, wenn Grund und Boden, entgegen jeder noch so einsichtigen Folgerung der Wissenschaft, weiterhin Gegenstand des Privatbesitzes blieben? Wenn deshalb so vielen das tägliche Brot und jenes Maß an Freiheit, das jeden Tag des Menschen verschönern sollte, versagt wurden? Hatte ich etwa das eine oder das andere?

An diesem seligen Abend versuchte ich, wieder der zu werden, der ich gewesen war. Als mein Neffe Giovanni, ein Riese, der gut zwei Zentner wiegt, mit seiner Stentorstimme gewisse Geschichten über seine Gerissenheit und die Einfältigkeit der anderen in geschäftlichen Dingen zu erzählen begann, fand ich in meinem Herzen den früheren Altruismus wieder. «Was wirst du tun», schrie ich ihn an, «wenn der Kampf unter den Menschen kein Kampf ums Geld mehr sein wird?»

Für einen Augenblick verschlug es Giovanni die Sprache bei meiner unerwarteten, rigorosen Frage, die seine ganze Welt zu erschüttern drohte. Er starrte mich mit seinen durch die Brille vergrößerten Augen an. Er suchte in meinem Gesicht nach Erklärungen. Alle schauten ihn an und hofften, über eine seiner Antworten lachen zu können, Antworten eines ungebildeten, intelligenten Geldsacks mit einem naiven, aber boshaften Witz, der immer überrascht, obwohl er auch schon vor Sancho Pansa bekannt war. Er gewann indessen Zeit, indem er sagte, der Wein trübe zwar allen den Blick für die Gegenwart, mir aber verneble er die Zukunft. Das war schon nicht schlecht, aber dann glaubte er, noch etwas Besseres gefunden zu haben, und brüllte: «Wenn niemand mehr ums Geld kämpfen wird, werde ich es ohne Kampf kriegen – alles, alles.» Man lachte viel, besonders darüber, wie er mehrere Male seine kräftigen Arme ausbreitete und dann wieder schloß, wobei sich die offenen Hände zu Fäusten ballten, als raffe er bereits das Geld zusammen, das ihm von allen Seiten her zuströmen müsse.

Die Debatte ging weiter, und keiner bemerkte, daß ich, wenn ich nichts redete, trank. Und ich trank viel und sagte wenig, ganz darauf bedacht, mein Inneres zu erforschen, um zu sehen, ob es sich endlich wieder mit Wohlwollen und Altruismus fülle. Es brannte ein wenig, dieses Innere. Doch es war ein Brennen, das sich später in eine milde Wärme verwandeln würde, in das Gefühl, wieder jung zu sein, das der Wein einem gibt, wenn auch leider nur für kurze Zeit.

Und während ich darauf wartete, rief ich Giovanni zu: «Wenn du das Geld kassierst, das die anderen ablehnen, werden sie dich ins Loch stecken.»

Aber Giovanni rief sofort zurück: «Dann werde ich die Wärter bestechen und die einsperren lassen, die kein Geld haben, um sie zu bestechen.»

«Aber mit Geld wird man keinen mehr bestechen können.»

«Und warum sollte man es mir dann nicht lassen?»

Ich geriet in maßlosen Zorn: «Wir werden dich aufhängen», brüllte ich. «Du verdienst es nicht besser. Den Strick um den Hals und Gewichte an die Beine!»

Verblüfft brach ich ab. Mir schien, daß ich meinen Gedanken nicht richtig zum Ausdruck gebracht hatte. War ich denn wirklich so – ich? Nein, gewiß nicht. Ich überlegte: «Wie konnte ich zu meiner Liebe zu allen lebenden Wesen zurückfinden, zu denen doch auch Giovanni gehören mußte?» Ich lächelte ihm sofort zu, in einer ungeheuren Anstrengung, mich zu korrigieren, ihm zu verzeihen und ihn zu lieben.

Aber er hinderte mich daran, denn er achtete überhaupt nicht auf mein wohlwollendes Lächeln und sagte, als resigniere er bei der Feststellung einer Ungeheuerlichkeit: «So ist es eben, alle Sozialisten enden in der Praxis als Henker.»

Er hatte mich besiegt, aber ich haßte ihn. Er zog mein ganzes Leben in den Schmutz, auch mein früheres, vor der Einmischung des Doktors, dem ich nachtrauerte, weil es in der Erinnerung so hell schien. Er hatte mich besiegt, weil er genau den Zweifel bloßlegte, der mich schon vor seinen Worten so geängstigt hatte.

Und gleich darauf traf mich eine neue Strafe.

«Wie gut er ausschaut», sagte meine Schwester, wobei sie mich mit Wohlgefallen betrachtete, und das war eine unglückliche Bemerkung, denn kaum hatte meine Frau sie gehört, witterte sie auch schon die Möglichkeit, dieses übertriebene Wohlbefin-

Nun, nun laß doch!
Radierung
von Daniel Chodowiecki

den, das mir das Gesicht rötete, könnte in um so schlimmere Krankheit umschlagen.

Sie erschrak, als hätte sie in diesem Augenblick jemand vor einer unmittelbaren Gefahr gewarnt, und fiel heftig über mich her: «Schluß jetzt – Schluß!» schrie sie. «Weg mit dem Glas!» Sie rief meinen Nachbarn zu Hilfe, einen gewissen Alberi, einen der längsten Männer der Stadt, mager, dürr und gesund, aber bebrillt wie Giovanni. «Seien Sie so gut und nehmen Sie ihm das Glas aus der Hand!» Als Alberi zögerte, wurde sie ganz wild vor Sorge und Aufregung: «Herr Alberi, seien Sie doch so gut und nehmen Sie ihm das Glas weg!»

Ich wollte lachen, das heißt, ich sagte mir, daß ein gebildeter Mensch nun lachen müsse, aber es war mir unmöglich. Ich hatte die Rebellion erst für den nächsten Tag vorgehabt, es war nicht meine Schuld, wenn sie nun sofort ausbrach. Diese Zurechtweisung vor allen Leuten war wirklich beleidigend. Alberi, dem ich, meine Frau und all die Leute, die ihn mit Essen und Trinken traktierten, völlig gleichgültig waren, verschlimmerte meine Situation noch, indem er sie ins Lächerliche zog. Er schielte über die Brille hinweg auf das Glas, das ich fest umschlossen hielt, näherte sich ihm mit den Händen, als ob er es mir entreißen wolle, und zog sie dann schnell wieder zurück, als habe er Angst vor mir, der ich ihm ins Auge sah. Alle lachten auf meine Kosten, Giovanni wie üblich so laut, daß ihm die Luft wegblieb.

Meine Tochter Emma glaubte, die Mutter brauche ihre Hilfe. In einem Ton, der mir übertrieben flehend vorkam, sagte sie: «Papa, trink nicht mehr!»

Und auf diese Unschuldige entlud sich nun mein ganzer Zorn. Ich fuhr sie mit einem harten und drohenden Wort an, das mir vom Ressentiment des Alten und des Vaters diktiert wurde. Sofort standen ihr die Tränen in den Augen, und ihre Mutter kümmerte sich nicht mehr um mich, sondern wandte sich ganz ihr zu, um sie zu trösten.

Mein Sohn Ottavio, damals dreizehn, lief genau in dem Augenblick zu seiner Mutter. Er hatte nichts bemerkt, weder den Kummer der Schwester noch den Streit, der ihn hervorgerufen hatte. Er wollte um Erlaubnis bitten, am nächsten Abend mit einigen Freunden, die ihm das eben vorgeschlagen hatten, ins Kino zu gehen. Aber meine Frau, die ganz von ihrem Amt als Trösterin Emmas in Anspruch genommen war, hörte ihm nicht zu.

Ich wollte mich durch einen Akt der Autorität wieder aufrichten und schmetterte meine Erlaubnis: «Ja, natürlich, du gehst ins Kino. Das erlaube *ich* dir, und damit Schluß.»

Ohne noch anderes hören zu wollen, kehrte Ottavio zu seinen Freunden zurück, nachdem er zu mir gesagt hatte: «Danke, Papa.» Schade, daß er gleich wieder fortlief. Wäre er bei uns geblieben, hätte mich der Anblick seiner Freude, die mein Machtwort bewirkt hatte, besänftigt.

Die gute Stimmung an unserem Tisch war für einige Augenblicke dahin, und ich hatte das Gefühl, auch der Braut gegenüber gefehlt zu haben, für die unsere ungetrübte Stimmung doch von guter Vorbedeutung sein sollte. Und dabei war sie die einzige, die meinen Kummer verstand, jedenfalls schien es mir so. Sie blickte mich geradezu mütterlich an, bereit, mir zu verzeihen und mich zu streicheln. Dieses Mädchen hatte immer den Anschein erweckt, als sei es sich seines Urteils völlig sicher. Wie damals, als sie nach dem Klosterleben strebte, glaubte sie sich auch jetzt allen überlegen, weil sie darauf verzichtet hatte. Nun erhob sie sich über mich, meine Frau und meine Tochter. Wir taten ihr leid, und ihre schönen grauen Augen richteten sich heiter gelassen auf uns, um zu ergründen, wo die Schuld liege, denn ihrer Meinung nach mußte, wo Schmerz war, auch eine Schuld zu finden sein.

Das erhöhte in mir noch den Groll gegen meine Frau, deren Verhalten uns diese Demütigung zugezogen hatte. Es machte uns allen, auch den Armseligsten an der Tafel, unterlegen. Dort unten, am Tischende, hatten sogar die Kinder meiner Schwägerin aufgehört zu schwatzen und kommentierten mit zusammengesteckten Köpfen den Vorfall. Ich packte mein Glas, im Zweifel, ob ich es leeren oder an die Wand oder gar gegen das Fenster auf der anderen Seite schleudern sollte. Schließlich leerte ich es in einem Zug. Das war der energischste Akt, weil er meine Unabhängigkeit demonstrierte. Mir schien es der beste Wein, den ich an diesem Abend getrunken hatte. Ich verlängerte den Akt, indem ich mir noch einmal einschenkte und noch einmal einen Schluck trank. Aber die Freude wollte sich nicht einstellen, und das ganze übersteigerte Leben, das inzwischen meinen Organismus durchströmte, war Groll. Mir kam eine merkwürdige Idee. Meine Rebellion allein genügte nicht, um all die Verworrenheit aufzulösen. Sollte ich nicht auch der Braut vorschlagen, mit mir zu rebellieren? Zum Glück lächelte sie gerade in diesem Augenblick zärtlich dem Mann zu, der vertrauensvoll neben ihr saß. Und ich dachte: «Sie hat noch keine Ahnung und glaubt, sie wisse, worauf es ankommt.»

Ich entsinne mich noch, daß Giovanni sagte: «Laßt ihn doch trinken, der Wein ist die Milch der Alten.» Ich blickte ihn an und verzog mein Gesicht zu einem Lächeln, aber es gelang mir nicht, ihn zu mögen. Ich wußte, daß es ihm nur um die gute Stimmung ging und daß er mich besänftigen wollte wie ein ungezogenes Kind, das eine Zusammenkunft von Erwachsenen stört.

Ich trank danach wenig und nur dann, wenn sie zu mir herschauten, und sagte kein Sterbenswörtchen mehr. Überall um mich herum war fröhliches Gekreische, und es ging mir auf die Nerven. Ich hörte nicht zu, aber es war schwierig, wegzuhören. Alberi und Giovanni waren sich in die Haare geraten, und es machte allen Spaß, zu sehen, wie sich der Dicke mit dem Mageren herumschlug. Um was es ging, weiß ich nicht, aber ich hörte vom einen wie vom anderen ziemlich heftige Worte. Ich sah, wie Alberi dastand, sich zu Giovanni hinüberbeugte und dabei seine Brille fast bis über die Tischmitte schob, ganz nahe an den Gegner heran; der streckte seine zwei Zentner zwanzig bequem in einem Liegestuhl aus, den man ihm nach dem Essen zum Spaß hingestellt hatte, und musterte Alberi mit dem Blick des guten Fechters, als überlege er, wohin er den Stoß richten solle. Aber auch Alberi machte keine üble Figur, so dürr und dennoch gesund, wie er war, beweglich und munter.

Und ich entsinne mich auch der Glückwünsche und des endlosen Abschiednehmens beim Aufbruch. Die Braut küßte mich mit einem Lächeln, das mir immer noch mütterlich erschien. Zerstreut nahm ich diesen Kuß entgegen. Ich überlegte, wann es mir vergönnt sein würde, ihr etwas von diesem Leben zu erklären.

Plötzlich wurde, von irgend jemandem, ein Name genannt, der Name einer Freundin meiner Frau und einer ehemaligen Freundin von mir: Anna. Ich weiß nicht von wem noch in welchem Zusammenhang, aber ich weiß, daß es der letzte Name war, den ich hörte, ehe ich von der Tischgesellschaft in Ruhe gelassen wurde. Seit Jahren pflegte ich Anna oft bei meiner Frau zu sehen und mit der Freundschaftlichkeit und Gleichgültigkeit von Leuten zu begrüßen, die keinen Grund haben, sich dagegen zu verwahren, daß sie in derselben Stadt und in derselben Epoche geboren wurden. Doch jetzt fiel mir ein, daß sie vor vielen Jahren Opfer meines einzigen Liebesdelikts gewesen war. Ich hatte ihr fast bis zu dem Tag, an dem ich meine Frau heiratete, den Hof gemacht. Aber dann hatte niemand mehr über meinen Verrat gesprochen, der so abrupt gewesen war, daß ich nicht einmal versucht hatte, ihn auch nur mit einem einzigen Wort zu beschönigen, denn bald darauf hatte auch sie sich verheiratet und war sehr glücklich geworden. Sie war nicht zu unserem Essen gekommen, weil sie wegen einer leichten Grippe das Bett hüten mußte. Nichts Ernstes. Seltsam und beängstigend war dagegen, daß ich mich jetzt an mein Liebesdelikt erinnerte, das nun mein ohnehin schon beunruhigtes Gewissen bedrückte. Ich hatte geradezu das Gefühl, daß in diesem Augenblick mein altes Delikt bestraft werden sollte. Von seinem Lager aus, das aller Wahrscheinlichkeit das einer Genesenden war, hörte ich mein Opfer beteuern: «Wenn es eine Gerechtigkeit gibt, darfst du nicht glücklich sein.»

Tief bedrückt ging ich ins Schlafzimmer. Ich war ein wenig verwirrt, denn es erschien mir nicht gerecht, daß nun meine Frau dazu ausersehen sein sollte, die zu rächen, die sie selbst verdrängt hatte.

Emma kam, mir gute Nacht zu sagen. Lächelnd, rosig, frisch. Die Tränen in ihren Augen waren der Lebensfreude gewichen, wie es bei allen gesunden und jungen Organismen der Fall ist. Seit einiger Zeit verstand ich mich auf die Seelen meiner Mitmenschen, und meine Tochter war durchsichtig wie klares Wasser. Mein Wutausbruch hatte ihr vor aller Augen Wichtigkeit verliehen, das genoß sie in voller Naivität. Ich gab ihr einen Kuß, und ich bin sicher, dabei gedacht zu haben, daß es ein Glück für mich sei, sie so heiter und zufrieden zu finden. Gewiß, um sie zu erziehen, wäre es meine Pflicht gewesen, ihr vorzuhalten, daß sie es mir gegenüber an Respekt habe fehlen lassen. Aber ich fand nicht die richtigen Worte und schwieg. Sie ging, und von meinem Versuch, diese Worte zu finden, blieb nichts als Beunruhigung, als Verwirrung und Anstrengung, die ich nicht gleich wieder los wurde. Um mich zu beruhigen, dachte ich: «Ich werde morgen mit ihr sprechen und ihr meine Gründe auseinandersetzen.» Doch es nützte nichts. Ich hatte sie gekränkt, und sie hatte mich gekränkt. Aber es war eine neue Kränkung, daß sie nicht mehr daran dachte, während ich noch immer daran dachte.

Auch Ottavio kam zum Gutenachtsagen. Ein seltsamer Junge. Er sagte mir und seiner Mutter gute Nacht, als ob er uns kaum sähe. Er war schon wieder draußen, als ich hinter ihm herrief: «Freust du dich aufs Kino?» Er blieb stehen, versuchte sich zu erinnern, und ehe er weiterrannte, sagte er trocken: «Ja». Er war sehr müde.

Meine Frau streckte mir die Pillenschachtel hin. «Sind es die?» fragte ich mit gespielter Kaltblütigkeit.

«Ja, gewiß», sagte sie freundlich. Sie blickte mich forschend an, und da sie nicht klug aus mir wurde, fügte sie zögernd hinzu: «Ist dir nicht wohl?»

«Doch, doch», beteuerte ich entschlossen, während ich mir einen Stiefel auszog. Und genau in diesem Augenblick fing mein Magen entsetzlich zu brennen an. «Das war es, was sie wollte», dachte ich mit einer Logik, die mir erst jetzt zweifelhaft erscheint.

Ich schluckte die Pille mit etwas Wasser und spürte eine leichte Linderung. Mechanisch küßte ich meine Frau auf die Wange. Es war ein Kuß, wie er zu den Pillen paßte. Ich konnte ihn mir nicht ersparen, wenn ich Diskussionen und Erklärungen vermeiden wollte. Aber ich konnte mich auch nicht dem Schlaf überlassen, ohne in dem Kampf, der für mich noch nicht zu Ende war, meine Position dargelegt zu haben, und während ich mich im Bett ausstreckte, sagte ich: «Ich glaube, die Pillen würden besser wirken, wenn man sie mit Wein nähme.»

Sie löschte das Licht, und bald verkündete mir ihr regelmäßiger Atem, daß sie ein ruhiges Gewissen hatte, das heißt also, dachte ich sofort, daß ihr alles, was mich betraf, vollkommen gleichgültig war. Ich hatte sehnsüchtig auf diesen Augenblick gewartet, und ich sagte mir, daß ich nun endlich die Freiheit hätte, so geräuschvoll zu atmen, wie es mein körperlicher Zustand zu erfordern schien, oder sogar zu schluchzen, wie ich es in meiner Niedergeschlagenheit gern getan hätte.

Aber in dieser Freiheit wurde der Kummer erst zu einem richtigen Kummer. Überhaupt war das gar keine Freiheit. Wie sollte ich dem Zorn Luft machen, der in mir tobte? Ich konnte nichts weiter tun als darüber brüten, was ich am nächsten Tag zu meiner Frau und zu meiner Tochter sagen würde: «Seid ihr nur dann um meine Gesundheit besorgt, wenn es darum geht, mich vor allen bloßzustellen?» So war es doch. Ich quälte mich hier einsam in meinem Bett, und sie schliefen seelenruhig. Dieses Brennen! Es hatte einen großen Teil meines Organismus ergriffen, es brannte bis zur Kehle hinauf. Auf dem Tischchen neben dem Bett mußte die Wasserflasche stehen, und ich streckte die Hand danach aus. Aber ich stieß an das leere Glas, und das leichte Klirren genügte, um meine Frau zu wecken. Die schläft ja immer mit einem offenen Auge.

«Ist dir nicht wohl?» fragte sie mit leiser Stimme. Sie war nicht sicher, ob sie richtig gehört hatte, und wollte mich nicht wecken. So viel erriet ich, aber ich unterstellte ihr die eigensinnige Absicht, sich über dieses Unwohlsein zu freuen, das natürlich nur wieder der Beweis war, daß sie recht gehabt hatte. Ich verzichtete auf das Wasser und legte mich ganz sachte wieder zurück. Sogleich fiel sie von neuem in ihren leichten Schlaf, der es ihr gestattete, mich zu überwachen.

Kurz und gut, wenn ich in dem Kampf mit meiner Frau nicht unterliegen wollte, mußte ich schlafen. Ich schloß die Augen und legte mich zusammengekrümmt auf die Seite. Sofort mußte ich diese Stellung wieder aufgeben. Ich blieb jedoch hartnäckig und öffnete die Augen nicht. Aber in jeder Stellung hatte ein Teil meines Körpers zu leiden. Ich dachte: «Mit einem solchen Körper kann man nicht schlafen.» Ich war ganz wach, ganz Bewegung. Wer läuft, kann nicht an Schlaf denken. Von diesem Laufen kamen mein Keuchen und das Stampfen meiner Schritte im Ohr wie schwere Stiefel. Ich dachte, daß ich mich vielleicht zu behutsam im Bett bewegte, um auf einen Schlag und mit allen Gliedern die richtige Lage finden zu können. Man durfte sie nicht suchen. Man mußte alles von selbst den seiner Form gemäßen Platz finden lassen. Ich warf mich heftig herum.

Sofort hörte ich meine Frau murmeln: «Ist dir nicht wohl?»

Hätte sie andere Worte gebraucht, hätte ich geantwortet und sie um Hilfe gebeten. Aber auf diese Worte, die kränkend auf unseren Streit anspielten, wollte ich nicht antworten.

Sich ruhig zu halten konnte doch nicht so schwer sein. Warum sollte es schwierig sein zu liegen, wirklich im Bett zu liegen? Ich sah all die großen Schwierigkeiten vor mir, auf die wir in dieser Welt stoßen, und fand, daß es im Vergleich dazu wirklich ein Nichts sei, untätig dazuliegen. Jedes Luder kann doch stilliegen. In meiner Entschlossenheit erfand ich eine zwar komplizierte, aber unglaublich zweckmäßige Stellung. Ich verbiß die Zähne im oberen Teil des Kopfkissens und krümmte mich derart, daß auch die Brust auf dem Kissen lag, während das rechte Bein aus dem Bett hing und fast den Boden berührte, das linke aber auf dem Bett erstarrte und mich festnagelte. Ja, ich hatte ein neues System entdeckt. Nicht ich hielt mich am Bett fest, sondern das Bett sich an mir. Und diese Überzeugung von meiner Untätigkeit bewirkte, daß ich nicht aufgab, auch als die Beklemmung zunahm. Als ich schließlich nachgeben mußte, tröstete mich der Gedanke, daß ein Teil dieser furchtbaren Nacht vorbei sei, und ich wurde auch dadurch belohnt, daß ich mich, nachdem ich mich vom Bett befreit hatte, erleichtert fühlte wie ein Ringer, der sich der Umklammerung des Gegners entwunden hat.

Ich weiß nicht, wie lange ich dann ruhig lag. Ich war müde. Verwundert bemerkte ich hinter meinen geschlossenen Lidern einen seltsamen Schein, lodernde Flammen, die mir von dem Brand herzurühren schienen, den ich in meinem Inneren fühlte. Es waren keine wirklichen Flammen, sondern Farben, die Flammen vortäuschten. Sie beruhigten sich dann und schlossen sich zu runden Formen zusammen, zu Tropfen einer zähen Flüssigkeit, die bald alle in sanftes Blau übergingen, aber noch von einer leuchtend roten Linie umrandet waren. Sie kamen von einem Punkt hoch oben, wurden länger, und nachdem sie sich losgelöst hatten, verschwanden sie in der Tiefe. Ich war es, der zuerst dachte, daß diese Tropfen mich sehen könnten. Und sofort verwandelten sie sich, um mich besser zu sehen, in lauter kleine Augen. Während sie sich beim Sturz in die Länge zogen, bildete sich in ihrem Zentrum ein kleiner Kreis, der, indem er den blauen Schleier verlor, ein wirkliches, boshaftes und übelwollendes Auge freilegte. Ich war geradezu verfolgt von einer Menge, die mir übelwollte. Ich wehrte mich in meinem Bett, stöhnend und ächzend: «Mein Gott!»

«Ist dir nicht wohl?» fragte meine Frau sofort.

Es muß einige Zeit vergangen sein, ehe ich antwortete. Aber dann merkte ich, daß ich nicht mehr in meinem Bett lag, sondern mich daran festklammerte, weil es sich in einen Abhang verwandelt hatte, den ich hinabrutschte. Ich schrie: «Mir ist gar nicht wohl, mir ist hundeelend!»

Meine Frau hatte eine Kerze angezündet und stand in ihrem rosa Nachthemd neben mir. Das Licht beruhigte mich, ja ich hatte das deutliche Gefühl, geschlafen zu haben und erst jetzt aufgewacht zu sein. Das Bett hatte sich wieder geradegerichtet, und ich lag ohne Mühe darin. Ich sah meine Frau überrascht an, denn nun, da ich wußte, daß ich geschlafen hatte, war ich nicht mehr sicher, sie um Hilfe gerufen zu haben. «Was willst du?» fragte ich.

Sie sah mich verschlafen und müde an. Mein Ruf hatte genügt, sie aus dem Bett zu schrecken, aber nicht, ihr das Verlangen nach Schlaf zu nehmen, so daß sie nicht einmal mehr Wert darauf legte, recht zu haben. Um es kurz zu machen, fragte sie: «Willst du von den Tropfen, die der Doktor dir zum Schlafen verschrieben hat?»

Ich zögerte, sosehr es mich auch nach einer Erleichterung verlangte. «Wenn du willst», sagte ich und bemühte mich, nur resigniert zu erscheinen. Die Tropfen nehmen hieß ja noch nicht zugeben, daß einem nicht wohl war.

Dann kam ein Moment tiefen Friedens. Er dauerte so lange, wie meine Frau in ihrem rosa Hemd beim schwachen Schein der Kerze neben mir stand, um die Tropfen abzuzählen. Das Bett war ein richtiges horizontales Bett, und es genügte, die Lider zu schließen, um jedes Licht auszulöschen. Aber von Zeit zu Zeit öffnete ich sie wieder, und dieses Licht und das Rosa des Hemds schenkten mir nicht weniger Trost als das völlige Dunkel. Doch sie wollte ihren Beistand auch nicht um eine Minute verlängern, und ich wurde in die Nacht zurückgeworfen, um allein um Frieden zu kämpfen.

Ich erinnerte mich, wie ich mich als junger Mann, um rascher einschlafen zu können, gezwungen hatte, an eine häßliche Alte zu denken, die mich jene schönen Gaukelbilder vergessen ließ, die mich bedrängten. Jetzt dagegen durfte ich gefahrlos die Schönheit beschwören, sie würde mir sicher helfen.

Das war der Vorteil – der einzige – des Alters. Und ich dachte, indem ich ihre Namen aufzählte, an verschiedene schöne Frauen, Sehnsüchte meiner Jugend, aus einer Zeit, in der es unglaublich viele schöne Frauen gegeben hatte. Aber sie kamen nicht. Nicht einmal jetzt erhörten sie mich. Und ich ließ nicht ab von meinem Bemühen, sie heraufzubeschwören, bis aus der Nacht eine einzige schöne Gestalt aufstieg: Anna! Anna, genau wie sie vor so vielen Jahren gewesen war; aber das Gesicht, das schöne, rosige Gesicht trug einen Ausdruck von Schmerz und Vorwurf. Denn sie wollte mir nicht den Frieden bringen, sondern das schlechte Gewissen. Das war klar. Und da sie nun einmal da war, begann ich mit ihr zu debattieren. Ich hatte sie verlassen, aber sie hatte sofort einen anderen geheiratet, was nur recht und billig war. Doch dann hatte sie ein Mädchen zur Welt gebracht, das jetzt fünfzehn war und ihr in der zarten Tönung der Haut, im Gold des Haares und dem Blau der Augen glich, dessen Gesicht jedoch durch die Einmischung des Vaters, den man ihm ausgesucht hatte, entstellt war: die sanften Wellen des Haars waren zu krausen Löckchen geworden, es hatte breite Wangen, einen großen Mund und übermäßig dicke Lippen. Doch die Farben der Mutter waren in dieser Vermischung mit den Zügen des Vaters wie ein schamloser Kuß vor aller Welt. Was wollte sie jetzt von mir, nachdem sie sich mir so oft mit dem Gatten verbunden gezeigt hatte?

Und zum ersten Mal an diesem Abend glaubte ich, gesiegt zu haben. Anna wurde milder, fast als sähe sie es ein. Und nun mißfiel mir ihre Gesellschaft auch nicht mehr. Sie konnte bleiben. Und beim Einschlafen bewunderte ich sie, die Schöne und Gute, die nun von mir Überzeugte. Bald war ich entschlummert.

Ein gräßlicher Traum. Ich befand mich in einem komplizierten Bau, den ich aber sofort durchschaute, als wäre ich ein Teil davon. Eine weite Grotte, roh, ohne jeden phantastischen Zierat, wie die Laune der Natur ihn in den Grotten hervorbringt, und daher sicher ein Werk von Menschenhand; eine dunkle Grotte, in der ich auf einem hölzernen Dreifuß neben einem Glasschrein saß, den schwach ein Licht erhellte, das mir von ihm auszugehen schien, das einzige Licht, das in dem weiten Raum war und ausreichte, mich, eine Wand aus rohen Steinblöcken und darunter einen betonierten Sockel zu beleuchten. Wie ausdrucksvoll sind doch die Bauwerke des Traums! Man wird sagen, sie sind es, weil sie der, der sie entworfen hat, mühelos durchschaut, und das stimmt. Aber das Überraschende ist, daß der Architekt nicht weiß, daß er sie geschaffen hat, und sich, wenn er wach ist, nicht einmal mehr daran erinnert; und wenn er an jene Welt zurückdenkt, aus der er aufgetaucht ist und in der die Bauwerke so leicht emporsteigen, mag er sich wundern, daß man dort alles ohne ein einziges Wort versteht.

Ich wußte sofort, daß diese Grotte von einigen Männern erbaut worden war, die sie für eine von ihnen erfundene Kur verwendeten, eine Kur, die für einen der Eingeschlossenen (viele mußten sich dort unten im Dunkel befinden) tödlich sein mußte, für alle anderen aber heilbringend. Genau so! Eine Art Religion, die ein Sühneopfer erforderte, und das überraschte mich natürlich nicht.

Noch leichter war zu erraten, daß ich, den man so nahe neben den Glasschrein gesetzt hatte, in dem das Opfer ersticken sollte, ausersehen war, zum Nutzen aller anderen zu sterben. Ich fühlte bereits die Schmerzen des furchtbaren Todes, der mich erwartete. Ich atmete schwer, der Kopf tat mir weh und hatte ein solches Gewicht, daß ich ihn mit den Händen stützte, die Ellbogen auf den Knien.

Plötzlich sprachen einige Menschen, die sich in der Dunkelheit verborgen hielten, all das aus, was ich schon wußte. Meine Frau redete als erste: «Beeil dich, der Doktor hat gesagt, daß du es bist, der in den Schrein da muß.» Das erschien mir schmerzlich, aber ganz logisch. Daher widersprach ich nicht, sondern tat so, als ob ich nicht hörte. Und ich dachte: «Die Liebe meiner Frau ist mir schon immer töricht vorgekommen.» Viele andere Stimmen riefen gebieterisch: «Wollen Sie endlich gehorchen?» Unter diesen Stimmen hörte ich deutlich die von Doktor Paoli heraus. Ich konnte nicht widersprechen, aber ich dachte: «Er tut es, weil er dafür bezahlt wird.»

Ich hob den Kopf, um noch einmal den Glasschrein zu betrachten, der mich erwartete. Da entdeckte ich, daß die Braut auf dem Deckel saß. Auch an diesem Ort bewahrte sie ihren unveränderlichen Ausdruck ruhiger Sicherheit. Ehrlich gesagt, ich verachtete diese Gans, aber ich merkte sofort, daß sie für mich sehr wichtig war. Darauf wäre ich auch im realen Leben gekommen, wenn ich sie auf dem Instrument hätte sitzen sehen, das dazu dienen sollte, mich zu töten. Und nun schaute ich sie schwanzwedelnd an. Ich kam mir vor wie eines jener winzigen Hündchen, die sich schwanzwedelnd durchs Leben schlagen. Eine Schmach!

Aber die Braut sprach. Ohne jede Erregung, als wäre es die natürlichste Sache der Welt, sagte sie: «Onkel, der Schrein ist für Euch.»

Ich mußte allein um mein Leben kämpfen. Auch das erriet ich. Ich hatte das Gefühl, eine gewaltige Anstrengung vollbringen zu können, ohne daß jemand es merkte. Genau wie ich vorher eine Kraft in mir gespürt hatte, die mich in die Lage versetzte, ohne zu sprechen meinen Richter für mich zu gewinnen, so entdeckte ich nun in mir eine Kraft, ich weiß nicht, was es war, zu kämpfen, ohne mich zu bewegen, und damit meine Gegner ohne Vorwarnung zu überfallen. Und die Anstrengung führte sofort zum Erfolg. Denn schon saß Giovanni, der dicke Giovanni, in dem leuchtenden Glasschrein, auf einem Holzschemel, ähnlich dem meinen, und in der gleichen Stellung wie ich. Er saß vornübergebeugt, da der Schrein zu niedrig war, und hielt die Brille in der Hand, damit sie ihm nicht von der Nase fiel. Aber so machte er ein wenig den Eindruck, als ob er dabei wäre, einen Handel abzuschließen, und die Brille nur abgenommen hätte, um, ohne etwas zu sehen, besser nachdenken zu können. Und tatsächlich dachte er, obwohl schweißgebadet und schon schwer atmend, nicht an den nahen Tod, sondern war voller Bosheit, wie seine Augen verrieten, in denen ich den Entschluß zur gleichen Anstrengung las, die ich kurz zuvor unternommen hatte. Deshalb konnte ich auch kein Mitleid mit ihm haben, sondern fürchtete mich vor ihm.

Auch Giovannis Anstrengung hatte Erfolg. Kurz darauf saß Alberi, der lange, magere, gesunde Alberi, statt seiner im Schrein, in der gleichen Stellung wie Giovanni, die für ihn wegen seiner Körpermaße aber noch schlimmer war. Er war regelrecht zusammengeklappt und hätte sicherlich mein Mitleid erregt, wenn nicht auch bei ihm außer der Atemnot eine große Bosheit zu erkennen gewesen wäre. Er sah mich mit einem tückischen Lächeln von unten herauf an, wissend, daß es nur von ihm abhing, ob er in diesem Schrein sterben mußte oder nicht.

Vom Schrein herunter fing die Braut wieder zu reden an: «Jetzt ist die Reihe sicher an Euch, Onkel.» Sie betonte die Worte mit großer Pedanterie. Und ihre Worte wurden von einem anderen Ton begleitet, weit weg, hoch oben. Aus diesem langgezogenen Ton, der von einer Person herrührte, die sich eilig entfernte, erkannte ich, daß die Grotte in einem steilen Gang endete, der an die Erdoberfläche führte. Es war nur ein Zischen, aber ein Zischen der Zustimmung, und es kam von Anna, die mir noch einmal ihren Haß kundtat. Sie hatte nicht den Mut, ihn in Worte zu kleiden, weil ich sie tatsächlich überzeugt hatte, daß sie mir gegenüber schuldiger war als ich ihr gegenüber. Aber die Überzeugung vermag nichts, wenn es sich um Haß handelt.

Ich war von allen verurteilt. Fern von mir, irgendwo in der Grotte, gingen inzwischen meine Frau und der Arzt auf und ab, und ich erriet, daß meine Frau gereizt aussah. Sie gestikulierte heftig mit den Händen und zählte alle meine Missetaten auf: der Wein, das Essen und meine grobe Art gegen sie und meine Tochter.

Ich fühlte mich durch Alberis triumphierend auf mich gerichteten Blick zum Schrein hingezogen. Ich rutschte langsam mit meinem Schemel näher, immer nur um wenige Millimeter, aber ich wußte, wenn ich bis auf einen Meter heran wäre (so wollte es das Gesetz), würde ich mich mit einem einzigen Satz darin eingeschlossen finden und nach Luft schnappen.

Aber es gab noch eine Hoffnung auf Rettung. Giovanni, der sich von der Anstrengung seines harten Kampfes erholt hatte, war neben dem Schrein erschienen, den er nicht mehr zu fürchten brauchte, weil er schon drinnen gewesen war (auch das war dort unten Gesetz). Er stand aufrecht im vollen Licht und sah bald Alberi an, der nach Luft schnappte und drohte, bald mich, der ich mich langsam näherte.

Ich schrie: «Giovanni! Hilf mir, ihn drinzuhalten... ich geb' dir Geld!» Die ganze Grotte hallte wider von meinem Schrei, und es klang wie Hohngelächter. Ich begriff. Es war umsonst, zu bitten. Im Schrein mußte nicht der sterben, der zuerst hineingesteckt worden war, auch nicht der zweite, sondern der dritte. Auch das war ein Gesetz der Grotte, das mich, wie alle anderen dieser Gesetze, zugrunde richtete. Außerdem war es hart, einsehen zu müssen, daß das Gesetz nicht erst in diesem Augenblick gemacht worden war, um ausgerechnet mir zu schaden. Es entstammte ebenfalls dieser Dunkelheit und diesem Licht. Giovanni antwortete nicht einmal, sondern zuckte die Achseln, um mir sein Bedauern anzudeuten, daß er mich nicht retten oder mir die Rettung verkaufen könne.

Und da schrie ich noch einmal: «Wenn es nicht anders geht, nehmt meine Tochter. Sie schläft hier nebenan. Es wird leicht sein.» Auch diese Schreie wurden von einem gewaltigen Echo zurückgeworfen. Ich war davon wie betäubt, aber ich schrie wieder, um meine Tochter zu rufen: «Emma, Emma, Emma!»

Und tatsächlich: aus der Tiefe der Grotte erreichte mich Emmas Antwort, der Klang ihrer noch so kindlichen Stimme: «Hier bin ich, Papa, hier bin ich.»

Mir schien, sie habe nicht sofort geantwortet. Dann gab es eine heftige Erschütterung, die ich meinem Sprung in den Schrein zuschreiben zu müssen glaubte. Ich dachte noch: «Daß dieses Mädchen immer trödeln muß, wenn es ums Gehorchen geht!» Diesmal wurde mir ihre Trödelei zum Verhängnis, und ich war voll Groll.

Ich wachte auf. Das war die Erschütterung gewesen. Der Sprung von einer Welt in die andere. Ich hing mit Kopf und Oberkörper über dem Bettrand und wäre aus dem Bett gefallen, wenn meine Frau nicht herbeigeeilt wäre, um mich zu halten. Sie fragte: «Hast du geträumt?» Und dann, gerührt: «Du hast nach deiner Tochter gerufen. Siehst du, wie lieb du sie hast!» Ich war zuerst geblendet von dieser Wirklichkeit, in der mir alles entstellt und verfälscht erschien. Und ich sagte zu meiner Frau, die doch auch alles wissen sollte: «Wie werden unsere Kinder uns je verzeihen können, daß wir ihnen dieses Leben gegeben haben?»

Doch sie, in ihrer Einfalt, sagte: «Unsere Kinder sind glücklich, daß sie leben.»

Das Leben, das ich in diesem Augenblick als das wahre empfand, nämlich das Leben des Traums, hielt mich noch immer in seinem Bann, und davon wollte ich Zeugnis ablegen: «Weil sie noch nichts wissen.»

Aber dann verstummte ich und hing meinen Gedanken nach. Im Fenster neben meinem Bett wurde es hell, und in diesem Licht fühlte ich sofort, daß ich den Traum nicht erzählen durfte, weil ich seine Schmach verbergen mußte. Aber schon bald, während das Sonnenlicht kühl und sanft und doch gebieterisch weiter ins Zimmer drang, empfand ich diese Schmach überhaupt nicht mehr. Es war nicht mein Leben, das Leben des Traums, und ich war nicht derjenige, der mit dem Schwanz wedelte und, um sich selbst zu retten, bereit war, die eigene Tochter zu opfern.

Ich mußte jedoch die Rückkehr in jene schreckliche Grotte vermeiden. Und so kam es, daß ich fügsam wurde und mich bereitwillig der Diät des Doktors unterwarf. Aber sollte ich je – ohne meine Schuld, also nicht wegen übermäßigen Trinkens, sondern in den letzten Fieberschauern – in jene Grotte zurückkehren müssen, würde ich sofort in den Glasschrein springen, falls es ihn gibt, um nicht mit dem Schwanz zu wedeln und Verrat zu üben.

KATHERINE MANSFIELD

1888–1923

Die Gartenparty

Und schließlich war das Wetter ideal. Für eine Gartenparty hätte es keinen schöneren Tag geben können – wie bestellt. Windstill, warm, Himmel ohne Wolke. Nur das Blau war von einem goldhellen Dunst verschleiert, so wie manchmal im Frühsommer. Der Gärtner war, seit es dämmerte, auf, das Gras zu mähen und es zusammenzukehren, bis der Rasen und die dunklen, flachen Rosetten, wo die Gänseblümchen gestanden hatten, zu glänzen schienen. Und was die Rosen angeht, so hatte man den Eindruck, sie seien sich bewußt, daß sie die einzigen Blumen sind, die Menschen bei Gartenparties beeindrucken; die einzigen Blumen, die jeder bestimmt kennt. Hunderte, ja, buchstäblich Hunderte waren in einer einzigen Nacht aufgegangen; die grünen Büsche neigten sich, als hätten die Erzengel sie besucht.

Man war noch beim Frühstück, da erschienen schon die Arbeiter, um das Festzelt aufzuschlagen.

«Wo willst du das Zelt aufgeschlagen haben, Mutter?»

«Mein liebes Kind, mich mußt du nicht fragen. Ich bin entschlossen, in diesem Jahr alles euch Kin-

In der Gartenlaube
Radierung
von Daniel Chodowiecki

dern zu überlassen. Vergeßt, daß ich die Mutter bin, behandelt mich wie einen geehrten Gast.»

Aber Meg konnte unmöglich gehen und die Arbeiter beaufsichtigen. Sie hatte sich das Haar vor dem Frühstück gewaschen und saß beim Kaffeetrinken in einem grünen Turban da, eine dunkelnasse Locke beiderseits an die Wangen gedrückt. Jose, der Schmetterling, kam immer in einem seidenen Unterkleid und einer Kimonojacke herunter.

«Laura, du mußt gehen; du bist hier die Kunstverständige.»

Laura flog davon, ihr Butterbrot noch in der Hand. Herrlich, eine Entschuldigung zu haben, im Freien zu essen, und außerdem ordnete sie liebend gerne an, sie fand immer, sie könne es so viel besser als jeder andere.

Vier Männer in Hemdsärmeln standen in einer Gruppe zusammen auf dem Gartenweg. Sie trugen Stäbe mit darauf gerolltem Segeltuch und hatten große Werkzeugtaschen auf den Rücken gebunden. Sie machten Eindruck. Laura wünschte jetzt, sie hielte nicht ihr Butterbrot in der Hand, aber sie konnte es nirgends hintun und unmöglich fortwerfen. Sie wurde rot und versuchte, streng und sogar ein wenig kurzsichtig auszusehen, als sie auf sie zuging.

«Guten Morgen», sagte sie, die Stimme ihrer Mutter nachahmend. Aber das klang so fürchterlich gekünstelt, daß sie sich genierte und wie ein kleines Mädchen stammelte: «Ach, ja... – sind Sie gekommen... wegen des Zelts?»

«So ist es, mein Fräulein», sagte der größte der Männer, ein schmächtiger, sommersprossiger Bursche, und er verschob seine Werkzeugtasche, stieß seinen Strohhut zurück und lächelte zu ihr herab. «Eben darum.»

Sein Lächeln war so natürlich, so freundlich, daß Laura zu sich zurückfand. Was für hübsche Augen er hatte, klein, aber so tiefblau. Und nun sah sie die andern an, sie lachten auch ein wenig. «Kopf hoch, wir beißen nicht!» schien ihr Lächeln zu sagen. Wie reizend doch Arbeiter sind! Und was für ein schöner Morgen! Sie durfte den Morgen nicht erwähnen; sie mußte geschäftsmäßig sein. Das Zelt.

«Tja, was meinen Sie zu der Lilienwiese? Wäre die geeignet?» Und sie deutete darauf mit der Hand, die nicht das Butterbrot hielt.

Sie wandten sich um, starrten in die Richtung. Ein kleiner dicker Kerl schob die Unterlippe vor, und der Lange runzelte die Stirn.

«Das paßt mir nicht», sagte er. «Nicht auffallend genug. Sehen Sie, so etwas wie ein Zelt» – und er kehrte sich in seiner natürlichen Art Laura zu –; «Sie müssen es aufstellen, wo es Ihnen wie ein Schlag ins Auge knallt, wenn Sie auf mich hören.»

Lauras Erziehung ließ sie einen Augenblick lang zweifeln, ob es sich für einen Arbeiter ganz schickte, zu ihr über ins Auge knallende Schläge zu reden. Doch hörte sie auf ihn.

«Eine Ecke vom Tennisplatz», schlug sie vor. «Aber die Kapelle soll in einer Ecke sitzen.»

«Was, eine Kapelle haben Sie auch?» sagte ein anderer Arbeiter. Er war blaß, sah verhärmt aus, während seine Augen den Tennisplatz musterten. Was dachte er wohl?

«Nur eine ganz kleine Kapelle», sagte Laura entgegenkommend. Vielleicht machte es ihm weniger aus, wenn die Kapelle klein war.

Aber der Lange unterbrach: «Sehen Sie mal, Fräulein, das dort ist *der* Platz. Vor den Bäumen. Dort drüben. Der ist richtig.»

Vor den Karakas. Dann wären die Karaka-Bäume verdeckt. Und sie waren so hübsch mit ihren breiten, glänzenden Blättern und den Trauben gelber Früchte. Sie waren wie Bäume, die man sich auf einem verlassenen Eiland wachsend vorstellt, stolz, einsam, ihre Blätter und Früchte in die Sonne hebend in einer Art stummem Glanz. Mußten die von dem Zelt verdeckt werden?

Ja. Schon hatten die Arbeiter die Stäbe geschultert und gingen auf die Stelle zu. Nur der Lange war noch da. Er bückte sich, rieb einen Lavendelzweig, brachte Daumen und Zeigefinger an die Nase und schnüffelte den Geruch. Als Laura diese Geste sah, vergaß sie ganz die Karakas in ihrer Verwunderung, daß er solche Dinge wahrnahm wie den Geruch von Lavendel. Wer von ihren Bekannten hätte das getan? «Ach, wie besonders nett Arbeiter sind», dachte sie. Warum konnte sie keine Arbeiter zu Freunden haben statt der dummen Jungen, mit denen sie tanzte und die sonntags zum Abendessen kamen? Sie würde viel besser mit Männern wie diesen zurechtkommen.

Während der lange Bursche etwas auf die Rückseite eines Umschlags zeichnete, etwas, das angesteckt oder aufgehängt werden sollte, fand sie, daß an allem die absurden Klassenunterschiede schuld waren. Sie selbst empfand sie zwar nicht. Kein bißchen, kein Fünkchen... und nun kam das Pochpoch von Holzhämmern. Einer pfiff, einer sang: «Bist du dort drüben, Matey?» «Matey!», wie freundlich das klang, wie... wie... Nur um zu beweisen, wie glücklich sie war, nur um dem langen Dünnen zu zeigen, wie vertraut sie empfand und wie sie die blöden Konventionen verachtete, biß Laura kräftig in ihr Butterbrot und starrte auf die kleine Zeichnung. Sie fühlte sich wie eine junge Arbeiterin.

«Laura, Laura, wo bist du? Telephon, Laura!» rief eine Stimme aus dem Haus.

«Komme schon!» Und fort über die Wiese stürmte sie, über den Gartenweg die Treppe hinauf, durch die Veranda und zur Tür hinein. In der Halle bürsteten ihr Vater und Laurie die Hüte, bereit, ins Büro zu gehen.

«Hör mal, Laura», sagte Laurie gehetzt, «könntest du nicht vor heute nachmittag gerade mal über meinen Rock bügeln, siehst ja, ob er's nötig hat.»

«Mach' ich», sagte sie. Plötzlich konnte sie nicht an sich halten. Sie rannte auf Laurie zu und drückte ihn rasch und kurz. «Ach, ich habe Parties furchtbar gern, du auch?» keuchte sie.

«Ziemlich», sagte Lauries warme Knabenstimme, und er drückte seine Schwester wieder und gab ihr einen sanften Schubs. «Jetzt aber schnell ans Telephon, mein Fräulein.»

Telephon. «Ja, ja; o ja. Kitty? Guten Morgen, Liebes. Zum Lunch? Ja, komm. Begeistert, natürlich. Es wird zwar nur ein Reste-Essen sein, Sandwich-Rinden und zerbröckelte Meringues und was sonst noch übrig ist. Ja, ist es nicht ein idealer Morgen? Dein Weißes? Würde ich bestimmt. Einen Augenblick – bleib am Apparat. Mutter ruft.» Laura beugte sich zurück. «Wie, Mutter? Kann nicht verstehen.»

Mrs. Sheridans Stimme schwebte die Treppen herunter. «Sag ihr, sie möge den entzückenden Hut aufsetzen, den sie am letzten Sonntag trug.»

«Mutter sagt, du sollst den entzückenden Hut aufsetzen, den du am letzten Sonntag trugst. Gut. Ein Uhr. Tschüs.»

Laura legte den Hörer auf, warf die Arme über den Kopf, holte tief Luft, reckte sich und ließ sie fallen. «Huh», seufzte sie und richtete sich gleich danach auf.

Sie blieb still, horchend. Das Haus war von leichten, schnellen Tritten und durchdringenden Stimmen belebt. Die grüne Polstertür, die zu den

Küchenregionen führte, schwang mit gedämpftem Laut auf und zu. Und dann gab es ein langes, vergnügliches, groteskes Geräusch. Es war der Flügel, der auf seinen steifen Rollen bewegt wurde. Aber die Luft! Wenn man sich Zeit nahm, darauf zu achten, war die Luft denn immer so? Schwache Lüftchen spielten Haschen zu den Oberlichtern herein und zu den Türen hinaus. Und zwei winzige Sonnenflecken, einer auf dem Tintenfaß, einer auf dem silbernen Photorahmen, spielten mit. Liebe kleine Flecken. Der auf dem Tintenfaßdeckel besonders. Er war ganz warm. Ein warmer, kleiner, silberner Stern. Sie hätte ihn küssen mögen.

An der Eingangstür läutete die Klingel, und das Rascheln von Sadies gemustertem Rock war auf der Treppe. Eine Männerstimme murmelte; Sadie antwortete unbeteiligt: «Ich weiß es wirklich nicht. Warten Sie. Ich frage Mrs. Sheridan.»

«Was ist, Sadie?» Laura kam in die Diele.

«Der Blumenhändler, Miss Laura.»

Tatsächlich. Dort, gerade innerhalb der Tür, stand ein breites flaches Brett voller Töpfe mit rosa Lilien. Nichts anderes. Keine anderen Blumen, nur diese Canna-Lilien, große rosa Blüten, weit offen, leuchtend, nachgerade erschreckend lebendig auf hellroten Stengeln.

«Oh, Sadie!», und es klang, als stöhnte sie. Sie hockte nieder, wie um sich an der Lilienglut zu wärmen; sie fühlte sie in ihren Fingern, auf ihren Lippen, in ihrem Innern wachsen.

«Es ist ein Versehen», sagte sie leise vor sich hin. «Keiner hat je so viele bestellt. Sadie, geh zur Mutter.»

Aber in diesem Augenblick kam Mrs. Sheridan dazu. «Es ist in Ordnung», sagte sie ruhig. «Ja, ich habe sie bestellt. Sind sie nicht hübsch?» Sie drückte Lauras Arm. «Gestern ging ich an dem Geschäft vorbei und sah sie im Fenster. Und plötzlich dachte ich, einmal im Leben möchte ich genügend Canna-Lilien haben. Die Gartenparty ist eine gute Entschuldigung.»

«Aber hast du nicht gesagt, du wolltest dich nicht einmischen?» sagte Laura. Sadie war fort. Der Bote stand noch draußen bei seinem Wagen. Sie legte den Arm um den Hals ihrer Mutter, und ganz, ganz zart biß sie ihre Mutter ins Ohr.

«Mein liebes Kind, eine logische Mutter würdest du doch nicht mögen, nicht wahr? Laß das. Hier kommt der Blumenhändler.»

Er trug noch mehr Lilien herein. Ein weiteres ganzes Brett voll.

«Reihen Sie sie gleich hier an der Tür auf, an beiden Seiten des Eingangs, bitte», sagte Mrs. Sheridan. «Meinst du nicht auch, Laura?»

«Aber ja, Mutter.»

Im Salon war es Meg, Jose und dem guten kleinen Hans endlich gelungen, den Flügel zu bewegen.

«Wenn wir nun diesen Klubsessel gegen die Wand rücken und alles aus dem Zimmer tragen, bis auf die Stühle – was meint ihr?»

«Machen wir.»

«Hans, trage diese Tische ins Rauchzimmer und bring die Bürste mit, um die Eindrücke auf dem Teppich zu verwischen – einen Augenblick, Hans...» Jose erteilte den Bediensteten gerne Anweisungen, und diese gehorchten ihr gern. Sie gab ihnen immer das Gefühl, sie nähmen an einem Drama teil. «Sage Mutter und Miss Laura, sie möchten sofort herkommen.»

«Jawohl, Miss Jose.»

Sie drehte sich zu Meg um. «Ich würde gern hören, wie der Flügel klingt, falls man mich heute nachmittag bittet zu singen. Laß uns probieren ‹Das Leben ist öde›.»

«Rum-ta-ta – ti-ta-ta!»

Das Klavier dröhnte so empfindsam los, daß sich Joses Gesicht veränderte. Sie faltete die Hände. Sie sah traurig und rätselhaft die herzukommende Mutter und Laura an.

Das Leben ist trübe
Seufzer und Tränen
Vergehende Liebe
Und so... leb wohl!

Bei dem Wort «leb wohl» jedoch, und obgleich das Klavier verzweifelter denn je klang, kam plötzlich ein leuchtendes, schrecklich unsympathisches Lächeln in ihr Gesicht.

«Bin ich nicht gut bei Stimme, Mama?» strahlte sie.

Das Leben ist öde
Ersterbende Hoffnung
Ein Traum – ein Erwachen.

Aber jetzt kam Sadie dazwischen.

«Was ist, Sadie?»

«Bitte, gnädige Frau, die Köchin sagt, Sie hätten die Pieker mit den Fähnchen für die Sandwiches?»

«Die Pieker für die Sandwiches, Sadie?» wiederholte Mrs. Sheridan verträumt. Und die Kinder sahen ihrem Gesicht an, daß sie sie nicht hatte. «Warte mal.» Und sie sagte fest zu Sadie: «Sage der Köchin, sie wird sie in zehn Minuten haben.»

Sadie ging.

«Laura», sagte ihre Mutter rasch, «jetzt komm mit mir ins Rauchzimmer. Ich habe das Verzeichnis irgendwo auf der Rückseite eines Briefumschlags. Du mußt es für mich schreiben. Meg, geh sofort hinauf und nimm dies feuchte Ding von deinem Kopf. Jose, lauf und beende auf der Stelle die Plätterei. Hört ihr, Kinder, oder muß ich es eurem Vater sagen, wenn er heute abend nach Hause kommt? Und – und Jose, beruhige die Köchin, wenn du in die Küche gehst, ja? Ich fürchte mich heute morgen vor ihr.»

Endlich war der Umschlag hinter der Eßzimmeruhr gefunden, aber wie er dorthin geraten war, konnte sich Mrs. Sheridan nicht erklären.

«Eins von euch Kindern muß ihn mir aus der Tasche geholt haben, denn ich erinnere mich genau…

Rahmkäse und Zitronenquark. Hast du den angerührt?»

«Ja.»

«Eier und…» Mrs. Sheridan hielt den Umschlag von sich weg. «Sieht aus wie ‹Mäuse›. Aber es kann doch schließlich nicht ‹Mäuse› heißen.»

«Olive, Liebe», sagte Laura, ihr über die Schulter sehend.

«Ja, natürlich, Olive. Gräßlich klingende Zusammenstellung. Ei und Olive.»

Endlich waren sie fertig, und Laura brachte die beschrifteten Fähnchen in die Küche. Dort fand sie Jose, dabei, die Köchin zu beruhigen, die gewiß nicht furchterregend aussah.

«Ich habe nie so köstliche Sandwiches gesehen», sagte Joses Stimme hingerissen. «Wie viele Sorten, sagst du, hast du gemacht? Fünfzehn?»

«Fünfzehn, Fräulein Jose.»

«Also, ich gratuliere dir.»

Die Köchin kehrte die Krusten mit einem langen Brotmesser zusammen und lachte breit.

«Da ist ja Godber's», kündigte Sadie an, gerade aus der Speisekammer kommend. Sie hatte den Mann am Fenster vorbeigehen sehen.

Das bedeutete, die Windbeutel waren da. Godber's waren berühmt für ihre Windbeutel. Niemand dachte je daran, sie zu Hause zu machen.

«Bring sie herein und stelle sie auf den Tisch, Kind», ordnete die Köchin an.

Sadie brachte sie herein und ging zur Tür zurück.

Natürlich waren Laura und Jose viel zu erwachsen, um sich um solche Dinge wirklich zu reißen. Trotzdem mußten auch sie finden, daß sie höchst verlockend aussahen. Höchst. Die Köchin begann sie anzuordnen, wobei sie den überschüssigen Zucker abschüttelte.

«Bringen sie einem nicht alle Parties wieder in Erinnerung?» fragte Laura.

«Vielleicht», sagte die praktische Jose, die nie gern zurückdachte. «Sie sehen sehr schön locker und luftig aus, wirklich.»

«Nehmt euch jede einen, Fräuleinchen», sagte die Köchin mit ihrer behaglichen Stimme. «Eure Mutter erfährt es nicht.»

Ach, unmöglich. Windbeutel so bald nach dem Frühstück! Bei der bloßen Vorstellung konnte man sich schütteln. Trotzdem leckten zwei Minuten später Laura und Jose ihre Finger ab, mit diesem ganz in Anspruch genommenen, nach innen gerichteten Blick, der sich nur bei Schlagsahne einstellt.

«Wollen wir jetzt in den Garten gehen, durch den hinteren Ausgang?» schlug Laura vor. «Ich möchte gern sehen, wie die Arbeiter mit dem Zelt vorankommen. Es sind furchtbar nette Leute.»

Aber die Hintertür war versperrt von der Köchin, Sadie, dem Boten von Godber's und Hans.

Es war etwas passiert.

«Tuk-tuk-tuk», gluckste die Köchin wie ein aufgeregtes Huhn. Sadie hielt sich die Backe mit der Hand, als hätte sie Zahnweh. Hans' Gesicht war verzerrt von der Anstrengung, zu begreifen. Nur der Bote von Godber's schien befriedigt. Es war seine Neuigkeit.

«Was ist los? Was ist passiert?»

«Ein schrecklicher Unfall», sagte die Köchin. «Ein Mann ist verunglückt.»

«Ein Mann verunglückt! Wo? Wie? Wann?»

Aber der Bote von Godber's wollte sich seine Geschichte nicht vor der Nase wegschnappen lassen. «Sie kennen doch die kleinen Katen gerade hier unten, Miss?» Kennen? Natürlich kannte sie sie. «Na, und da wohnt ein junger Mensch, heißt Scott, ein Fuhrmann. Sein Pferd hat vor einem Traktor gescheut, heute morgen, Ecke Hawke Street, und er wurde abgeworfen, fiel auf den Hinterkopf. Tot.»

«Tot!» Laura starrte den Lieferanten von Godber's an.

«Tot, als sie ihn aufhoben», sagte der mit Genugtuung. «Sie haben den Leichnam nach Hause gebracht, als ich hier heraufkam.» Und er sagte zur Köchin: «Er hinterläßt eine Frau und fünf kleine Kinder.»

«Jose, komm mit.» Laura packte den Ärmel ihrer Schwester und zog sie durch die Küche zu der andern Seite der grünen Polstertür. Dort blieb sie stehen und lehnte sich dagegen. «Jose!» sagte sie entsetzt, «wie können wir bloß alles abblasen?»

«Alles abblasen, Laura!» rief Jose verblüfft. «Was meinst du überhaupt?»

«Die Gartenparty natürlich abblasen.» Warum verstellte sich Jose?

Aber Jose wurde noch verwunderter. «Die Gartenparty ausfallen lassen? Meine liebe Laura, sei nicht so albern. Wir können unmöglich so etwas tun. Keiner erwartet es von uns. Sei nicht so überspannt.»

«Wir können doch nicht eine Gartenparty veranstalten mit einem Toten draußen vor dem Tor.»

Das war wirklich überspitzt, denn die kleinen Katen lagen abgesondert am Fuß einer Steigung, die zum Haus heraufführte. Dazwischen verlief eine breite Straße. Freilich lagen sie allzu nah. Sie waren die größte Verschandelung und hatten überhaupt kein Recht auf diese Nachbarschaft. Es waren kleine, ärmliche Behausungen, schokoladebraun gestrichen. In den Gartenflecken waren nur Kohlstrünke, kranke Hühner und Tomatendosen. Der bloße Rauch, der aus ihren Kaminen stieg, roch schon nach Armut. Kleine Rauchfetzen und -flocken, so anders als die großen silbrigen Federn, die sich den Kaminen der Sheridans entkräuselten. Waschfrauen wohnten unten am Weg, Straßenkehrer und ein Flickschuster und ein Mann, dessen Hausfront mit kleinen Vogelkäfigen behängt war. Kinder in Scharen. Als die Sheridans noch klein waren, war es ihnen verboten, einen Fuß dorthin zu setzen, wegen der unflätigen Reden und der möglichen Ansteckung. Aber seit Laura und Laurie erwachsen waren, gingen sie manchmal, wenn sie umherstreiften, hindurch. Es war eklig und schmutzig. Sie kamen mit einem Grauen zurück. Doch schließlich mußte man überallhin gehen; alles sehen. So gingen sie hindurch.

«Denke doch nur, wie sich die Kapelle für die arme Frau anhören würde», sagte Laura.

«Oh, Laura!» Jose wurde ernstlich ärgerlich. «Wenn du jedesmal eine Kapelle aufhören heißt, wenn jemand einen Unfall gehabt hat, dann lebst du ja sehr kompliziert. Es tut mir ganz bestimmt genauso leid wie dir. Ich empfinde ebenso teilnehmend wie du.» Ihre Augen wurden hart. Sie sah ihre Schwester wieder an wie früher, als sie klein waren und sich stritten. «Du bringst keinen betrunkenen Arbeiter zum Leben zurück mit deiner Sentimentalität», sagte sie sanft.

«Betrunken! Wer sagt, daß er betrunken war?» Laura kehrte sich wütend zu Jose um. Sie sagte, wie sie bei solchen Gelegenheiten früher zu bemerken pflegte: «Ich sage es sofort der Mutter.»

«Tu es, Liebes», gurrte Jose.

«Mutter, darf ich in dein Zimmer kommen?» Laura drehte den großen Türglasknopf.

«Natürlich, Kind. Was ist denn los? Du bist ja ganz erregt?» Und Mrs. Sheridan drehte sich an ihrem Toilettentisch um. Sie probierte gerade einen neuen Hut auf.

«Mutter, ein Mann ist getötet worden», begann Laura.

«Aber *nicht* im Garten?» unterbrach ihre Mutter.

«Nein, nein!»

«Ach, was für einen Schrecken du mir eingejagt hast!» Mrs. Sheridan seufzte erleichtert und nahm den großen Hut ab und hielt ihn auf ihren Knien.

«Aber hör doch, Mutter», sagte Laura. Atemlos, halb erstickt erzählte sie die schreckliche Geschichte. «Wir können doch unsere Party nicht abhalten, nicht wahr?» bat sie. «Mit der Kapelle und allen, die kommen. Sie würden uns hören, Mutter; sie sind fast Nachbarn!»

Zu Lauras Erstaunen verhielt sich ihre Mutter wie Jose; es war schwerer zu ertragen, weil sie belustigt schien. Sie weigerte sich, Laura ernst zu nehmen.

«Aber mein liebes Kind, sei doch vernünftig. Wir haben es ja nur durch Zufall erfahren. Wenn jemand dort normal gestorben wäre – und ich verstehe sowieso nicht, wie sie in diesen dumpfigen kleinen Löchern am Leben bleiben –, dann würden wir doch auch unsere Party geben, nicht wahr?»

Laura mußte «ja» darauf sagen, aber sie fühlte, es war alles falsch. Sie setzte sich auf das Sofa ihrer Mutter und krumpelte die Rüsche des Kissens.

«Mutter, ist es nicht wirklich furchtbar herzlos von uns?» fragte sie.

«Mein Liebes!» Mrs. Sheridan stand auf und kam zu ihr herüber, den Hut tragend. Ehe Laura abwehren konnte, hatte sie ihn ihr aufgedrückt. «Mein Kind!» sagte ihre Mutter, «der Hut gehört dir. Er ist wie für dich gemacht. Für mich ist er viel zu jugendlich. Du siehst aus wie ein Bild. Sieh dich doch selbst an!» Und sie hielt ihr einen Handspiegel vor.

«Aber Mutter», fing Laura wieder an. Sie mochte sich nicht ansehen; kehrte sich ab.

Diesmal verlor Mrs. Sheridan die Geduld, genauso wie vorher Jose.

«Du bist wirklich absurd, Laura», sagte sie kalt. «Solche Leute erwarten keine Opfer von uns. Und es ist nicht sehr freundlich, allen die Freude zu verderben, wie du es jetzt tust.»

«Ich verstehe es nicht», sagte Laura und lief schnell aus dem Zimmer in ihr eigenes. Dort war zufällig das erste, was sie sah, dieses bezaubernde Mädchen im Spiegel, mit ihrem schwarzen, mit goldenen Maßliebchen geränderten Hut und einem langen schwarzen Samtband. Nie hätte sie gedacht, daß sie so aussehen könnte. «Hat Mutter recht?» dachte sie. Und jetzt hoffte sie, ihre Mutter wäre im Recht. «Bin ich überspannt? Vielleicht ja.» Einen Augenblick lang hatte sie noch einmal die Vorstellung von der armen Frau und diesen kleinen Kindern und der Leiche, wie sie ins Haus getragen wird. Aber alles schien verschwommen, unwirklich, wie ein Bild in einer Zeitung. «Ich will wieder daran denken, wenn die Party vorbei ist», entschied sie. Und irgendwie schien das auch der beste Gedanke…

Das Mittagessen war um halb eins vorbei. Gegen halb zwei waren alle gerüstet. Die grünberockte

Kapelle war angekommen und in einer Ecke des Tennisplatzes plaziert worden.

«Du liebe Güte!» trillerte Kitty Maitland. «Sehen sie nicht ganz wie Frösche aus? Man hätte sie rings um den Teich aufstellen sollen und den Dirigenten in die Mitte auf ein Blatt.»

Laurie erschien und grüßte, als er zum Umziehen ins Haus ging. Bei seinem Anblick kam Laura der Unglücksfall wieder in den Sinn. Sie wollte es ihm sagen. Wenn Laurie mit den andern übereinstimmte, dann mußte es so in Ordnung sein. Und sie folgte ihm in die Halle.

«Laurie!»

«Hallo!» Er war schon halb auf der Treppe, aber als er sich umschaute und Laura sah, blies er plötzlich die Backen auf und machte ihr Glubschaugen. «Donnerwetter! Laura, du siehst ja phantastisch aus», sagte Laurie. «Was für ein toller Hut!»

Laura sagte schwach «wirklich?» und lächelte zu Laurie auf und sagte ihm schließlich doch nichts.

Bald darauf begannen die Menschen hereinzuströmen. Die Kapelle legte los; die bestellten Kellner rannten vom Haus zum Festzelt. Wohin man sah, ergingen sich Paare, bückten sich zu den Blumen, grüßten, schlenderten über den Rasen. Sie waren wie glänzende Vögel, die sich für diesen Nachmittag auf ihrem Weg – wohin? – in Sheridans Garten niedergelassen hatten. Ach, welch Glück ist es, mit Menschen zusammenzusein, die alle glücklich sind, Hände zu drücken, Wangen zu berühren, in Augen zu lächeln.

«Laura, Liebe, wie gut du aussiehst!»

«Kind, was für ein kleidsamer Hut!»

«Laura, du wirkst ganz spanisch. Ich habe dich nie so blendend aussehend gefunden.»

Und Laura, glühend, sagte sanft: «Habt ihr Tee gehabt? Wollt ihr nicht ein Eis? Das Passionsfruchteis ist wirklich etwas Besonderes.» Sie eilte zu ihrem Vater und bat ihn: «Mein lieber Daddy, soll die Kapelle nicht etwas zu trinken bekommen?»

Und der vollkommene Nachmittag ging langsam auf, welkte langsam dahin, schloß langsam seine Blütenblätter.

«Nie eine reizendere Gartenparty...» – «Der größte Erfolg...» – «Die allerbeste...»

Laura half ihrer Mutter bei der Verabschiedung. Sie standen nebeneinander in der Tür, bis alles vorbei war.

«Alles vorbei, dem Himmel sei Dank, alles vorbei», sagte Mrs. Sheridan. «Hole die andern zusammen, Laura. Dann kommt zu einem frisch aufgegossenen Kaffee. Ich bin völlig erschöpft. Ja, es war sehr gelungen. Aber ach, diese Parties, Parties! Warum besteht ihr Kinder darauf, Gesellschaften zu geben?»

Und sie ließen sich alle in dem verlassenen Zelt nieder.

«Nimm ein Sandwich, Vater, das Einsteckfähnchen habe ich beschriftet.»

«Danke.» Mr. Sheridan biß hinein, und schon war das Sandwich weg. Er nahm noch eins. «Ich denke, ihr habt nichts von dem scheußlichen Unfall gehört, der heute passiert ist?» sagte er.

«Mein Lieber», sagte Mrs. Sheridan mit erhobener Hand, «wir wußten es. Beinahe hätte er die Party verdorben. Laura wollte unbedingt, daß wir sie aufschieben.»

«Ach Mutter!» Laura wollte damit nicht geneckt werden.

«Immerhin war es eine schreckliche Sache», sagte Mr. Sheridan. «Der arme Kerl war auch noch verheiratet. Wohnte gerade unten an der Straße und hinterläßt eine Frau und ein halbes Dutzend kleine Kinder, sagt man.»

Eine betretene Stille trat ein. Mrs. Sheridan ergriff nervös ihre Tasse. Es war wirklich sehr taktlos von Vater…

Plötzlich sah sie auf. Da, auf dem Tisch, waren die Sandwiches, Kuchen, Windbeutel, alles übriggeblieben, alles verderblich. Sie hatte einen ihrer glänzenden Einfälle.

«Ich weiß etwas», sagte sie. «Wir stellen einen Eßkorb zusammen und schicken der armen Person von diesen delikaten Sachen. Auf jeden Fall sind es die größten Leckerbissen für die Kinder. Und sicher kommen Nachbarn sie besuchen und so weiter. Wie gut, daß es schon alles fertig gerichtet ist. Laura!» Sie sprang auf. «Bring mir den Korb aus dem Schrank unter der Treppe.»

«Aber Mutter, findest du das wirklich eine gute Idee?» sagte Laura.

Wieder schien sie, erstaunlicherweise, so anders als alle andern zu sein. Die Überbleibsel von ihrer Party zu bringen! Würde das der armen Frau wirklich gut tun?

«Aber selbstverständlich! Was ist denn heute los mit dir? Noch vor ein oder zwei Stunden wolltest du uns absolut mitleidig haben.»

«Na gut!» Laura rannte nach dem Korb. Er wurde überreichlich von ihrer Mutter gefüllt.

«Bring ihn selbst, Liebling», sagte sie. «Lauf hinunter, so wie du bist. Nein, warte, nimm auch die Aronlilien mit! Leute dieser Klasse sind so beeindruckt von diesen weißen Lilien.»

«Die Stiele werden ihr Spitzenkleid verderben», sagte die praktische Jose, gerade rechtzeitig, denn sicher würden sie das.

«Also, dann bloß den Korb. Und, Laura!» – ihre Mutter folgte ihr noch aus dem Zelt –, «daß du auf keinen Fall...»

«Was, Mutter?»

Nein, besser keine solchen Gedanken dem Kind in den Kopf setzen! «Nichts! Lauf nur!»

Es begann schon zu dunkeln, als Laura die Gartentüre schloß. Ein großer Hund lief wie ein Schatten vorbei. Die Straße schimmerte weißlich, und unten in der Niederung lagen die kleinen Katen in tiefem Schatten. Wie still es ihr vorkam, nach diesem Nachmittag. Hier ging sie nun die Anhöhe hinunter, irgendwohin, wo ein Mann tot dalag, und sie konnte es nicht fassen. Warum nicht? Sie hielt ein Weilchen an. Und es schien ihr, als wären Küsse, Stimmen, klingende Löffel, Lachen, der Duft von zerdrücktem Gras irgendwie in ihr. Für anderes hatte sie keinen Raum. Wie seltsam! Sie sah zu dem blassen Himmel auf, und alles, was sie dachte, war: «Ja, es war eine unerhört gelungene Party.»

Jetzt kam die Straßenkreuzung. Der Weg fing an, dunkel und verqualmt. Frauen in Umschlagtüchern und Männermützen eilten vorüber; Männer hingen über den Zäunen; Kinder spielten in Hauseingängen. Ein leiser Singsang kam aus den armseligen kleinen Hütten. In manchen flackerte ein Licht, und ein Schatten bewegte sich krebsartig am Fenster vorbei. Laura neigte den Kopf und eilte weiter. Jetzt wunschte sie, sie hätte einen Mantel übergezogen. Wie ihr Kleid glänzte! Und der große Hut mit dem fliegenden Samtband – wenn es nur ein anderer Hut gewesen wäre! Sahen die Leute sie an? Bestimmt. Es war falsch, hierherzukommen; sie wußte es die ganze Zeit über, es war verkehrt. Sollte sie jetzt noch umkehren?

Nein, zu spät. Da war das Haus. Das mußte es sein. Ein schwarzer Knäuel von Menschen stand davor. Neben dem Eingang saß eine uralte Frau mit einer Krücke auf einem Stuhl und wachte. Sie hatte ihre Füße auf einer Zeitung. Die Stimmen schwiegen, als Laura näher kam. Die Gruppe machte Platz.

Es war, als hätten sie erwartet, als hätten sie gewußt, daß sie kommen würde.

Laura war schrecklich nervös. Sie warf das Samtband über die Schulter und sagte zu einer dabeistehenden Frau: «Ist das Mrs. Scotts Haus?», und die Frau sagte, komisch lächelnd: «Ja, mein kleines Fräulein.»

Oh, weit weg sein von alledem! Tatsächlich sagte sie: «Hilf mir, lieber Gott», als sie den winzigen Pfad hinaufging und anklopfte. Bloß fort von diesen starrenden Augen! Oder wenigstens von irgend etwas umhüllt sein, und wäre es nur von einem dieser Weiberschals. «Ich stelle den Korb nur ab und gehe», beschloß sie. «Ich warte gar nicht erst, bis er geleert ist.»

Dann ging die Tür auf. Eine kleine Frau in Schwarz wurde in der Düsternis sichtbar.

Laura sagte: «Sind Sie Mrs. Scott? Aber zu ihrem Schrecken antwortete die Frau: «Kommen Sie bitte herein», und sie befand sich eingeschlossen im Flur.

«Nein», sagte Laura, «ich möchte nicht hereinkommen, ich wollte nur diesen Korb hierlassen. Meine Mutter schickt...»

Die kleine Frau in dem dunklen Flur schien sie nicht gehört zu haben. «Kommen Sie bitte hier lang», sagte sie mit öliger Stimme, und Laura folgte ihr.

Sie befand sich in einer elenden, kleinen, niedrigen Küche, erhellt von einer blakenden Lampe. Am Feuer saß eine Frau.

«Emily», sagte das kleine Wesen, das sie hereingelassen hatte, «Emily! Eine junge Dame ist hier.» Sie kehrte sich Laura zu. Sie sagte erklärend: «Ich bin ihre Schwester. Sie werden sie entschuldigen, nicht wahr?»

«Aber ja, selbstverständlich», erwiderte Laura. «Bitte, bitte stören Sie sie nicht. Ich – ich möchte nur den Korb…»

Doch in diesem Augenblick drehte sich die Frau am Feuer um. Ihr Gesicht, verquollen, rot, mit geschwollenen Augen und Lippen, sah schrecklich aus. Sie schien nicht begreifen zu können, warum Laura da war. Was bedeutete es? Warum stand diese Fremde mit einem Korb in der Küche? Warum das alles? Und das arme Gesicht verfiel wieder.

«Laß nur, meine Liebe», sagte die andere, «dann danke ich eben der jungen Dame.»

Und wieder begann sie: «Sie werden sie gewiß entschuldigen, Fräulein», und ihr Gesicht, ebenfalls verquollen, versuchte ein öliges Lächeln.

Laura wollte nichts wie fort, nur wegkommen. Sie war wieder im Flur. Da öffnete sich die Tür. Sie ging gerade durch in das Schlafzimmer, wo der Tote lag.

«Sie möchten ihn doch sicher sehen?» sagte Emilys Schwester und glitt eilig an Laura vorbei zum Bett hinüber. «Sie brauchen sich nicht zu fürchten, Kindchen» – und jetzt klang ihre Stimme freundlich und verschlagen, und freundlich zog sie das Laken fort –, «wie ein Bild sieht er aus. Nichts

Schreckliches zu sehen. Kommen Sie nur, mein Fräulein.»

Laura kam.

Da lag ein junger Mann tief im Schlaf – so ungestört schlafend, so fest, daß er weit, weit weg von ihnen beiden war. Ach, so entfernt, so friedlich. Er träumte. Keiner sollte ihn mehr wecken. Sein Kopf war auf das Kissen zurückgesunken, seine Augen waren geschlossen; blind unter den Lidern. Er war seinem Traum hingegeben. Was machten ihm Gartenparties, Körbe und Spitzenkleider aus? Er war weit fort von diesen Dingen. Er war wunderbar, schön. Während sie gelacht hatten und die Kapelle aufgespielt, war dieses Wunder hierhergekommen. Glücklich… glücklich… Es ist alles gut, sagte dieses schlafende Gesicht. Es ist so, wie es sein sollte. Ich bin zufrieden.

Trotzdem mußte man weinen, und sie konnte nicht aus dem Zimmer gehen, ohne etwas zu ihm zu sagen. Laura schluchzte laut und kindlich auf.

«Verzeih mir meinen Hut», sagte sie.

Und diesmal wartete sie nicht auf Emilys Schwester. Sie fand ihren Weg zur Tür hinaus, den Pfad hinunter, an all jenen dunklen Menschen vorbei. An der Ecke des Wegs traf sie auf Laurie.

Er trat aus dem Schatten. «Bist du es, Laura?»

«Ja.»

«Mutter sorgte sich schon. Ging alles gut?»

«Ja, schon, ach Laurie!» Sie nahm seinen Arm und drückte sich an ihn.

«Sag mal, du weinst doch nicht?» fragte ihr Bruder.

Laura schüttelte den Kopf; weinte aber.

Laurie legte ihr den Arm um die Schulter. «Weine doch nicht», sagte er mit seiner warmen, lieben Stimme. «War es sehr schlimm?»

«Nein», schluchzte Laura. «Es war einfach wunderbar. Aber Laurie...» Sie hielt inne und sah den Bruder an. «Ist das Leben nicht», stammelte sie, «ist nicht das Leben...» Aber was das Leben war, konnte sie nicht erklären. Er verstand schon.

«Gelt, Liebes?» sagte Laurie.

HENRY DAVID THOREAU
1817–1862

Besuch

Gesellschaft ist mir wohl ebensolieb wie andern, und ich bin immer bereit, mich eine Zeitlang wie ein Blutegel an jeden vollblütigen Menschen zu heften, auf den ich stoße. Ich bin von Natur aus kein Einsiedler und könnte es an Sitzleder wohl mit dem ausdauerndsten Stammgast in einer Kneipe aufnehmen, falls ich dort zu tun hätte.

Drei Stühle standen in meinem Haus; einer für die Einsamkeit, zwei für Freundschaft, drei für Gesellschaft. Kamen unverhofft mehr Besucher, mußte der dritte Stuhl für alle reichen, aber meistens standen sie herum und sparten so Platz. Es ist erstaunlich, wie viele bedeutende Männer und Frauen ein so unbedeutendes Haus faßt. Zuweilen kamen fünfundzwanzig oder dreißig Seelen, mitsamt dem Körper, gleichzeitig unter meinem Dach zusammen, und doch hatten wir beim Auseinandergehen oft nicht den Eindruck, einander sehr nahe gekommen zu sein. Bei uns sind ja die Häuser mit ihren unzähligen Räumen meist viel zu groß für die Bewohner, die darin nur wie Ungeziefer wirken. Es hat mich schon oft gelächert, wenn ich aus einem großartigen Herrschaftshaus einen Mann wie eine Maus herausschlüpfen sah.

Nur etwas war an meinem kleinen Haus manchmal unbequem: Es hielt schwer, den gebührenden Abstand von meinem Gast zu wahren, wenn es sich darum handelte, die großen Gedanken mit großen Worten vom Stapel zu lassen. Unsere Sätze brauchen Raum, um sich zu entfalten und ordentlich zu formieren. Wie die Nation braucht auch jeder einzelne gebührend weitgezogene, natürliche Grenzen, mit einem beträchtlichen neutralen Gebiet dazwischen. Es bedeutete mir einen Hochgenuß, mich mit jemand, der am andern Ufer stand, über den See hinweg zu unterhalten. Im Haus drin waren wir so dicht aufeinander, daß wir gar nicht dazu kamen, einander zu hören; so leise konnten wir nämlich gar nicht sprechen, daß die Schallwellen einander nicht behinderten, wie wenn man zwei Steine allzu nahe nebeneinander ins Wasser wirft, so daß ihre Kreise aufeinanderprallen. Schwatzen wir bloß laut drauflos, dann schadet es nichts, wenn wir einander auf den Leib rücken und ins Gesicht hauchen. Reden wir aber mit Bedacht, dann brauchen wir Abstand, damit der Atemhauch sich verflüchtigen kann. Und falls uns daran liegt, mit dem innersten Wesen eines andern zu verkehren, das sich nicht ansprechen läßt, dann müssen wir ohnehin schweigen oder körperlich so weit auseinander sein, daß wir einander unmöglich hören können. In diesem Sinne kommt das Sprechen vor allem den Schwerhörigen zustatten; dabei gibt es vieles, was sich überhaupt nicht sagen läßt, wenn wir laut

Männergesellschaft
Federzeichnung
von Hieronymus Lang

reden müssen. Wenn das Gespräch sich höheren Dingen zuwandte, schoben wir jeweils unsere Stühle immer weiter voneinander weg, bis jeder in der entgegengesetzten Ecke saß, und auch so waren wir meistens noch nicht weit genug auseinander.

Meine «gute Stube» indessen, immer benützbar und vor der Sonne geschützt, war der Tannenwald hinter dem Haus. Dorthin führte ich an Sommertagen meine namhaften Gäste. Um Instandhaltung und Reinemachen brauchte ich mich selber nicht zu kümmern, das besorgten unbezahlbare dienstbare Geister.

War nur ein einzelner Gast da, nahm er zuweilen an meinem kärglichen Mahl teil, und bis dahin störte uns das Zubereiten des Maisbreis oder das Backen des Brotes keineswegs an der Unterhaltung. Kamen aber ihrer zwanzig ins Haus, dann war vom Essen nicht die Rede, obwohl vielleicht Brot genug für zwei vorhanden war. Wir übten dann Enthaltsamkeit, als sei das Essen aus der Mode gekommen, und das wurde nie als ein Verstoß gegen die Gastfreundschaft empfunden, vielmehr als das gehörige und rücksichtsvollste Verhalten. Das Bedürfnis nach Stärkung schien jeweils unerklärlicherweise hintangehalten. Auf diese Art hätte ich auch tausend Gäste bewirten können, und falls je einer enttäuscht und hungrig von mir wegging, hatte er wenigstens mein Mitgefühl. So leicht ist es, neue und bessere Gepflogenheiten an die Stelle der bisherigen zu setzen, obwohl viele Gastgeber das nicht wahrhaben wollen.

Man braucht seinen Ruf nicht auf das zu gründen, was man auftischt. Im Gegenteil, wenn mich je etwas davon abschreckte, einen Mann nochmals aufzusuchen, dann war es das Aufheben, das man davon machte, mir etwas aufzustellen; ich betrachtete es jeweils als einen höflichen Wink, ihm nie wieder über die Schwelle zu kommen. Als Hausspruch wären mir jene Zeilen Spensers, die einst ein Besucher auf einem gelben Nußbaumblatt hinterließ, am liebsten:

> Dort angelangt, erfüllen sie das kleine Haus,
> Nicht nach Bewirtung suchend, wo sie nicht zu finden;
> Die Ruhe ist ihr Labsal, nichts vermissen sie:
> Dem Edelsinn wird so sein voll Genügen.

Als Winslow, nachmals Gouverneur der Kolonie von Plymouth, sich einst mit einem Begleiter zu einem Staatsbesuch in die Wildnis begab und nach einer Fußwanderung durch die Wälder müde und hungrig bei dem Indianerhäuptling Massasoit eintraf, wurden sie von diesem gut aufgenommen, aber vom Essen verlautete an dem betreffenden Tag nichts. Als es Nacht wurde, heißt es in ihrem Bericht, «wies er uns auf dem Bett einen Platz an, wobei er und seine Frau am einen Ende, wir am andern lagen; das Bett bestand aus Brettern, etwa einen Fußbreit über dem Boden, mit einer dünnen Matte darauf. Zwei seiner Hauptleute zwängten sich in Ermangelung einer andern Lagerstatt zwischen uns hinein, so daß uns das Übernachten mehr ermüdete als eine Wanderung.» Am nächsten Tag brachte Massasoit um ein Uhr «zwei Fische, die er geschossen hatte», etwa dreimal so groß wie ein Karpfen. Diese wurden gekocht; «es waren aber ihrer vierzig, die damit rechneten, daran teilzuhaben; die meisten bekamen etwas davon ab. Das war die einzige Mahlzeit, die wir im Verlauf zweier Nächte und eines Tages hatten, und hätte nicht einer von uns ein Rebhuhn mitgebracht, hätten wir fasten können.» Vom leeren Magen etwas benommen und weil sie des nächtlichen Singsangs wegen kaum ein Auge zugetan hatten, waren sie darauf bedacht, den Rückweg anzutreten, solange sie noch die Kraft dazu hatten. Gewiß, die Unterkunft ließ zu wünschen übrig, obwohl das, was sie als eine Zumutung empfanden, zweifellos als Ehrung gedacht war; was dagegen die Verpflegung betrifft, wüßte ich nicht, wie die Indianer sich besser hätten halten können. Sie hatten selber nichts zu essen und wußten, daß den Gästen mit Entschuldigungen auch nicht gedient war; so schnallten sie den Gürtel enger und schwiegen. Als Winslow sie später zu günstigerer Jahreszeit nochmals besuchte, konnte er sich über die Verpflegung nicht beklagen.

An Menschen wird es einem schwerlich irgendwo fehlen. Solange ich im Wald wohnte, erhielt ich mehr Besuch als sonst, das heißt, ich erhielt welchen. Mit verschiedenen bin ich dort unter günstigeren Umständen zusammengekommen, als das anderswo möglich gewesen wäre. Dagegen kamen nicht so viele wegen belangsloser Angelegenheiten. In dieser Beziehung wurde mein geselliger Verkehr schon durch die Entfernung von der Ortschaft gesiebt. Dafür wehte mir der Zufall von anderer Seite her Lebenszeichen von unerforschten Gegenden ins Haus.

Da kam doch heute morgen ein wahrhaft homerischer Mensch bei mir vorbei, ein Paphlagonier, der einen so sinnreichen und poetischen Namen hat, daß ich bedaure, ihn hier nicht abdrucken zu dürfen. Es war ein kanadischer Holzfäller und Pfostenmacher, der am Tag fünfzig Pfosten verfertigen kann; seine letzte Mahlzeit hatte aus einem Murmeltier bestanden, das sein Hund gefangen hatte. Von Homer hat er übrigens auch gehört, und «wenn es keine Bücher gäbe», erklärte er, «wüßte ich nicht, was ich an Regentagen anfangen sollte». Vermutlich hat er zwar seit Jahren keines ganz durchgelesen. Ein Priester hat ihm in seiner fernen Heimatgemeinde beigebracht, das Neue Testament auf griechisch zu lesen, und nun muß ich ihm, während er das Buch hält, die Zeilen übersetzen, wo Achilles den Patroklos zur Rede stellt und ihn fragt, warum er Tränen vergieße wie ein kleines Mädchen:

Hast du etwa allein Botschaft aus Phthia
vernommen?
Siehe, noch lebt, wie sie sagen, Menötius,
Sprößling des Aktor,

Auch noch lebt in dem Volk der äakidische
Peleus:
Welche zween wir am meisten betrauerten,
wenn sie gestorben.

Das fand er gut. Unter dem Arm trug er ein großes Bündel Eichenrinde, die er an diesem Sonntagvormittag für einen Kranken gesammelt hatte. «Das wird wohl am Sonntag nicht verboten sein», meinte er. Homer galt ihm als großer Dichter, obwohl er nicht anzugeben wußte, wovon sein Werk handelt. Einen einfacheren und natürlicheren Menschen wird man schwerlich finden. Laster und Gebrechen, an denen die Welt kränkelt, schienen für ihn nicht vorhanden zu sein. Er war ungefähr achtundzwanzig und hatte Kanada und sein Vaterhaus zwölf Jahre zuvor verlassen, um in den Vereinigten Staaten Arbeit zu suchen und sich mit den Ersparnissen später einen Bauernhof zu kaufen, vielleicht in seiner Heimat. Von grobschlächtiger Gestalt, bewegte er sich doch höchst anmutig, hatte einen dikken, sonnenverbrannten Hals, dichtes buschiges Haar und schläfrige blaue Augen, in denen gelegentlich etwas aufleuchtete. Wenn er vorbeikam, trug er jeweils eine graue Tuchmütze, einen schmuddligen Mantel und Schafstiefel. Am liebsten aß er Fleisch und trug den ganzen Sommer hindurch sein Essen in einem Blecheimer kilometerweit zu seiner Arbeitsstätte; kaltes Fleisch, oft kaltes Murmeltier, und Kaffee in einer Feldflasche, die am Gürtel baumelte; manchmal bot er mir davon an. Er kam jeweils frühmorgens vorbei, quer über meinen Bohnenacker, beeilte sich aber nicht sonderlich. «Ich werde mir doch kein Bein ausreißen», sagte er, auch machte er sich nichts daraus, wenn er bloß seinen Lebensunterhalt verdiente. Wenn sein Hund ein Murmeltier erwischt hatte, ging er oft mehr als einen Kilometer weit zurück, um es zuzurichten und im Keller des Hauses, wo er zur Miete wohnte, aufzubewahren, nachdem er zuerst eine halbe Stunde lang beratschlagt hatte, ob er es nicht bis zum Einbruch der Nacht wohlbehalten im See versenken könnte. Mit dergleichen Fragen beschäftigte er sich gern des langen und breiten. Wenn er frühmorgens vorbeikam, sagte er manchmal: «All die Tauben, die es hier gibt! Wenn ich nicht Taglöhner wäre, könnte ich auch als Jäger zu dem Fleisch kommen, das ich brauche – Tauben, Murmeltiere, Kaninchen, Rebhühner –, jawohl, an einem einzigen Tag könnte ich für den ganzen Wochenbedarf sorgen.»

Als Holzfäller war er tüchtig und dachte sich etwas bei der Arbeit. Die Bäume fällte er jeweils dicht über dem Boden, damit die Schosse, die nachher austrieben, um so kräftiger gerieten und ein Schlitten über den Stumpf hinweggleiten konnte; und statt einen ganzen Baum als Stütze für das geklafterte Holz stehenzulassen, verschmälerte er ihn zu einem schlanken Pfahl, der sich letzten Endes von Hand abbrechen ließ.

Er interessierte mich, weil er ein so stiller Einzelgänger und doch so glücklich war, immer guter Dinge, mit einem lustigen Zwinkern in den Augenwinkeln. Manchmal traf ich ihn im Wald bei der Arbeit, dann begrüßte er mich jeweils mit einem Lachen, aus dem unsägliche Genugtuung sprach, und einem französischen Grußwort, obwohl er ebensogut Englisch konnte. Wenn ich herantrat, hielt er in der Arbeit inne, legte sich vergnügt neben den Stamm einer Tanne, die er gefällt hatte, schälte etwas von der inneren Rinde ab, ballte sie zusammen und kaute dann darauf herum, während er sich mit mir unterhielt. Vor lauter Übermut warf er sich manchmal hin und wälzte sich vor Lachen auf dem Boden, wenn ihn etwas belustigte. Dann wies er wieder auf die Bäume ringsum und sagte: «Wer möchte da nicht Holzfäller sein, etwas Besseres kann ich mir gar nicht wünschen.» Hatte er nichts anderes zu tun, vergnügte er sich bisweilen den ganzen Tag damit, daß er im Wald aus einer kleinen Pistole in regelmäßigen Abständen Schüsse abgab. Im Winter machte er sich am Mittag den Kaffee an einem Feuer heiß; wenn er dann auf einem Baumstamm saß und seine Mahlzeit verzehrte, fanden sich manchmal die Meisen ein, setzten sich ihm auf den Arm und pickten an der Kartoffel in seiner Hand herum. Er sagte, er habe «die Kerlchen da» gerne um sich.

Es war ihm offensichtlich wohl in seiner Haut. Widerstandsfähigkeit und körperliches Wohlbehagen machten ihn dem Baum und dem Fels verwandt. Als ich ihn einmal fragte, ob er abends nach seinem Tagewerk nicht müde sei, antwortete er: «Herrschaft, ich bin zeit meines Lebens noch nie müde gewesen.» Dagegen schlummerten die geistigen Fähigkeiten in ihm wie bei einem Kind. Er hatte nur die Unterweisung genossen, wie katholische Priester sie den Einheimischen angedeihen lassen; der Schüler wird dabei nicht zu selbständigem Denken, nur zu Treu und Glauben erzogen, und aus dem Kind wird nie ein Mann; es verharrt auf einer kindlichen Stufe. Als die Natur ihn schuf, gab sie ihm einen kräftigen Körper und Seelenruhe mit und stützte ihn nach allen Seiten mit Ehrfurcht und Zuversicht ab, damit er seine siebzig Jahre als Kind hinter sich bringen möge. Er war so von Grund aus echt und unverdorben, daß es keinen Sinn hatte, ihn jemand vorstellen zu wollen; ebensogut hätte man seinem Nachbarn ein Murmeltier vorstellen können. Mochte dieser von sich aus auf ihn kommen, wie man selber auf ihn gekommen war. Es lag ihm nicht, irgendeine Rolle zu spielen. Man entlöhnte ihn für seine Arbeit und verhalf ihm so zu seinem Lebensunterhalt, aber es wäre ihm nie eingefallen, mit seinem Arbeitgeber in Gedankenaustausch zu treten. Er war von Natur aus so bescheiden, daß man von seiner Bescheidenheit nicht als von einer ausgeprägten Eigenschaft sprechen konnte. War einer klüger als er, galt er ihm als Halbgott. Wenn man ihm sagte, man erwarte solchen Besuch, dann tat er, als halte er es für völlig ausgeschlossen, daß der Betreffende sich etwas aus ihm mache; er überlasse die Verantwortung ganz dem andern, ihn möge man unbeachtet lassen. Nie hat er ein lobendes Wort gehört. Auf Schriftsteller und Prediger hielt er große Stücke. Was sie leisteten, galt ihm als Wunder. Als ich ihm sagte, daß ich selber auch schreibe, glaubte er lange Zeit, ich spreche lediglich von meiner Handschrift; er selber konnte nämlich sehr schön schreiben. Manchmal fand ich den Namen seines Heimatorts fein säuberlich in den Schnee geschrieben, dann wußte ich, daß er da vorbeigekommen war. Einmal fragte ich ihn, ob er noch nie daran gedacht habe, seine Gedanken aufzuzeichnen. Er sagte, er habe schon Briefe gelesen und geschrieben für solche, die das nicht können; aber seine Gedanken aufzeichnen – nein, das habe er noch nie versucht, das könne er nicht, er wüßte nicht, wo anfangen; es würde ihn umbringen, und dann gelte es gleichzeitig noch auf die Rechtschreibung zu achten.

Ich hörte einen namhaften Zeitgenossen, einen Weltverbesserer, ihn fragen, ob er denn nicht möchte, daß die Welt verändert werde, aber er antwortete nur mit einem erstaunten Auflachen, als sei die Frage zum ersten Mal gestellt worden: «Nein, mir gefällt sie ganz gut.» Für einen Philosophen wäre der Umgang mit ihm sicher lehrreich gewesen. Einem Unbekannten kam er einfach unwissend vor; dabei sah ich in ihm manchmal einen Menschen, wie er mir bisher unbekannt gewesen war, und ich wußte nicht, war er so weise wie Shakespeare oder so ahnungslos wie ein Kind, durfte man ihm einen Sinn für das Schöne zutrauen oder war er völlig unempfänglich dafür. Einer aus dem Dorf erzählte mir, er habe den Holzfäller durch den Ort schlendern sehen; er habe vor sich hin gepfiffen und sei ihm vorgekommen wie ein heimlicher Königssohn.

Er besaß nur zwei Bücher, einen Almanach und ein Rechenbuch, in welchem er sich recht gut auskannte. Der Almanach galt ihm als eine Art Konversationslexikon; nach seiner Meinung war darin eine Zusammenfassung des Menschenwissens enthalten, was in gewissem Sinn ja auch zutrifft. Ich erkundigte mich mit Vorliebe danach, was er von den verschiedenen Neuerungen aus letzter Zeit halte, und er betrachtete sie unfehlbar auf höchst einfache und praktische Art. Er hatte von dergleichen noch nie gehört. Ob er glaube, man könne ohne Fabriken auskommen, fragte ich ihn. Er trage seit langem handgewobenes Zeug aus Vermont, erklärte er, und das sei gut. Ob er auf Tee und Kaffee verzichten könnte? Ob es hierzulande noch etwas anderes als Wasser zu trinken gebe? Er pflegte einen Aufguß von Schierlingsblättern zu trinken und fand, bei warmem Wetter sei das besser als Wasser. Als ich ihn fragte, ob man das Geld abschaffen könne, wies er mir die Vorteile des Geldes auf eine Art nach, die sich mit den philosophischen

Darstellungen des Ursprungs dieser Einrichtung deckte, sogar mit der Ableitung des Wortes *pecunia.* Wenn er ein Rind besäße und im Laden Nähzeug kaufen wollte, sagte er, dann wäre es untunlich, jedesmal für den betreffenden Betrag ein Stück des Tieres zu verpfänden. Viele Einrichtungen konnte er besser rechtfertigen als jeder Philosoph, weil er sich vergegenwärtigte, wie sie sich für ihn auswirkten, und somit den wahren Grund ihres Weiterbestehens angab, ohne sich in Spekulationen zu verlieren. Als ich ihm erzählte, Plato habe den Menschen als einen «Zweifüßler ohne Federn» definiert und jemand habe darauf einen Hahn gerupft und als Platos Menschen ausgegeben, da meinte er, dagegen spreche der Umstand, daß beim Hahn sich die Knie nach der andern Seite beugten. Mehr als einmal rief er aus: «Es geht doch nichts über ein Gespräch! Herrschaft, ich könnte den ganzen Tag verplaudern!»

Einmal, als ich ihn seit Monaten nicht gesehen hatte, fragte ich ihn, ob ihm inzwischen ein neuer Gedanke gekommen sei. «Du lieber Gott», sagte er, «wenn einer so arbeiten muß wie ich, kann er von Glück sagen, wenn er die Gedanken nicht vergißt, die er schon hatte. Wenn Sie mit einem andern um die Wette Unkraut jäten, denken Sie auch ans Unkraut und nichts anderes.» Manchmal war er derjenige, der mich fragte, ob ich auf etwas Neues verfallen sei. Im Winter fragte ich ihn einmal, ob er denn mit sich selber immer zufrieden sei; ich wollte ihn darauf aufmerksam machen, daß es auch eine innere Stimme gibt, nicht nur die des Priesters, und einen höheren Lebenszweck. «Zufrieden!» sagte er. «Der eine ist mit dem, ein anderer mit jenem zufrieden. Es gibt welche, denen genügt es, den ganzen Tag mit dem Rücken gegen das Feuer und dem Bauch hinter dem Tisch zu sitzen, das gibt's.» Indessen brachte ich ihn nie dazu, eine Frage rein gedanklich anzugehen; das Höchste, was es für ihn gab, war der Gedanke der Zweckmäßigkeit, wie er auch einem Tier einleuchten würde, und das läßt sich wohl von den meisten Menschen sagen. Regte ich irgendeine Verbesserung seiner Umstände an, meinte er jeweils, dazu sei es zu spät. Er sagte es ohne Bedauern und war im übrigen gewiß ein rechtdenkender Mensch.

Manchmal dachte er auch auf eigene Faust, ein so seltenes Vorkommnis, daß mir kein Weg zu weit wäre, es zu erleben. Meist handelte es sich um die grundlegende Umgestaltung der gesellschaftlichen Zustände. Obwohl er sich nur zögernd und nicht immer klar genug auszudrücken vermochte, hatte das, was er sagte, doch immer Hand und Fuß. Dabei war sein Denken so einfach und immer mit seinem körperlichen Dasein verquickt, daß es, obwohl verheißungsvoller als das eines bloßen Gelehrten, kaum je auf etwas hinauslief, das sich wiedergeben ließe. Er legte den Gedanken nahe, daß es auch in den untersten Schichten geniale Köpfe gibt, die auf ihre bescheidene Art immer eine eigene Meinung haben, falls sie sich überhaupt eine Einsicht zutrauen, und die so unauslotbar sind, wie der Waldensee es angeblich ist, wenn auch nicht so klar und durchsichtig.

Manch ein Wanderer machte einen Umweg, um mich von außen und meine Hütte von innen zu sehen, und bat mich, als Vorwand, um ein Glas Wasser. Ich verwies die Betreffenden auf den See, aus dem ich trinke, und bot ihnen leihweise meine Schöpfkelle an. Weltabgeschieden, wie ich wohnte, blieb ich doch nicht von dieser jährlichen Heimsuchung verschont, die, wie mir scheint, anfangs April stattfindet, wenn alles auf den Beinen ist; manchmal traf ich es glücklich, manchmal waren aber auch merkwürdige Käuze unter meinen Besuchern. So kamen mich geistig Minderbemittelte aus dem Armenhaus besuchen, die ich dazu anhielt, das, was sie an Grutze besaßen, ein bißchen anzustrengen und mir ihr Herz auszuschütten; wobei ich die Grütze selber zum Gesprächsgegenstand machte, so daß ich nicht zu kurz kam. Einige erwiesen sich sogar als vernünftiger als die Armenaufseher und Gemeinderäte, und ich fand, es sei Zeit, den Spieß umzukehren. Auch machte ich die Feststellung, daß zwischen den geistig mehr oder minder Bemittelten kein so großer Unterschied bestand. Einmal besuchte mich zum Beispiel ein harmloser Trottel, den man das Vieh hüten ließ, damit es (und er) sich nicht verlief. Er sagte, am liebsten würde er so leben wie ich, wobei er unumwunden hinzusetzte, er sei zwar schwachsinnig, aber der Herr, der ihn so geschaffen habe, werde sich wohl um ihn nicht weniger als um die andern kümmern. «Ich war schon immer so», erklärte er, «von Kindsbeinen an; ich hatte nie viel im Kopf und war nicht wie die andern Kinder; das mußte wohl so sein.» Und da stand er als lebende Bestätigung seiner Worte. Er war mir ein metaphysisches Rätsel. Noch selten bin ich einem Mitmenschen unter so verheißungsvollen Voraussetzungen begegnet – alles, was er vorbrachte, war so schlicht und einfach wahr. Je mehr er sich scheinbar erniedrigte, um so mehr stieg er in meiner Achtung. Mir schien, von einer solchen Voraussetzung aus könnte sich ein Gespräch entspinnen, aufschlußreicher als das mit Neunmalklugen.

Es kamen auch welche, die man nicht zu den Armen des Ortes rechnet, ganz zu Unrecht; jedenfalls gehören sie zu den Armen der Welt; Leute, die nicht meine Hospitalität, sondern meine Spitalität in Anspruch nahmen; die mich um Hilfe angingen, ihrer Bitte aber die Mitteilung vorausschickten, daß sie fest entschlossen seien, sich nie selber zu helfen. Von einem Besucher verlange ich zum mindesten, daß er nicht tatsächlich am Verhungern ist; Eßlust mag er meinetwegen haben, soviel er will. Fürsorgebedürftige sind keine Gäste. Dann kamen solche, die nicht wußten, wann ein Besuch zu Ende ist, auch wenn ich wieder meiner Beschäftigung nachging und ihnen aus immer größerer Entfernung antwortete. Alle möglichen Leute suchten mich in der Wanderzeit auf, die Skala reichte von den Unklugen bis zu den Neunmalklugen. Auch entflohene Negersklaven mit unterwürfigem Gebaren waren darunter, die von Zeit zu Zeit horchten, als seien ihnen die Bluthunde auf der Spur, und mich flehentlich anblickten, als wollten sie sagen: «O Christenmensch, schickst du mich denn zurück?»

Einer war darunter, dem ich auf seiner Flucht nach Norden weiterhalf. Es kamen welche, die hatten nur eine Idee im Kopf, wie eine Henne, die nur ein Küken hat, und erst noch ein mißratenes; und dann solche, die hatten tausend Ideen in ihrem Strubbelkopf, wie jene Hennen, die hundert Küken zu beaufsichtigen haben, alle hinter demselben Käfer her, wobei es jeden Morgen zwanzig weniger sind; kein Wunder, daß die Henne struppig und schäbig aussieht. Dann solche mit Ideen statt Füßen, geistige Tausendfüßler gewissermaßen, bei deren Anblick einen schaudert. Einer machte den Vorschlag, ich solle ein Gästebuch auflegen. Wozu? Mein Gedächtnis ist leider nur allzugut.

Gewisse Eigenheiten meiner Besucher konnten mir nicht entgehen. Mädchen, Knaben und jungen Frauen bereitete es offensichtlich Freude, im Wald draußen zu sein; sie schauten ins Wasser, betrachteten die Blumen und wendeten ihre Zeit gut an. Geschäftsleute, selbst Bauern konnten nur daran denken, wie einsam es hier war, ob ich genug zu tun hätte, wie weit ich von dem oder jenem entfernt war; und obwohl sie behaupteten, sie unternähmen gerne hie und da einen Ausflug in den Wald, war mir doch klar, daß das nicht stimmte. Gehetzte Geldleute; Geistliche, die redeten, als hätten sie Gott gepachtet, und keine andere Meinung duldeten; Ärzte, Rechtsanwälte; besorgte Hausfrauen, die Schrank und Bett untersuchten, wenn ich nicht zu Hause war – woher wußte Frau Soundso, daß meine Laken nicht so sauber waren wie die ihren? –; junge Menschen, die nicht mehr jung waren und sich sicherheitshalber dem Erwerbsleben ergaben: Sie alle ließen durchblicken, ich könne in meinen Verhältnissen nicht viel Gutes tun. Ja, da liegt's! Die Alten und Gebrechlichen und Verzagten, gleich welchen Alters und Geschlechts, konnten nur an Krankheit, Unfall und Tod denken; das Leben schien ihnen voller Gefahren, und so weit von jedem Arzt entfernt zu wohnen dünkte sie höchst unvorsichtig. Man hatte den Eindruck, sie würden sich nicht einmal getrauen, ohne Taschenapotheke in die Beeren zu gehen. Das Leben ist schließlich immer lebensgefährlich, aber die Gefahr ist um so geringer, je mehr einer von allem Anfang an scheintot ist. Man kann nicht nur Gefahr laufen, man kann auch Gefahr sitzen. Zu guter Letzt waren da die sogenannten Weltverbesserer, das waren die größten Seifensieder von allen; sie glaubten, ich sänge in einem fort:

Das ist das Haus, das ich gebaut;
Das ist der Mann, der das Haus
bewohnt, das ich gebaut;

nur wußten sie nicht, daß die dritte Zeile lautete:

Das sind die Leute, die ein Greuel
dem Mann,
Der das Haus bewohnt, das ich gebaut.

Vor Hühnerhunden hatte ich keine Angst, da ich ja keine Hühner hielt; vor den Menschenhunden dagegen war mir bange.

Zum Glück waren nicht alle meine Besucher von dieser Art. Kinder, die zum Beerenpflücken kamen, Eisenbahner im Sonntagsstaat auf ihrem Spaziergang, Fischer und Jäger, Dichter und Denker, kurz: alle richtigen Wandersleute, die den Wald um der Freiheit willen aufsuchten und das Dorf Dorf sein ließen, alle diese hieß ich von Herzen willkommen.

LEONID N. ANDREJEW
1871–1919

Bargamot und Garaska

Es wäre ungerecht, zu behaupten, die Natur habe Iwan Akindinytsch Bergamotow beleidigt, der in seinem Revier offiziell «Stadtpolizist Nummer 20» hieß, inoffiziell einfach «Bargamot». Die Bewohner eines Vorstadtgebietes der Gouvernementsstadt Orjol, die ihrerseits nach ihrem Wohnort «Puschkaren» genannt wurden (abgeleitet von dem Namen Puschkarnaja-Straße), wegen ihrer Mentalität allerdings mit dem Spitznamen «Puschkaren = zerbrochene Köpfe» charakterisiert wurden, hatten, als sie Iwan Akindinowitsch diesen Namen gaben, ohne Zweifel nicht die Eigenschaften im Auge, welche einer so zarten und delikaten Frucht wie der Bergamotte eigen sind. Seiner äußeren Erscheinung nach erinnerte Bargamot eher an ein Mastodon oder überhaupt an eines jener lieben, aber untergegangenen Geschöpfe, die mangels Wohnraums schon längst die Erde verlassen haben, da sie ganz von behirnten Menschenwürmlein angefüllt worden war. Der hochgewachsene, dicke, kräftige Bargamot mit seiner lauten Stimme stellte am Polizeihorizont eine angesehene Figur dar, und er hätte seit langem schon eine gewisse Rangstufe erreicht, wäre nicht seine Seele, die von dicken Wänden zusammengepreßt wurde, im Schlaf des Gerechten versunken gewesen. Die äußeren Eindrücke, die durch die kleinen, verschwommenen Äuglein in die Seele Bargamots gelangten, verloren auf ihrem Weg all ihre Schärfe und Kraft und erreichten ihren Bestimmungsort nur noch in der Form schwachen Widerhalls und Widerscheins. Ein Mensch mit erhöhten Ansprüchen hätte ihn als ein Stück Fleisch bezeichnen mögen, die Vorgesetzten seines Reviers betitelten ihn als «Dummkopf», immerhin als einen sorgfältigen; jedoch für die Puschkaren – die an dieser Frage am meisten interessierten Personen – war er ein würdevoller, ernsthafter und solider Mensch, jeglicher Ehre und Achtung würdig. Was Bargamot wußte, das wußte er. Mochte es sich dabei um eine Instruktion für Polizisten handeln, die er sich irgendeinmal unter Anspannung seines ganzen riesigen Körpers angeeignet hatte, so setzte sich diese Instruktion dafür so tief in seinem schwerfälligen Gehirn fest, daß sie sich nicht einmal mehr durch einen scharfen Wodka daraus tilgen ließ. Eine nicht minder feste Position nahmen in seiner Seele einige wenige Wahrheiten ein, die er durch Lebenserfahrung erworben hatte und die bedingungslos über die Gegend herrschten. Wußte Bargamot etwas nicht, schwieg er mit solch unumstößlicher Beharrlichkeit, daß sich die Leute, die es wußten, beinahe ein wenig ob ihres Wissens schämten. Aber das Wichtigste: Bargamot verfügte über eine übermäßige Riesenkraft, und gerade auf die Kraft kam es an der Puschkarnaja-Straße an. Sie war von Schustern, Hanfbrechern, ärmlichen Schneidern und Vertretern anderer freier Berufe bewohnt, hatte zwei Kneipen und widmete an Sonntagen und Montagen alle ihre Mußestunden einer homerischen Schlägerei, an der zerzauste, barhäuptige Frauen, die die Männer auseinanderrissen, und kleine Kinderchen, die mit Entzücken dem Heldentum ihrer Papas zuschauten, unmittelbaren Anteil nahmen. Diese ganze stürmische Woge von betrunkenen Puschkaren schlug wie an ein Bollwerk aus Stein an den unerschütterlichen Bargamot, welcher methodisch ein Paar der fürchterlichsten Schreihälse mit seinen mächtigen Handflächen aufgriff und sie höchstpersönlich hinter Schloß und Riegel ablieferte. Die Schreihälse legten ihr Schicksal ergeben in Bargamots Hände und protestierten nur der guten Ordnung halber.

So einer war Bargamot im Bereich der «auswärtigen Beziehungen». In der innenpolitischen Sphäre führte er sich keinesfalls weniger würdevoll auf. Die kleine, schiefgewordene Hütte, in der Bargamot mit seiner Frau und zwei Kindern wohnte und die nur mit Mühe seinem schwerfälligen Leib Platz bot, zitterte vor lauter Hinfälligkeit und Angst um ihre Existenz, wenn sich Bargamot in ihr rührte – konnte aber ruhig sein, wenn auch nicht wegen ihrer hölzernen Fundamente, so doch wegen der Fundamente des Familienbundes. Der sparsame Bargamot, der an seinen freien Tagen gern im Garten herumwühlte, war ein strenger Mann. Dank des gleichen physischen Einflusses unterrichtete er Frau und Kinder, wobei er ihren wirklichen Bildungsbedürfnissen nicht soviel Rechnung trug wie jenen in dieser Hinsicht unklaren Anweisungen, die irgendwo in einem Winkel seines großen Kopfes vorhanden waren. Das hinderte seine noch jugendliche, schöne Frau Marija nicht, ihren Mann einerseits als würdevollen Menschen, der nicht trank, zu achten, ihn aber anderseits bei all seinem Gewicht mit solcher Leichtigkeit und Kraft am Gängelband zu führen, zu dem ja auch nur schwache Frauen fähig sind.

Etwa um die zehnte Stunde eines milden Frühlingsabends stand Bargamot auf seinem gewohnten Posten an der Ecke Puschkarnaja-Straße und Dritte Posadskaja-Straße. Bargamots Laune war schlecht. Morgen ist das freudige Fest der Auferstehung Christi, die Leute gehen jetzt gleich zur Kirche, während er bis drei Uhr nachts Wache stehen mußte; da kommt man erst nach Hause, wenn das Festmahl zum Ende der Fastenzeit aufgetragen wird. Ein Bedürfnis nach Gebet verspürte Bargamot nicht, aber die festtägliche, heitere Stimmung, die über die ungewöhnlich stille und friedliche Straße ausgegossen war, rührte auch ihn. Der Platz, an dem er nun schon ein Dutzend Jahre Tag für Tag ruhig dastand, gefiel ihm nicht. Es gelüstete ihn, auch etwas so Feiertägliches zu tun, wie es die andern taten. Als unklare, verworrene Empfindungen erhoben sich in ihm Unmut und Ungeduld. Zudem hatte er Hunger. Seine Frau hatte ihm heute nichts Richtiges zu essen gegeben. So war er gezwungen gewesen, bloß Tjurja, Wassersuppe mit Brotbrocken, zu löffeln. Sein großer Bauch heischte beharrlich nach Nahrung, aber wann endlich würde die Fastenzeit zu Ende sein!

«Pfui!» Bargamot spuckte aus, drehte eine Zigarette und begann unlustig an ihr zu saugen. Zu Hause hatte er gute Papirosy, die ihm ein Krämer der Gegend geschenkt hatte, aber auch sie waren bis zum Abbruch der Fastenzeit zur Seite gelegt worden.

Bald strebten denn auch die Puschkaren der Kirche zu, sauber, würdig, in Röcken und Westen über den roten und blauen Wollhemden, mit unzähligen langen Falten, in Stiefeln mit hohen, spitzen Absätzen. Morgen würde es dann dieser ganzen Herrlichkeit beschieden sein, teils auf der Theke einer Kneipe verhökert, teils auch im freundschaftlichen Handgemenge um eine Handharmonika zerrissen zu werden, heute jedoch glänzten die Puschkaren. Jeder trug sorgfältig ein Netzchen mit der Pascha und den Kulitschi*. Dem Bargamot schenkte niemand seine Aufmerksamkeit, doch auch er betrach-

---

* Speisen, die nach Abbruch der strengen Fastenzeit bei der «rasgowlenije» gegessen werden. Die Pascha ist eine schmackhafte Quarkpyramide, verziert mit dem Ostergruß; der Kulitsch ein etwas größeres zylinderförmiges Süßbrot.

tete seine «Patenkinder» nicht besonders liebevoll, denn er hatte die dunkle Vorahnung, wie viele Male er morgen Leute im Revier würde abliefern müssen. Im tiefsten mißgönnte er ihnen, daß sie frei hatten und dorthin gingen, wo es hell, lärmig und fröhlich sein würde, während er hier wie ein Verlorener feststecken mußte.

«Steh' hier euretwegen, ihr Säufer!» resümierte er seine Gedankengänge und spuckte abermals aus – es wurde ihm übel.

Die Straße leerte sich. Die Glocken hatten aufgehört, zur Messe zu läuten. Darauf trug ein freudiger, schillernder Glockenklang, der nach den wehmütigen Glocken der Fastenzeit so fröhlich anmutete, die Gnadenbotschaft von der Auferstehung Christi über die Welt hin. Bargamot nahm die Mütze ab und bekreuzigte sich. Bald konnte er ja nach Hause. Bargamot wurde etwas froher, als er sich den Tisch, bedeckt mit einer sauberen Tischdecke, die Kulitschi, die Eier vorstellte. Er wird ohne Hast mit allen den Ostergruß wechseln. Dann wird Wanjuschka geweckt und herbeigetragen. Er verlangt vor allem ein gefärbtes Eilein, über das er eine ganze Woche lang mit seinem erfahreneren Schwesterchen geschwatzt hat. Hei, wie wird er seinen Mund aufsperren, wenn ihm der Vater nicht etwa ein fuchsingefärbtes Ei überreicht, schon etwas farblos, sondern ein richtiges Marmorei, das der gleiche diensteifrige Krämer ihm selbst geschenkt hat!

«Spaßiger Junge!» schmunzelte da Bargamot, und er fühlte, wie vom Grunde seiner Seele so etwas wie elterliche Zärtlichkeit aufstieg.

Doch die Seelenruhe Bargamots wurde auf eine ganz gemeine Art gestört. Um die Ecke wurden ungleichmäßige Schritte und ein heiseres Gebrumm laut. «Wer zum Kuckuck kommt denn daher?» dachte Bargamot, schaute um die Ecke und war zutiefst in seiner Seele verletzt. Garaska! Er war es, der versoffene Typ, wie er leibte und lebte – der hatte gerade noch gefehlt! Wo er es geschafft hatte, sich bereits vor Tagesanbruch so zu besaufen, blieb sein Geheimnis, aber daß er sich ganz hatte volllaufen lassen, stand außer Zweifel. Sein Benehmen, rätselhaft für jeden Außenstehenden, war Bargamot, der die Puschkarenseele im allgemeinen und die hinterhältige Natur Garaskas im besonderen studiert hatte, durchaus klar. Angezogen von einer unüberwindlichen Macht, stand Garaska, abgewichen von der Straßenmitte, in der er sonst zu gehen pflegte, gegen den Zaun gepreßt. Garaska stützte sich mit beiden Armen gegen die Wand, blickte sie konzentriert-fragend an und sammelte dabei neue Kraft für den Kampf mit unerwarteten Hindernissen. Nach kurzem, angespanntem Nachdenken stieß er sich energisch von der Wand ab, wich rücklings bis zur Straßenmitte zurück, vollführte eine entschlossene Drehung und stürzte sich mit großen Schritten in den Raum, der sich indessen ganz und gar nicht als so unendlich erwies, wie man es von ihm behauptet, sondern der in Tat und Wahrheit von einer Unmasse von Laternenpfählen begrenzt war. Schon mit dem ersten davon trat Garaska in allerengste Beziehungen: Er hielt ihn in freundschaftlichen, festen Umarmungen umschlossen.

«Laternenpfahl. Halt!» konstatierte Garaska bündig die vollendete Tatsache. Ganz wider seine Gewohnheit war er überaus gutmütig aufgelegt. Anstatt den Pfahl mit den verdienten Schimpfworten zu überschütten, wandte sich Garaska mit sanften Vorwürfen, die eine etwas familiäre Tönung aufwiesen, an ihn. «Bleib doch stehen, du Närrchen, wohin willst du?» brummte er, schwankte vom Pfahl weg, fiel von neuem mit dem ganzen Oberkörper auf ihn zurück und hätte sich beinahe die Nase an dessen kalter und etwas feuchter Oberfläche zerquetscht. «Da, schau her!...» Garaska, der schon zur Hälfte am Laternenpfahl hinunter auf den Boden geglitten war, vermochte sich gerade noch zu halten und versank in Nachdenklichkeit.

Bargamot verzog verächtlich die Lippen und blickte von der Höhe seiner Gestalt auf Garaska hinunter. Niemand an der Puschkarnaja-Straße konnte ihn derart verdrießen wie dieses versoffene Subjekt. Da kann man mal schauen, woran sich eine Seele noch halten kann, ein Skandalist erster Güte in der ganzen Vorstadt. Kein Mensch, sondern eine Seuche. Ein echter Puschkar läßt sich vollaufen, randaliert, übernachtet auf dem Revier – und all das findet bei ihm einen Abschluß mit Würde, aber bei

Garaska wickelt sich alles heimlich, mit Giftelei ab. Mochte man ihn halb totschlagen oder hungernd auf dem Revier festhalten, so konnte man ihm dennoch sein höchst beleidigendes, schmähsüchtiges Geschimpfe nicht abgewöhnen. Da bleibt er unter den Fenstern einer der angesehensten Personen an der Puschkarnaja-Straße stehen und fängt ohne jeglichen Grund an, unflätig zu schimpfen. Fein lebst du da! Die Verkäufer erwischen Garaska und schlagen ihn – die Menge grölt und gibt den Rat, ihm tüchtig einzuheizen. Sogar den Bargamot beschimpfte Garaska in so bunten handfesten Ausdrücken, daß jener, ohne daß er die ganze Würze der Anzüglichkeiten Garaskas begriffen hätte, fühlte, daß er mehr beleidigt worden war, als wenn man ihn windelweich geprügelt hätte.

Welchem Gewerbe Garaska nachging, das blieb für die Puschkaren eines der Geheimnisse, von denen seine ganze Existenz umhüllt war. Nüchtern hatte ihn noch niemand gesehen, nicht einmal die Amme, welche die Kinder in der Jugendzeit schlägt; von Garaska hatte sich schon vor dem Prügeln ein Fuselgeruch verbreitet. Garaska lebte, das heißt übernachtete jeweils in Gemüsegärten, am Flußufer, unter niedrigem Gebüsch. Im Winter verschwand er irgendwohin, beim ersten Atem des Frühlings tauchte er wieder auf. Was ihn an die Puschkarnaja-Straße zog, wo ihn nur der Faule nicht prügelte – das war wiederum ein Geheimnis der unergründlichen Seele Garaskas, jedoch fortekeln konnten sie ihn auf keine Weise. Man vermutete, und dies nicht zufällig, Garaska bringe sich mit Diebereien durchs Leben, aber erwischen konnten sie ihn nicht, und so prügelten sie ihn nur aufgrund indirekter Beweise.

Diesmal mußte Garaska offenbar einen nicht leichten Weg überwinden. Die Lumpen, die den Anschein erweckten, als würden sie den abgezehrten Körper zuverlässig bedecken, starrten alle vor Schmutz, der noch nicht hatte trocknen können. Die Physiognomie Garaskas mit einer großen, herabhängenden roten Nase, unbestreitbar eine der Ursachen seiner Unbeständigkeit, war von dünnem, ungleichmäßigem Bartwuchs bedeckt und bewahrte auf sich die materiellen Zeichen materieller Beziehungen zum Alkohol und zur Faust des Nächsten. Auf der Wange, direkt unter dem Auge, war eine Schramme, offensichtlich neueren Ursprungs, zu sehen.

Garaska gelang es schließlich doch, vom Laternenpfahl loszukommen, und da bemerkte er die imposante, schweigende Gestalt Bargamots. Garaska war erfreut.

«Unseren respektvollen Gruß Ihnen! Dem Bargamot Bargamotytsch! Wie ist Ihre werte Gesundheit?» Mit dem Händchen machte er eine galante Geste, schwankte aber und stützte sich für alle Fälle mit dem Rücken am Laternenpfahl ab.

«Wohin gehst?» brüllte ihn Bargamot finster an.

«Wir gehen auf dem rechten Pfad...»

«Stehlen? Willst wohl aufs Revier? Auf der Stelle befördere ich dich hin, Halunke!»

«Sie können nicht.»

Garaska wollte eine Geste machen, die Verwegenheit ausdrücken sollte, hielt jedoch einsichtigerweise an sich, spuckte aus und scharrte an einer Stelle mit dem Fuß. Dabei tat er dergleichen, als verwische er die Spucke.

«Und auf dem Revier wirst dann schon reden! Marsch!» Die mächtige Handfläche Bargamots langte nach dem Kragen Garaskas, der derart schmierig und zerschlissen aussah, daß Bargamot offenkundig nicht der erste war, welcher Garaska auf den dornenvollen Weg der Tugend lenkte.

Bargamot schüttelte den Säufer leicht, gab seinem Körper die gebührende Richtung und eine gewisse Standfestigkeit, und er schleppte ihn dem von ihm eben genannten Ziele entgegen. Er glich ganz und gar einem starken Schleppdampfer, der hinter sich einen leichten Schoner herzieht, welcher unmittelbar bei der Hafeneinfahrt eine Havarie erlitten hat. Er fühlte sich tief beleidigt: Anstatt daß du deine verdiente Ruhe hast, schleppst du dieses versoffene Subjekt aufs Revier. Ach! Bargamot juckten die Hände, aber das Bewußtsein, daß es an einem so großen Tag irgendwie unangebracht sei, sie zu rühren, hielt ihn zurück. Garaska schritt beherzt aus und vereinte in erstaunlicher Weise Selbstvertrauen und sogar Frechheit und Sanftmut. Er hatte offenbar einen eigenen Gedankengang, den er mit der sokratischen Methode anzugehen begann: «Aber sag, Herr Stadtpolizist, welchen Tag haben wir heute?»

«Würdest du doch den Mund halten!» antwortete Bargamot verächtlich. «Der ist ja schon vor Tagesanbruch stockbesoffen.»

«Haben sie zum Erzengel Michael geläutet?»

«Sie haben. Was kümmert's dich?»

«Das heißt, Christus ist auferstanden?»

«Nu ja, er ist auferstanden.»

«Also gestatten Sie ...» Garaska, der diese Unterhaltung halb gegen Bargamot gewandt geführt hatte, drehte ihm entschlossen das Gesicht zu.

Bargamot, durch die merkwürdigen Fragen Garaskas neugierig geworden, ließ mechanisch den schmierigen Kragen aus den Händen gleiten; Garaska verlor den Stützpunkt, geriet ins Schwanken und fiel hin, ohne daß er es fertigbrachte, Bargamot den Gegenstand zu zeigen, welchen er eben erst aus der Tasche gezogen hatte. Garaska richtete nur den Oberkörper auf, stützte sich auf die Hände und schaute zu Boden – dann fiel er mit dem Gesicht zur Erde und fing an zu heulen, wie die Frauen über einem Leichnam heulen. Garaska heult! Bargamot wunderte sich. «Einen neuen Scherz muß er sich ausgedacht haben», entschied er, interessierte sich aber trotzdem dafür, was noch passieren würde. Weiter heulte Garaska, ohne Worte, wie ein Hund. «Was hast du, bist du verblödet, he?» stieß ihn Bargamot mit dem Fuß an.

Er heult. Bargamot ist am Nachdenken. «Was ist denn bloß in dich gefahren?»

«Das Ei-l-ein...»

Garaska heulte weiter, aber bereits leiser, setzte sich und hob die Hand. Die Hand war von irgendeinem Schleim bedeckt, an dem Stückchen einer gefärbten Eierschale klebten. Obwohl Bargamot immer noch nicht völlig begriff, fing er an zu fühlen, daß sich etwas Ungutes ereignet hatte.

«Ich... auf vornehme Art... den Ostergruß... das Eilein, aber du...», sprudelte Garaska unzusammenhängend heraus, doch Bargamot verstand. Darauf also lief es anscheinend bei Garaska hinaus: Den Ostergruß wollte er nach christlichem Brauch tauschen, mit einem Eilein, aber er, Bargamot, wünschte ihn aufs Revier zu befördern. Mochte er auch das Eilein hergebracht haben, woher er wollte, aber jetzt hatte er es zerbrochen – und weinte.

Bargamot stellte sich vor, das marmorne Eilein, das er für Wanjuschka verwahrte, wäre zerbrochen, und wie das ihm, Bargamot, leid täte.

«Welch ein Unglück!» Bargamot schüttelte den Kopf, blickte auf den sich wälzenden Trunkenbold und fühlte, daß ihm dieser Mensch leid tat wie der eigene Bruder, daß er aber von seinem Bruder auch tief beleidigt worden war.

«Den Ostergruß wechseln wollte er... Ist auch eine lebendige Seele», brummte der Polizist und gab sich Mühe, in all seiner Plumpheit, sich auch bei jenem komplizierten Gefühl von Scham und

Mitleid, das ihn immer mehr bedrückte, klar Rechenschaft über die Lage der Dinge zu geben. «Und ich wollte, ach je ... aufs Revier! Da sieh mal einer an!»

Bargamot räusperte sich geräuschvoll; er klopfte mit seinem Säbel auf die Pflastersteine und kauerte neben Garaska nieder.

«Nu ...», trompetete er verwirrt. «Vielleicht ist's nicht ganz kaputt?»

«Ja, nicht ganz kaputt; du bist bereit, auch jede Fresse kaputtzuschlagen. Ungeheuer!»

«Aber was willst du denn?»

«Was?» äffte ihn Garaska nach. «Zu ihm, auf vornehme Art; er aber, aufs ... aufs Revier! Vielleicht ist das Eilein da mein letztes?»

Bargamot schwitzte. Die Beschimpfungen Garaskas hatten ihn nicht im geringsten beleidigt; mit seinem ganzen ungefügen Inneren verspürte er etwas wie Mitleid oder Gewissen. Irgendwo im allerfernsten Inneren seines stämmigen Körpers bohrte und quälte ihn etwas aufdringlich.

«Geht es denn etwa, ohne daß man dich schlägt?» fragte Bargamot halb sich selber, halb Garaska.

«Aber, so begreif doch, du Vogelscheuche ...»

Garaska geriet offensichtlich ins gewohnte Geleise. In seinem etwas klarer gewordenen Hirn zeichnete sich eine richtiggehende Aussicht auf höchst verlockende Schimpfwörter und beleidigende Titulierungen ab, als der konzentriert schnaufende Bargamot mit einer Stimme, die nicht den leisesten

Zweifel an der Festigkeit des von ihm gefaßten Beschlusses übrigließ, erklärte: «Wir gehen zu mir heim, zum Ostermahl!»

«So soll ich also zu dir kommen, du aufgedunsener Teufel?»

«Gehen wir jetzt, sag' ich!»

Das Erstaunen Garaskas war grenzenlos. Völlig passiv ließ er sich aufheben und ging, von Bargamot an der Hand geführt, ging – und wohin denn? – nicht aufs Revier, sondern ausgerechnet zu Bargamot nach Hause, um dort dazu noch... das Ostermahl zu essen! In Garaskas Kopf blitzte ein verführerischer Gedanke auf: vor Bargamot Fersengeld zu geben; aber obgleich sein Kopf in der ungewohnten Situation hell geworden war, befanden sich dafür seine Beine in einer äußerst üblen Verfassung, als ob sie geschworen hätten, sich ewig aneinanderzuketten und einander den Weg nicht freizugeben. Und zudem war Bargamot so wunderlich, daß Garaska selbstverständlich gar nicht weglaufen wollte. Mühsam bewegte Bargamot die Zunge, rang nach Worten und verhaspelte sich; bald legte er ihm eine Instruktion für die Stadtpolizisten aus, bald wandte er sich erneut der grundsätzlichen Frage über die Prügel und das Revier zu, wobei er sie im positiven, gleichzeitig aber auch im negativen Sinne entschied.

«Sie sagen es richtig, Iwan Akindinytsch, man muß uns einfach Prügel verabreichen», pflichtete ihm Garaska bei und empfand dabei erst noch eine gewisse Verlegenheit: Bargamot war schon krankhaft wunderlich!

«Doch nein, es ist nicht das, was ich meine», murmelte Bargamot, der noch weniger als Garaska begriffen hatte, was seine hölzerne Zunge daherfaselte...

Schließlich gelangten sie nach Hause – und Garaska hatte schon aufgehört, sich zu wundern. Marija riß beim Anblick des ungewöhnlichen Paares zunächst die Augen auf – aber aus dem verwirrten Gesicht ihres Mannes erriet sie, daß Widerrede fehl am Platz war; in ihrer fraulichen Weichherzigkeit jedoch begriff sie im Nu, was man tun mußte.

Da sitzt nun der sprachlose, still gewordene Garaska an einem ordentlichen Tisch. Er schämt sich so, daß er am liebsten im Erdboden versinken möchte. Er schämt sich wegen seiner Lumpen, er schämt sich wegen seiner schmutzigen Hände, er schämt sich wegen seiner ganzen Person, die so zerlumpt, versoffen, garstig ist. Beim Essen verbrennt er sich an der verteufelt heißen, vom Fett triefenden Kohlsuppe, verschüttet sie aufs Tischtuch und verheddert sich, obwohl die Hausfrau taktvoll dergleichen tut, als bemerke sie es nicht, und verschüttet noch mehr. So unerträglich zittern diese schwieligen Finger mit ihren großen, schmutzigen Nägeln, die Garaska erstmals an sich wahrnimmt.

«Iwan Akindinytsch, und was hast du nun dem Wanjuschka...? Die kleine Überraschung?» fragt Marija.

«Laß das jetzt, nachher...», antwortet Bargamot hastig. Er verbrennt sich an der Kohlsuppe, bläst in den Löffel und reibt seinen Schnurrbart fest ab – aber durch diese Festigkeit hindurch scheint die gleiche Verwunderung wie bei Garaska.

«Essen Sie, essen Sie!» nötigt ihn Marija. «Gerasim... Wie heißen Sie nach ihrem Väterchen?»

«Andrejitsch.»

«Essen Sie, Gerasim Andrejitsch.»

Garaska schluckt mit Mühe, würgt etwas hinunter, wirft den Löffel hin und läßt den Kopf auf den Tisch fallen, direkt auf den Fettfleck, den er eben gemacht hat. Seiner Brust entreißt sich erneut jenes jammernde, grobe Geheul, das Bargamot so sehr verwirrt hat. Die Kinderchen, die ihre Aufmerksamkeit schon nicht mehr auf den Gast richten, werfen ihre Löffel weg und stimmen mit Diskant in seinen Tenor ein. Bargamot schaut mit verwirrter, kläglicher Miene seine Frau an.

«Nu, was haben Sie, Gerasim Andrejitsch! Hören Sie doch auf!» versucht sie den aufgewühlten Gast zu beruhigen.

«Beim Vatersnamen... Seit ich auf der Welt bin, hat mich niemand je beim Vatersnamen genannt...»

ALEXEJ REMISOW

1877–1957

Der ersehnte Gast

Es war einmal ein reicher Mann, der war so reich, daß er sich an den Tisch setzte und so lange aß, bis er nur mit Mühe aufstehen konnte – vor lauter Überfluß.

In Freundschaft, Eintracht und Zufriedenheit lebte der Reiche mit seiner Familie: die Frau war eine tüchtige Hausherrin, die Kinder alle brav und rechtschaffen – eine wahre Augenweide, diese Söhne und Töchter!

Mit Armen hatte der Reiche keinen Umgang, seinen bettelarmen Bruder empfing er nicht. Es lebte in seinem Hause aber ein krankes Tantchen, wegen ihrer Armut beherbergte er sie: und die Alte betete für sein Seelenheil. Auch an seine Seele dachte der Reiche – Ehre, wem Ehre gebührt! –, ein frommer Hausherr war er.

Im Haus herrschte Wohlstand. Und auch für die Seele war gesorgt. Was wollte er mehr? Den Reichen aber verlangte, daß Gott selbst zu ihm käme. Und so ging er in die Kirche, um Gott zu Gast zu bitten.

Und der Reiche befahl, daß man von seinem Haus bis zur Kirche Teppiche ausbreite, dann verrichtete er sein Gebet, kehrte heim und setzte sich

Der ersehnte Gast
Lavierte Federzeichnung
von Hans Jegli

ans Fenster, um zu warten. Und er wartete bis zum Abend.

Wenn Gott nicht kommt, so komme doch irgendwer!

Nachts aber starb das kranke Tantchen, die Alte.

Und man beerdigte das Tantchen und las die Totengebete, hatte sie doch für das Seelenheil des Hausherrn gebetet! Gott aber ließ auf sich warten – kam nicht zu Besuch.

Am Tag der Bestattung betrat gegen Abend ein alter Bettler das Haus. Der Bettler bat um ein Nachtlager.

Der Reiche wollte den Bettler nicht einlassen, doch besann er sich – und man ließ ihn ein. Der Alte bat um Speis und Trank, im Namen Christi bat er darum. Und man gab dem Bettler einen Knochen, der vom Nachtmahl übriggeblieben war, und wies ihm das Kämmerchen zu, wo die Alte gestorben, dann gingen alle zu Bett.

Der Alte übernachtete; er dankte den Gastgebern und zog seines Weges.

Der Reiche aber fand keine Ruh', blickte immerfort durchs Fenster auf den Weg: hielt Ausschau nach Gott, erwartete ihn zu Besuch.

Wenn Gott nicht kommt, so komme doch irgendwer!

Und wie schon so oft, nachdem er umsonst gewartet, legte sich der Reiche schlafen. Da erschien ihm das verstorbene Tantchen im Traum. Und das Tantchen schalt ihn, daß er den alten Bettler in ihrem schwülen, engen Kämmerchen untergebracht hatte.

«Du bist in die Kirche gegangen», sagte vorwurfsvoll das Tantchen, «hast Gott zu Gast gebeten, Teppiche ausgebreitet, Gebete verrichtet, Gott aber hast du übersehen! Wie hast du den Alten bewirtet! Einen Knochen hast du ihm hingeworfen wie einem Hund! Dabei war Gott selbst bei dir zu Gast.»

Da erwachte der Reiche, wurde traurig und fing heftig zu weinen an, daß er den Gast so schlecht empfangen. Doch was sollte er tun, er mußte den Alten einholen, zurückbringen und alles wiedergutmachen.

Und der Reiche brach auf, den Bettler zu suchen, seinen Gast, und überall fragte er, ob man ihn nicht gesehen.

«Wir haben ihn nicht gesehen», sagten alle.

Keiner hatte den Bettler gesehen. Der Reiche aber gab nicht auf, ging immer weiter, immer weiter weg von zu Hause, und fragte nach seinem Gast. So verließ der Reiche sein Haus, seine Familie und seinen ganzen Reichtum und kehrte nie mehr zurück.

ALBERT CAMUS
1913–1960

Der Gast

Der Lehrer schaute zu, wie die beiden Männer zu ihm emporstiegen. Der eine war beritten, der andere zu Fuß. Sie waren noch nicht bei dem Steilhang angelangt, der zu seiner an den Hügel gebauten Schule führte. Inmitten der Steine stapften sie mühsam durch den Schnee über die unermeßliche Weite der öden Hochebene. Das Pferd strauchelte von Zeit zu Zeit. Man hörte es noch nicht, aber man sah die Dampfwolke, die dann jedesmal aus seinen Nüstern drang. Einer der Männer zumindest kannte die Gegend. Sie folgten der Piste, die doch schon seit Tagen unter einer schmutzigweißen Decke begraben lag. Der Lehrer rechnete sich aus, daß sie nicht vor einer halben Stunde oben ankommen würden. Es war kalt; er kehrte in die Schule zurück, um einen Sweater anzuziehen.

Er durchquerte das leere, eiskalte Klassenzimmer. Auf der Wandtafel flossen die vier mit verschiedenfarbigen Kreiden gezeichneten Ströme Frankreichs seit drei Tagen ihrer Mündung entgegen. Nach acht Monaten der Trockenheit hatte der Schneefall jäh um die Oktobermitte eingesetzt, ohne daß der Regen einen Übergang gebracht hätte, und die etwa zwanzig Schüler, die in den über die Hochebene verstreuten Dörfern wohnten, kamen nicht mehr. Man mußte besseres Wetter abwarten. Daru heizte nur noch den einen, an das Klassenzimmer anstoßenden Raum, der ebenfalls die Hochebene gegen Osten überblickte und seine Wohnung bildete. Ein Fenster ging außerdem wie die des Klassenzimmers nach Süden. Auf dieser Seite befand sich die Schule ein paar Kilometer von der Stelle entfernt, wo das Hochplateau gegen Süden abzufallen begann. Bei klarem Wetter konnte man die wuchtigen violetten Ausläufer des Gebirges sehen, in dem sich das Tor der Wüste öffnete.

Nachdem Daru sich ein bißchen gewärmt hatte, trat er wieder ans Fenster, von dem aus er die beiden Männer zuerst erblickt hatte. Man sah sie nicht mehr. Sie befanden sich jetzt also am Steilhang. Der Himmel war weniger dunkel, in der Nacht hatte es aufgehört zu schneien. Der Tag war mit einem schmutzigen Licht angebrochen, das kaum an Stärke zunahm, als die Wolkendecke höher stieg. Um zwei Uhr nachmittags hätte man meinen können, der Tag beginne eben erst zu dämmern. Aber das war immer noch besser als diese drei Tage, da inmitten der unaufhörlichen Finsternis dichter Schnee gefallen war, während hie und da ein Windstoß an der Doppeltür des Klassenzimmers rüttelte. Daru verbrachte lange Stunden geduldig in seinem Zimmer, das er nur verließ, um im Schuppen nach den Hühnern zu sehen und aus dem Kohlenvorrat zu schöpfen. Zum Glück hatte der kleine

Lieferwagen von Tadjid, dem nächsten, nördlich gelegenen Dorf, ihn zwei Tage vor dem Sturm mit Lebensmitteln versehen. In achtundvierzig Stunden würde er wiederkommen.

Er hatte übrigens genug Vorräte, um eine ganze Belagerung auszuhalten: die Säcke voll Korn, die das kleine Zimmer beengten, waren ihm von den Behörden als Notvorrat überlassen worden, damit er den Schülern, deren Familien von der Dürre getroffen worden waren, etwas verteilen konnte. In Tat und Wahrheit hatte das Unglück alle getroffen, da sie ja alle arm waren. Jeden Tag erhielten die Kleinen eine Ration. Daru wußte genau, daß sie ihnen während dieser Zeit des schlechten Wetters gemangelt hatte. Vielleicht würde einer der Väter oder der großen Brüder an diesem Abend heraufkommen, und dann konnte er sie mit Korn versorgen. Es galt, die Zeit bis zur neuen Ernte zu überbrücken, weiter nichts. Jetzt waren Getreideschiffe aus Frankreich unterwegs, das Schlimmste war überstanden.

Aber es würde schwerhalten, dieses Elend zu vergessen, dieses Heer zerlumpter, in der Sonne umherirrender Schatten, die Monat um Monat versengten Hochplateaus, die allmählich in sich zusammengeschrumpfte, buchstäblich geröstete Erde, auf der jeder Stein unter den Füßen zu Staub zerbarst. Da starben die Schafe zu Tausenden, und auch ein paar Menschen hier und dort, ohne daß man dies immer erfuhr.

Er, der in seiner abgelegenen Schule ein beinahe mönchisches Dasein führte, zufrieden übrigens mit dem so wenigen, das er besaß, und mit der Rauheit seines Lebens, fühlte sich angesichts dieses Elends geradezu als Herr, wenn er an seine vier verputzten Wände, sein schmales Ruhebett, seine Bücherregale aus rohem Holz, seine Zisterne und seine wöchentliche Versorgung mit Nahrung und Wasser dachte. Und da plötzlich dieser Schnee, ohne Warnung, ohne die entspannende Wohltat des Regens. So war das Land, es machte das Leben grausam und schwer, selbst abgesehen von den Menschen, die wahrhaftig nichts vereinfachten. Aber Daru war hier geboren. Überall sonst fühlte er sich als Fremdling.

Er trat aus dem Haus und schritt über den ebenen Vorplatz vor der Schule. Die beiden Männer befanden sich jetzt auf halber Höhe des Abhangs. Der Reiter war Balducci, der alte Gendarm, den er schon seit langem kannte. An einem Strick führte er einen Araber, der mit gefesselten Händen und gesenkter Stirn hinterdreintrottete. Der Gendarm machte eine grüßende Gebärde, die Daru unbeantwortet ließ, so sehr war er damit beschäftigt, den Araber zu betrachten; er trug eine ehemals blaue Djellabah und Sandalen an den mit Socken aus grober, ungefärbter Wolle bekleideten Füßen; ein schmaler, kurzer Chèche bedeckte seinen Kopf. Sie kamen näher. Balducci ritt ständig im Schritt, um den Araber nicht zu verletzen, und so ging es nur langsam vorwärts.

Als sie sich auf Rufweite genähert hatten, schrie Balducci: «Eine Stunde für die drei Kilometer von El Ameur hierher!» Daru, klein und vierschrötig in seinem dicken Sweater, gab keine Antwort, sondern schaute zu, wie sie emporstiegen. Kein einziges Mal hatte der Araber den Kopf erhoben. «Willkommen», sagte Daru, als sie auf den Vorplatz gelangten. «Kommt herein und wärmt euch.» Balducci stieg schwerfällig aus dem Sattel, ohne den Strick loszulassen. Unter seinem gesträubten Schnurrbart lächelte er dem Lehrer zu. Seine kleinen, dunklen, tiefliegenden Augen unter der sonnenverbrannten Stirn und sein von Fältchen umgebener Mund verliehen ihm ein aufmerksames, beflissenes Aussehen. Daru faßte das Tier beim Zügel und brachte es in den Schuppen, dann kehrte er zu den beiden Männern zurück, die nun in der Schule auf ihn warteten. Er führte sie in seine Stube. «Ich will im Klassenzimmer heizen», sagte er, «wir haben es bequemer dort.» Als er zurückkehrte, saß Balducci auf dem Diwan. Er hatte den Strick gelöst, der ihn an den Araber band, und dieser kauerte nun neben dem Ofen. Seine Hände waren nach wie vor gefesselt, er hatte seine Kopfbedeckung nach hinten geschoben und schaute zum Fenster hinüber. Daru sah zunächst nur seine riesigen, vollen und glatten Lippen, die beinahe an einen Neger gemahnten; die Nase indessen war gerade, seine dunklen Augen schimmerten fiebrig. Der Chèche gab jetzt eine eigensinnige Stirn frei, und das ganze Gesicht mit der gegerbten, von der Kälte nun ein wenig entfärbten Haut trug einen zugleich ängstlichen und aufrührerischen Ausdruck, der Daru betroffen machte, als der Araber ihm den Kopf zukehrte und ihm voll in die Augen blickte.

«Kommt ins Klassenzimmer», sagte der Lehrer, «ich mache euch Minzentee.»

«Danke», sagte Balducci. «So eine Schinderei! Wenn ich nur schon pensioniert wäre!» Und an seinen Gefangenen gerichtet, fügte er auf arabisch hinzu: «Komm.» Der Araber erhob sich und begab sich langsam, seine gefesselten Handgelenke vor der Brust zusammenschließend, ins Schulzimmer.

Gleichzeitig mit dem Tee brachte Daru einen Stuhl. Aber Balducci thronte bereits auf dem vordersten Schülerpult, und der Araber hockte zusammengekauert am Lehrerpodium, dem Ofen gegenüber, der zwischen Schreibtisch und Fenster stand. Als Daru dem Gefangenen sein Glas Tee reichen wollte, zögerte er beim Anblick seiner gebundenen Hände. «Vielleicht könnte man ihm das abnehmen?»

«Gewiß», sagte Balducci. «Es war nur für unterwegs.» Er machte Anstalten, sich zu erheben. Aber schon hatte Daru das Glas auf den Boden gestellt und war neben dem Araber niedergekniet. Der schaute ihm wortlos aus seinen fiebernden Augen zu. Als seine Hände frei waren, rieb er seine geschwollenen Handgelenke aneinander, dann nahm er sein Glas und sog die kochend heiße Flüssigkeit hastig in sich ein.

«Schön», sagte Daru. «Und wohin soll die Reise denn gehen?»

Balducci hob seinen Schnurrbart aus dem Tee. «Hierher, mein Sohn.»

«Ihr seid mir sonderbare Schüler! Wollt ihr hier übernachten?»

«Nein. Ich kehre gleich nach El Ameur zurück. Und du wirst unseren Kumpan in Tinguit abliefern. Er wird in der frankoarabischen Gemeinde erwartet.»

Balducci schaute Daru mit einem leisen, freundschaftlichen Lächeln an.

«Was faselst du da?» sagte der Lehrer. «Du willst mich wohl auf den Arm nehmen!»

«Nein, mein Sohn. So lauten die Befehle.»

«Die Befehle? Ich bin doch kein...» Daru zögerte, er wollte den alten Korsen nicht kränken. «Ich meine, es ist nicht mein Beruf.»

«Na und? Was will das schon heißen? Im Krieg übt man jeden Beruf aus.»

«Dann will ich die Kriegserklärung abwarten!»

Balducci nickte beifällig. «Gut. Aber die Befehle sind da, und sie gehen auch dich an. Es rumort, wie es scheint. Man munkelt von einer nahe bevorstehenden Erhebung. Wir sind in gewissem Sinn auf Kriegsfuß gestellt.»

Daru bewahrte seinen verstockten Ausdruck.

«Hör zu, mein Sohn», sagte Balducci. «Ich mag dich gut, aber so begreif doch! Wir sind in El Ameur kaum ein Dutzend Leute, um ein Land zu überwachen, das so groß ist wie ein kleines Departement, und ich muß zurück. Ich habe den Auftrag, dir diesen Burschen zu übergeben und unverzüglich zurückzukehren. Wir konnten ihn nicht behalten. Sein Dorf geriet in Aufruhr, sie wollten ihn heimholen. Du mußt ihn im Verlauf des morgigen Tages nach Tinguit bringen. Du willst mir doch nicht angeben, daß zwanzig Kilometer einem strammen Kerl wie dir angst machen. Nachher bist du die Sache los. Du kehrst zu deinen Schülern und zu deinem sorglosen Leben zurück.»

Jenseits der Mauer hörte man das Pferd prusten und scharren. Daru schaute zum Fenster hinaus. Das Wetter wurde ganz entschieden besser, das Licht breitete sich weiter über die verschneite Hochebene aus. Sobald der Schnee völlig geschmolzen war, würde die Sonne wieder herrschen und abermals die Felder von Stein versengen. Tagelang würde der unwandelbare Himmel von neuem sein trockenes Licht über die einsame Weite ausgießen, wo nichts an den Menschen gemahnte.

«Nun», fragte er und wandte sich wieder Balducci zu, «was hat der Bursche denn verbrochen?» Und ehe der Gendarm den Mund auftun konnte, erkundigte er sich noch: «Spricht er etwas Französisch?»

«Nein, kein Wort. Es wurde seit einem Monat

nach ihm gefahndet, aber sie hielten ihn versteckt. Er hat seinen Vetter umgebracht.»

«Ist er gegen uns?»

«Ich glaube nicht. Aber das weiß man ja nie.»

«Warum hat er getötet?»

«Familienhändel, glaube ich. Der eine soll dem anderen Korn schuldig geblieben sein. Eine unklare Sache. Kurz und gut, er hat den Vetter mit der Hippe umgebracht, weißt du, wie ein Schaf, zack!...»

Balducci mimte den Schnitt einer Klinge an seiner Kehle und erregte damit die Aufmerksamkeit des Arabers, der ihn mit einer gewissen Besorgnis anblickte. Jäher Zorn überflutete Daru gegen diesen Mann, gegen alle Menschen und ihre dreckige Bosheit, ihren unermüdlichen Haß, ihren Blutwahn.

Aber der Wasserkessel summte auf dem Ofen. Daru schenkte Balducci nochmals Tee ein, zögerte und füllte dann auch das Glas des Arabers wieder, der ein zweites Mal gierig trank. Seine erhobenen Arme ließen jetzt die Djellabah aufspringen, und der Lehrer konnte seine magere, sehnige Brust sehen.

«Danke, mein Junge», sagte Balducci. «Und jetzt will ich machen, daß ich fortkomme.»

Er stand auf und näherte sich dem Araber, während er ein dünnes Seil aus der Tasche zog.

«Was machst du?» fragte Daru schroff.

Betroffen zeigte Balducci ihm den Strick.

«Nicht nötig.»

Der alte Gendarm zauderte. «Wie du willst. Du bist doch bewaffnet?»

«Ich habe mein Jagdgewehr.»

«Wo?»

«Im großen Koffer.»

«Neben deinem Bett solltest du es haben.»

«Warum? Ich habe nichts zu fürchten.»

«Du bist nicht ganz bei Trost, mein Sohn. Wenn sie sich erheben, ist keiner sicher, wir sitzen alle im gleichen Boot.»

«Ich werde mich zur Wehr setzen. Ich habe alle Zeit, sie herankommen zu sehen.»

Balducci setzte zu einem Lachen an, dann senkte sich der Schnurrbart plötzlich wieder über die noch weißen Zähne.

«Du hast alle Zeit? Schön. Das sagte ich ja eben. Du warst schon immer ein bißchen angeschlagen. Gerade deshalb mag ich dich gut, mein Sohn war genau wie du.»

Während er sprach, zog er seinen Revolver hervor und legte ihn auf den Schreibtisch.

«Du kannst ihn behalten, ich brauche keine zwei Waffen von hier nach El Ameur.»

Der Revolver schimmerte auf dem Schwarz der Tischplatte. Als der Gendarm sich umdrehte, roch der Lehrer den von ihm ausgehenden Leder- und Pferdegeruch.

«Hör, Balducci», sagte Daru, «die ganze Geschichte widert mich an, angefangen bei deinem Kunden da. Aber ich werde ihn nicht ausliefern.

Mich schlagen will ich, gewiß, wenn es sein muß. Aber das nicht.»

Der alte Gendarm stand aufrecht vor ihm und schaute ihn vorwurfsvoll an.

«Du begehst eine Dummheit», sagte er langsam. «Auch ich mag das nicht. Einem Menschen einen Strick anlegen – man gewöhnt sich nicht daran, trotz der Jahre nicht, und man schämt sich sogar, ja wahrhaftig. Aber man kann sie nicht einfach gewähren lassen.»

«Ich werde ihn nicht ausliefern.»

«Es ist Befehl, mein Sohn. Ich wiederhole es dir noch einmal.»

«Ganz recht. Wiederhole ihnen, was ich dir gesagt habe: ich werde ihn nicht ausliefern.»

Balducci machte eine sichtliche Anstrengung, um nachzudenken. Er schaute den Araber an und dann Daru. Endlich faßte er seinen Entschluß.

«Nein. Ich werde keine Meldung erstatten. Wenn du dich von uns lossagen willst, tu, was du nicht lassen kannst, ich werde dich nicht anzeigen. Ich habe Befehl, den Gefangenen abzugeben, und das tue ich. Jetzt mußt du mir nur noch den Zettel unterschreiben.»

«Überflüssig. Ich werde nicht abstreiten, daß du ihn mir dagelassen hast.»

«Sei doch nicht so widerborstig. Ich weiß genau, daß du die Wahrheit sagen wirst. Du bist von hier, du bist ein Mann. Aber unterschreiben mußt du, das ist Vorschrift.»

Daru öffnete seine Schublade, holte ein viereckiges Fläschchen mit violetter Tinte hervor, den Federhalter aus rotem Holz mit der Spitzfeder, die ihm zum Vorzeichnen der Buchstaben diente, und unterschrieb. Der Gendarm faltete das Blatt sorgfältig zusammen und legte es in seine Brieftasche. Dann begab er sich zur Tür.

«Ich begleite dich hinaus», sagte Daru.

«Nein», erwiderte Balducci. «Gib dir keine Mühe mit Höflichkeiten. Du hast mich beleidigt.»

Er schaute den Araber an, der noch unbeweglich an der gleichen Stelle hockte, schniefte kummervoll und wandte sich zur Tür. «Lebe wohl, mein Sohn», sagte er. Die Tür fiel hinter ihm zu. Seine Gestalt tauchte vor dem Fenster auf und verschwand. Sein Schritt wurde vom Schnee gedämpft. Jenseits der Mauer begann das Pferd zu stampfen, Hühner gerieten in Aufruhr. Kurz darauf kam Balducci nochmals am Fenster vorbei, er zog das Pferd am Halfter nach sich. Ohne sich umzudrehen, ging er zum Steilhang; er verschwand, und das Pferd folgte ihm. Man hörte einen großen Stein dumpf hinunterkollern. Daru kehrte zum Gefangenen zurück, der sich nicht gerührt hatte, ihn jedoch nicht aus den Augen ließ. «Warte», sagte der Lehrer auf arabisch und schickte sich an, sein Zimmer aufzusuchen. Als er über die Schwelle treten wollte, besann er sich, ging zum Schreibtisch, nahm den Revolver und steckte ihn in die Tasche. Dann begab er sich in seine Stube, ohne sich umzuwenden.

Er blieb lange auf seinem Bett ausgestreckt liegen, schaute zu, wie der Himmel sich allmählich verschloß, und lauschte auf die Stille. Gerade diese Stille hatte ihn während der ersten Zeit bedrückt, als er nach dem Krieg hierhergekommen war. Er hatte um eine Stelle in der kleinen Stadt am Fuß des Vorgebirges eingegeben, das die Hochplateaus von der Wüste trennt. Im Norden grünes und schwarzes, im Süden rosarotes und violettes Felsgemäuer bezeichnete dort die Grenze des ewigen Sommers. Man hatte ihm einen anderen Posten zugewiesen, weiter im Norden, auf der Hochebene selber. Anfänglich waren ihm die Einsamkeit und das Schweigen in diesem undankbaren, nur von Steinen bevölkerten Land hart angekommen. Zuweilen täuschten Furchen ein bebautes Feld vor, aber man hatte sie nur aufgebrochen, um einen bestimmten, zum Bauen geeigneten Stein zutage zu fördern. Man pflügte hier nur, um Steine zu ernten. Manchmal kratzte man auch ein paar Erdkrumen zusammen, die sich in Vertiefungen angesammelt hatten, um damit die kärglichen Gärten in den Dörfern fruchtbarer zu machen. So war es nun einmal, der Kiesel bedeckte für sich allein drei Viertel des Landes. Städte entstanden hier, blühten auf und gingen unter; Menschen traten flüchtig auf, liebten sich oder fuhren sich an die Gurgel und starben. In dieser Wüste zählte keiner einen Deut, er nicht und sein Gast nicht. Und doch hätte außerhalb dieser Wüste, dessen war Daru gewiß, der eine so wenig wie der andere wirklich zu leben vermocht.

Als er sich erhob, drang kein Geräusch aus dem Klassenzimmer. Er verwunderte sich über die ungeteilte Freude, die er beim bloßen Gedanken empfand, der Araber sei vielleicht entwichen und er werde wieder allein sein, ohne irgendeine Entscheidung treffen zu müssen. Aber der Gefangene war da. Er hatte sich bloß zwischen Ofen und Schreibtisch am Boden ausgestreckt. Mit weit offenen Augen betrachtete er die Zimmerdecke. In dieser Stellung sah man vor allem seine wulstigen Lippen, die ihm einen schmollenden Ausdruck verliehen. «Komm», sagte Daru. Der Araber erhob sich und folgte ihm. Im anderen Zimmer wies der Lehrer auf einen Stuhl neben dem Tisch am Fenster. Der Araber setzte sich, ohne die Augen von Daru abzuwenden.

«Hast du Hunger?»

«Ja», sagte der Gefangene.

Daru legte zwei Gedecke auf. Er nahm Mehl und Öl, knetete in einer Schüssel einen Fladenteig und zündete den kleinen Butangas-Backofen an. Während der Fladen buk, ging er hinaus, um im Schuppen Käse, Eier, Datteln und Kondensmilch zu holen. Als der Fladen fertig war, stellte er ihn zum Abkühlen auf den Fenstersims, machte mit Wasser verdünnte Kondensmilch warm und schlug schließlich die Eier zu einem Pfannkuchen. Im Verlauf seiner Hantierungen stieß er an den in der rechten

Hosentasche steckenden Revolver. Er stellte die Schüssel auf den Tisch, ging ins Klassenzimmer hinüber und legte den Revolver in seine Schreibtischschublade. Als er wieder ins Zimmer trat, war die Dämmerung hereingebrochen. Er zündete Licht an und bediente den Araber. «Iß», sagte er. Der andere nahm ein Stück Fladen, führte es gierig zum Munde und hielt inne.

«Und du?» fragte er.

«Du zuerst. Ich esse dann auch.»

Die dicken Lippen öffneten sich ein wenig, der Araber zögerte, dann biß er entschlossen in sein Stück Fladen.

Als sie gegessen hatten, schaute der Araber den Lehrer fragend an.

«Bist du der Richter?»

«Nein. Ich behalte dich bis morgen hier.»

«Warum ißt du mit mir?»

«Ich habe Hunger.»

Der andere schwieg. Daru erhob sich und ging hinaus. Er brachte ein Feldbett aus dem Schuppen und stellte es quer zu seinem eigenen Bett zwischen Tisch und Ofen auf. Aus einem großen, aufrecht in einer Ecke stehenden Koffer, auf dem er seine Akten aufbewahrte, holte er zwei Decken und breitete sie über das Feldbett. Dann blieb er stehen, kam sich müßig vor und setzte sich auf sein Bett. Es gab nichts mehr zu tun, nichts mehr vorzubereiten. Er war gezwungen, diesen Mann anzuschauen. Also schaute er ihn an und versuchte, sich dieses

Gesicht in rasendem Zorn vorzustellen. Es wollte ihm nicht gelingen. Er sah nur den zugleich düsteren und glänzenden Blick und den tierhaften Mund.

«Warum hast du ihn getötet?» fragte er in einem Ton, dessen Feindseligkeit ihn selbst überraschte.

Der Araber wandte die Augen ab. «Er ist davongelaufen. Ich habe ihm nachgesetzt.»

Er schaute Daru wieder an, und in seinen Augen stand etwas wie unglückliches Fragen.

«Was wird man jetzt mit mir machen?»

«Hast du Angst?»

Der andere saß plötzlich steif da und blickte zur Seite.

«Tut es dir leid?»

Der Araber schaute ihn mit offenem Mund an. Es war ganz klar, daß er nicht verstand. Ärger begann in Daru hochzusteigen. Gleichzeitig kam er sich mit seinem kräftigen, zwischen den beiden Betten eingezwängten Körper linkisch und unbeholfen vor.

«Leg dich dahin», sagte er ungeduldig. «Es ist dein Bett.»

Der Araber rührte sich nicht.

«Sag mal!»

Der Lehrer blickte ihn an.

«Kommt der Gendarm morgen wieder?»

«Ich weiß nicht.»

«Kommst du mit uns?»

«Ich weiß nicht. Warum?»

Der Gefangene stand auf und legte sich mit den Füßen gegen das Fenster auf die Decken. Das Licht der elektrischen Birne fiel ihm gerade in die Augen, die er sogleich schloß.

«Warum?» wiederholte Daru, breitbeinig vor dem Bett stehend.

Der Araber schlug die Augen unter dem grellen Licht auf und sah ihn an, wobei er sich bemühte, nicht zu blinzeln.

«Komm mit uns», sagte er.

Mitten in der Nacht schlief Daru immer noch nicht. Er hatte sich zu Bett gelegt, nachdem er sich völlig ausgekleidet hatte: er pflegte nackt zu schlafen. Aber als er aller Kleider entblößt im Zimmer stand, zögerte er. Er fühlte sich verwundbar und war versucht, sich wieder anzuziehen. Dann zuckte er die Achseln; er hatte sich schon in mancher mißlichen Lage befunden, notfalls würde er seinen Gegner zu Boden schlagen. Von seinem Bett aus konnte er ihn beobachten; er lag nach wie vor unbeweglich auf dem Rücken und hielt die Augen vor dem harten Licht geschlossen. Als Daru es löschte, schienen die nächtlichen Schatten wie auf einen Schlag zu Eis zu erstarren. Allmählich gewann die Nacht wieder Leben, und der sternlose Himmel hinter den Scheiben begann sich sanft zu regen. Bald vermochte der Lehrer die vor ihm liegende Gestalt zu erkennen. Der Araber rührte sich noch immer nicht, aber seine Augen schienen jetzt offenzustehen. Ein leiser Wind strich um die Schule.

Vielleicht würde er die Wolken verjagen, und die Sonne kehrte zurück.

Im Verlauf der Nacht nahm der Wind an Stärke zu. Die Hühner gackerten ein wenig und verstummten dann. Der Araber drehte sich auf die Seite, so daß er Daru den Rücken zukehrte, und der Lehrer vermeinte ihn stöhnen zu hören. Dann lauschte er auf seine Atemzüge, die kräftiger und regelmäßiger geworden waren. Er horchte auf diesen so nahen Atem und sann vor sich hin, ohne einschlafen zu können. In diesem Zimmer, wo er seit einem Jahr allein schlief, empfand er die Gegenwart des anderen als störend. Sie störte ihn auch, weil sie ihm eine Art Brüderlichkeit aufzwang, die er unter den gegebenen Umständen ablehnte und deren Wesen ihm wohlbekannt war: Männer, Soldaten oder Gefangene, die ein und denselben Raum teilen, gehen eine seltsame Bindung ein, als fänden sie sich jeden Abend, sobald sie mit den Kleidern ihre Rüstung abgelegt haben, über ihre Eigenheiten hinweg in der zeitlosen Gemeinschaft der Müdigkeit und des Traums zusammen. Aber Daru verwies sich diese Gedanken, solche Dummheiten waren ihm zuwider, er mußte schlafen.

Als der Araber sich jedoch ein wenig später unmerklich regte, schlief der Lehrer noch immer nicht. Bei der zweiten Bewegung des Gefangenen straffte sein Körper sich in Alarmbereitschaft. Der Araber richtete sich langsam, beinahe schlafwandlerisch auf den Ellenbogen auf. Dann saß er auf dem Bettrand und wartete unbeweglich, ohne den Kopf nach Daru umzuwenden, als lausche er mit gespanntester Aufmerksamkeit. Daru rührte sich nicht; ihm war eben eingefallen, daß er den Revolver in der Schreibtischschublade gelassen hatte. Es war klüger, unverzüglich zu handeln. Indessen fuhr er fort, den Gefangenen zu beobachten, der mit derselben Geschmeidigkeit seine Füße auf den Boden setzte, wiederum wartete und dann anfing, leise aufzustehen. Daru wollte ihn gerade anrufen, als der Araber sich in ganz natürlichem, aber unglaublich lautlosem Schritt zu entfernen begann. Er begab sich zur hinteren Tür, die in den Schuppen führte. Behutsam schob er den Riegel zurück, ging hinaus und zog die Tür hinter sich zu, ohne sie zu schließen. Daru hatte sich nicht bewegt. «Er reißt aus», dachte er bloß. «Fort mit Schaden!» Dennoch horchte er angestrengt. Die Hühner blieben still, der andere war also auf dem freien Platz draußen. Dann vernahm er ein leises Geplätscher, dessen Bedeutung ihm erst klar wurde, als der Araber wieder unter der Tür auftauchte, sie sorgfältig schloß und sich geräuschlos hinlegte. Da kehrte Daru ihm den Rücken zu und schlief ein. Noch später vermeinte er in der Tiefe seines Schlafs schleichende Schritte um das Schulhaus zu hören. «Ich träume, ich träume!» redete er sich ein. Und er schlief.

Als er erwachte, war der Himmel wolkenlos; durch die Ritzen des Fensters drang kalte, reine Luft. Der Araber schlief; er lag jetzt zusammengerollt unter den Decken, mit offenem Mund, in rückhaltloser Preisgabe. Aber als Daru ihn wachrüttelte, fuhr er in tiefstem Schrecken auf und schaute ihn, ohne ihn zu erkennen, aus verstörten Augen und mit einem so angstvollen Ausdruck an, daß der Lehrer einen Schritt zurückwich.

«Hab keine Angst. Ich bin's. Komm und iß.»

Der Araber schüttelte den Kopf und sagte ja. Sein Gesicht war wieder ruhig, aber sein Ausdruck blieb abwesend und zerstreut.

Der Kaffee war fertig. Sie saßen nebeneinander auf dem Feldbett, tranken und bissen in ihre Fladen. Dann führte Daru den Araber in den Schuppen und zeigte ihm den Wasserhahn, unter dem er sich zu waschen pflegte. Er kehrte ins Zimmer zurück, faltete die Decken, klappte das Feldbett zusammen, machte sein eigenes Bett und räumte auf. Dann ging er durch das Schulzimmer auf den Vorplatz hinaus. Schon stieg die Sonne am blauen Himmel empor; ein weiches, helles Licht überflutete das öde Hochplateau. Am Steilhang begann der Schnee stellenweise zu schmelzen. Bald würden die Steine wieder zum Vorschein kommen. Der Lehrer kauerte am Rand der Hochebene und betrachtete die wüste Weite. Er dachte an Balducci. Er hatte ihm weh getan, er hatte ihn gewissermaßen fortgeschickt, als wollte er nicht mit ihm im gleichen Boot sitzen. Das Lebewohl des Gendarmen klang ihm noch im Ohr, und ohne zu wissen warum, fühlte er sich merkwürdig leer und hilflos. In diesem Augenblick vernahm man das Husten des Gefangenen auf der anderen Seite der Schule. Daru hörte beinahe wider Willen hin, dann warf er wütend einen Stein, der durch die Luft pfiff, ehe er sich im Schnee vergrub. Das sinnlose Verbrechen dieses Mannes empörte ihn, aber ihn auszuliefern ging gegen die Ehre: der bloße Gedanke daran war eine Demütigung, die ihn rasend machte. Und er verfluchte zugleich die Seinen, die ihm diesen Mann geschickt hatten, und den Araber, der es gewagt hatte zu töten, der es aber nicht verstanden hatte zu fliehen. Daru erhob sich, ging unentschlossen auf dem freien Platz hin und her, verharrte unbeweglich und betrat dann die Schule.

Der Araber stand über den Zementboden des Schuppens gebeugt und putzte sich mit zwei Fingern die Zähne. Daru betrachtete ihn. «Komm», sagte er dann. Von dem Gefangenen gefolgt, betrat er sein Zimmer. Er zog eine Jagdjoppe über seinen Sweater und schlüpfte in seine Marschschuhe. Er wartete stehend, bis der Araber seinen Chèche wieder aufgesetzt und die Sandalen angezogen hatte. Sie gingen ins Schulzimmer hinüber, und der Lehrer wies auf die Tür. «Geh», sagte er. Der andere rührte sich nicht. «Ich komme», sagte Daru. Der Araber ging hinaus. Daru kehrte in sein Zimmer zurück, holte Zwieback, Datteln und Zucker und packte alles ein. Ehe er das Klassenzimmer verließ, stand er eine Sekunde zögernd vor seinem Schreibtisch, dann trat er über die Schwelle und schloß die

Schule hinter sich ab. «Hier durch», sagte er. Er schlug die Richtung nach Osten ein, und der Gefangene folgte ihm. Aber als sie ein kleines Stückchen von der Schule entfernt waren, glaubte Daru, ein leises Geräusch in seinem Rücken zu hören. Er kehrte um und machte einen Rundgang um das Haus: es war niemand da. Der Araber sah ihm zu, offensichtlich ohne zu begreifen. «Gehen wir», sagte Daru.

Sie marschierten eine Stunde und machten dann neben einer Felsnadel aus Kalkstein halt. Der Schnee schmolz immer rascher, die Sonne sog die Lachen allsogleich auf und säuberte mit unglaublicher Geschwindigkeit die ganze Hochebene, die nach und nach trocknete und wie die Luft zu vibrieren begann. Als sie sich wieder auf den Weg machten, hallte der Boden unter ihren Schritten. Von Zeit zu Zeit schwang sich ein Vogel mit lebensfrohem Schrei vor ihnen durch den Raum. Tiefatmend sog Daru das frische Licht in sich ein. Eine gewisse Berauschtheit stieg in ihm auf angesichts der gewaltigen, vertrauten Weite, die jetzt unter ihrer Haube blauen Himmels beinahe überall gelb gefärbt war. Sie marschierten wieder eine Stunde in südlicher Richtung und gelangten auf eine abgeflachte Anhöhe aus bröckeligem Fels. Von hier an senkte sich das Hochplateau gegen Osten in eine Tiefebene, in der man ein paar dürftige Bäume erkennen konnte, und südwärts einem Gewirr von Felsen entgegen, das der Landschaft ein zerrissenes Aussehen verlieh.

Daru blickte forschend in beide Richtungen. Man sah nur Himmel bis zum Horizont, kein menschliches Wesen zeigte sich. Er kehrte sich dem Araber zu, der ihn verständnislos anschaute. Daru streckte ihm ein Päckchen hin. «Nimm», sagte er. «Es sind Datteln, Brot und Zucker drin. Damit kannst du zwei Tage durchhalten. Und da hast du tausend Franc.» Der Araber nahm das Päckchen und das Geld, aber er hielt seine vollen Hände auf Brusthöhe, als wisse er nicht, was er mit diesen Gaben anfangen solle. «Jetzt paß auf», sagte der Lehrer und zeigte nach Osten, «das ist der Weg nach Tinguit. Du hast zwei Stunden zu gehen. In Tinguit befinden sich die Behörden und die Polizei. Sie erwarten dich.» Der Araber blickte nach Osten, er hielt Lebensmittel und Geld noch immer an sich gedrückt. Daru faßte ihn am Arm und zwang ihn unsanft zu einer Vierteldrehung nach Süden. Am Fuß der Anhöhe, auf der sie standen, konnte man einen kaum erkennbaren Weg ahnen. «Das ist die Piste, die über die Hochebene führt. In einem Tagesmarsch kommst du zu den Weiden und den ersten Nomaden. Sie werden dich aufnehmen und beschützen, wie ihr Gesetz es verlangt.» Der Araber hatte sich jetzt Daru zugewandt, und so etwas wie panische Angst erfüllte sein Gesicht. «Hör zu», sagte er. Daru schüttelte den Kopf. «Nein, schweig. Ich gehe jetzt.» Er kehrte ihm den Rücken und machte zwei große Schritte in Richtung auf die Schule, schaute den unbeweglich dastehenden Araber noch einmal mit unentschlossener Miene an und ging dann weiter. Ein paar Minuten lang hörte er nur seine eigenen Schritte, die hart auf der kalten Erde aufklangen, und wandte den Kopf nicht um. Nach einem Weilchen blickte er indessen zurück. Der Araber stand immer noch am Rand des Hügels, mit hängenden Armen jetzt, und schaute dem Lehrer nach. Daru spürte, wie seine Kehle sich zusammenschnürte. Aber er fluchte vor Ungeduld, winkte noch einmal und schritt weiter. Er war schon ein gutes Stück entfernt, als er wieder stehenblieb und zurückblickte. Der Hügel war leer.

Daru zauderte. Die Sonne stand jetzt ziemlich hoch und begann, seine Stirn zu zerstechen. Der Lehrer kehrte um, erst unschlüssig, dann voll Entschiedenheit. Als er die kleine Anhöhe erreichte, war er in Schweiß gebadet. Er hastete hinauf und blieb atemlos oben stehen. Die Felsenfelder im Süden zeichneten sich deutlich am blauen Himmel ab, aber über der Ebene im Osten erhoben sich bereits die Dunstschleier der Hitze. Und in diesem leichten Dunst entdeckte Daru mit beklommenem Herzen den Araber, der langsam dahinschritt auf dem Weg zum Gefängnis.

Ein wenig später stand der Lehrer am Fenster seines Klassenzimmers und schaute blicklos in das junge Licht hinaus, das sich stürmisch von der Höhe des Himmels über die ganze Weite des Hochplateaus ergoß. Hinter ihm auf der Wandtafel breiteten sich zwischen den Windungen der Ströme

Frankreichs die von ungelenker Hand mit Kreide geschriebenen Worte, die er eben gelesen hatte: «Du hast unseren Bruder ausgeliefert. Das wirst du büßen.» Daru sah den Himmel, die Hochebene und was sich unsichtbar dahinter bis zum Meer erstreckte. In diesem weiten Land, das er so sehr geliebt hatte, war er allein.

ROBERT WALSER

1878–1956

Dinerabend

Oh, in Gesellschaft zu gehen, das ist gar nicht so ohne. Man zieht sich so hübsch an, wie es einem die Verhältnisse, in denen man vegetiert, gestatten, und begibt sich an Ort und Stelle. Der Diener öffnet die gastliche Pforte. Gastliche Pforte? Ein etwas feuilletonistischer Ausdruck, aber ich liebe es, mich im Stil kleiner Tagesware zu bewegen. Ich gebe mit so viel Manier, als ich kann, Hut und Mantel ab, streiche mein ohnehin glattes Haar vor dem Spiegel noch ein wenig glätter, trete ein, stürze mich dicht vor die Herrin des Hauses, möchte ihr die Hand gleich küssen, gebe indessen diesen Gedanken auf und begnüge mich damit, eine vollendete (?) Verbeugung vor ihr zu machen. Vollendet oder nicht, vom geselligen Zug hingerissen, entfalte ich jetzt eine Menge Schwung und übe mich in den Tönen und Sitten, die zu den Lichtern und Blumen am besten zu passen scheinen. «Zum Essen, Kinder», ruft die Hausfrau aus. Schon will ich rennen, ich erinnere mich aber rasch, daß man so etwas nicht tun soll, und ich zwinge mich zu einer langsamen, ruhigen, stolzen, bescheidenen, gelassenen, geduldigen, lächelnden, flüsternden und schicklichen Gangart. Es geht vortrefflich. Entzückend sieht mir da wieder einmal die Tafel aus. Man setzt sich, mit und ohne Dame. Ich prüfe das Arrangement und nenne es im stillen ein schönes. Wäre noch schöner, wenn einer wie ich irgend etwas an der Dekoration auszusetzen hätte! Gottlob, ich bin bescheiden, ich danke, indem ich jetzt zugreife, zugable und messere und löffle und esse. Wunderbar schmecken einem gesunden Menschen solch zartsinnig zubereitete Speisen, und das Besteck, wie es glänzt, die Gläser, wie sie beinahe duften, die Blumen, wie sie freundlich grüßen und lispeln. Und jetzt lispelt auch schon meinerseits eine ziemlich ungenierte Unterhaltung. Nimmt mich bald einmal selber wunder, wo und wie ich's hernehme, dieses Weltbetragen, derart Essen zum Mund führen und dazwischen parlieren zu können. Wie doch die Gesichter purpurn anlaufen, je mehr Speisen und Weine dahergetragen werden. Schon könnte man satt sein, wenn man wollte, aber man will nicht, und zwar in erster Linie aus Schicklichkeitsgründen. Man hat weiter zu danken und weiter zu essen. Appetitlosigkeit ist eine Sünde an so reichbesetzten Tischen. Ich gieße immer mehr flüssige und leuchtende Laune in die allzeit, wie es scheint, durstige Kehle hinunter. Wie das anhumort! Jetzt schenkt der Diener auch noch aus dicken Flaschen schäumende Begeisterung ein, in Gläser, breitgeformte, in denen das holde Wasser wie in schönen Seebecken ruhen und glänzen kann. Und nun prosten alle, Damen und Herren, einander zu, ich mache es nach, ich geborner Nachahmer. Aber stützt sich denn nicht alles, was in der Gesellschaft taktvoll und lieblich ist, auf die fortlaufende Nachahmung? Nachahmer sind in der Regel glückliche Kerls, so ich. Ich bin in der Tat ganz glücklich, schicklich und unauffällig sein zu dürfen. Und jetzt erhebt sich der leichte Witz, die Zunge wird lose, das lachende Wort will jedesmal an die sorglose, süße Ungezogenheit streifen. Es lebe, es lebe! Wie dumm! Aber das Schöne und Reiche ist immer ein ganz klein wenig dumm. Es gibt Menschen, die plötzlich lachen müssen beim Küssen. Das Glück ist ein Kind, das «heute» wieder gottlob einmal nicht zur Schule zu gehen braucht. Immer wieder wird eingeschenkt, und das wie von unsichtbarer Geisterhand Eingegossene wird hinuntergeschüttet. Ich schütte geradezu unedel hinunter. Aber die silbernen Flügel hübschen Anstandes rauschen um mich und zwicken mich öfters mahnend an die Wangen. Hinwiederum verpflichten die Weine und die Schönheit der Frauen zu leisen, feinen Unverschämtheiten. Die Verzeihung dazu ist der Kirschkuchen, der jetzt galant serviert wird. Oh, ich freue mich über das alles, ich Proletarier, was ich bin. Mein Gesicht ist ein wahres, hochrotes Eßgesicht, aber essen Aristokraten etwa nicht auch? Es ist dumm, allzufein sein zu wollen. Die Eß- und Trinklust hat vielleicht einen ganz aparten feinen Ton des Umganges. Das Wohlbefinden bewegt sich möglicherweise noch am zartesten. Das sage ich so. Was?

Auch noch Käse? Und noch Obst und jetzt noch einmal einen See voll Sekt? Und nun steht man auf, um vorsichtig nach Zigarren angeln zu gehen. Man spaziert durch die Räume. Welche Weltsicherheit! In reizenden kleinen Nischen setzt man sich ungezwungen und eng neben die Damen nieder. Alsdann, um es nicht ganz zu verlernen, schritthüpft man zu den Likörtischen, um sich in Wolken von Genüssen von neuem einzuhüllen. Der Herr des Hauses scheint fröhlich. Das genügt, um sich wie sonnenbeschienen vorzukommen. Lässig und witzig redet man zum weiblichen Geschlecht, wenn man kann. Immer zündet man sich neue Zigarettenstangen an. Das Vergnügen, einen neuen Menschen kennenzulernen, tippt einen an die Stirne, kurz, es ist ein beständiges, gutes, dummes, behagliches Lachen um einen herum. Nichts kann mehr aufregend sein. Gewöhnt an das Schwelgen, bewegt man sich mit einer behäbigen Sicherheit und mit dem Mindestmaß an Formen im Glanz und im Menschenkranz einher, daß man leise und glücklich staunen muß, es im Leben so weit gebracht zu haben. Später sagt man gute Nacht, und dem Diener drückt man mit Gewicht sein in mancherlei Beziehung redlich verdientes Trinkgeld in die Hand.

HJALMAR SÖDERBERG

1869–1941

Die Abendeinladungen des Generalkonsuls

I Satan, Major und Hofprediger

Unser Gastgeber, der zuvorkommende Generalkonsul, hatte vor kurzem an sein Glas geklopft, bat, wir sollten uns willkommen fühlen, und seine Bitte stieß auf keinerlei Protest. Es sind solche Bitten, um die wir beten müssen, wenn wir auf Erhörung hoffen wollen. Der erste laue Bordeauxstrom glitt schon wie eine milde Liebkosung durch unsere Gaumen und vereinte sich mit zwei Sardinen in Öl und einem kleinen Glas Genever zu einem seltsamen Akkord, einem mystischen Präludium, bevor die eigentliche Symphonie sich in Größe und erhabenem Flug entfaltete. Unten, am Ende des Tisches, wo ich saß, hatten die Damen nicht ausgereicht. Auf der einen Seite hatte ich einen Hofprediger, auf der anderen einen Major. Aber ich weiß nicht, ob er ein richtiger Major war, denn als wir andern unsere Rotweingläser und unsere Blicke gegen die Mitte hin – dem Generalkonsul zu – hoben, ergriff er ein Wasserglas, und die Augen unter den barschen Brauen irrten aus dem Kreis hinaus zur Seite.

Der Hofprediger jedoch war ein richtiger Hofprediger; und wiewohl er wußte, daß ich ein Ungläubiger war, sprach er mit mir nicht über die ewigen Wahrheiten, sondern über den Rotwein.

«Der ist etwas ganz Besonderes», sagte er. «Ich bemerkte es sogleich. Und für mich ist es von allergrößtem Gewicht, daß der Rotwein gut ist, denn anderen wage ich nicht zu trinken.»

Und er fügte flüsternd hinzu: «Mit dem Magen hapert's.»

Ich nickte zustimmend und etwas zerstreut. Über den Tisch hinweg, zwischen Blumen und Kristallkaraffen, gewahrte ich ein Frauengesicht. Ihre Haut war blaß und ihre Lippen rot. Sie betrachtete mich, während sie am Weine nippte; jedenfalls kam es mir so vor. Und unter dem Glas streckte sie eine kleine grellrote Zungenspitze hervor und führte sie sachte zwischen den Lippen hin und her. Dieser Anblick war es, der mich nachdenklich und zerstreut machte.

Plötzlich hörte ich die Kommandostimme des Majors, die mich weckte: «Sind Sie bekehrt?»

«Ja», antwortete ich ohne Bedenken; denn ich ahnte, daß dies der einzige sichere Ausweg wäre, vom Tisch zu kommen, ohne bekehrt zu sein.

Der Major war leicht überrascht. Das hatte er nicht erwartet; ich sehe nicht aus, als wäre ich bekehrt. Er nahm einen Schluck Wasser und schwieg.

Ein Streichorchester spielte, hinter einem Vorhang versteckt, gedämpft einen spanischen Tanz.

Der Kopf des Hofpredigers, der wie eine reife

Frucht lose auf dem Stiel zu sitzen schien, rührte sich sachte im Takt der Musik.

«Es wohnt ein Gott in der Musik», sagte er.

Der Major starrte in sein Wasserglas, wie wenn er Erscheinungen hätte. Plötzlich erbleichte er und schob das Glas weg. Aber im nächsten Augenblick zog er es wieder zu sich heran und starrte mit zusammengepreßten Lippen hinein; danach schob er es zu mir hinüber.

«Seien Sie so gut und sagen Sie mir, ob Sie etwas sehen», bemerkte er.

Ich starrte meinerseits ins Glas, sah aber nur Kohlesäurebläschen gleich geretteten Seelen nach oben steigen.

Ich sagte ihm, daß ich nichts sehen könne.

«Es ist die Musik», murmelte er. «Satan selbst wohnt in dieser Musik.»

«Aber was erblicken Sie im Glas?» fragte ich.

«Sehen Sie die Dame dort drüben, jene, die dort sitzt und die Zunge herausstreckt? Die sehe ich im Glas. Und ich sehe sie ganz und gar nackt!»

«Darf ich noch einmal nachschauen?» fragte ich.

Und ich starrte sehr lange und ernsthaft ins Wasserglas hinein.

«Nein», sagte ich schließlich, «ich sehe nicht das geringste. Vielleicht sollten Sie ein Glas Wein trinken.»

Er goß sich einige Tropfen Wein ins Wasser, trank aber nicht, sondern starrte weiterhin in die nun schwach rotgefärbte Flüssigkeit.

«Nun ist es weg», sagte er zuletzt.

Er atmete tief aus und wischte sich den kalten Schweiß von der Stirn.

«Wenn sie nur aufhörte, ihre Zunge herauszustrecken!»

Ich betrachtete von neuem die Dame drüben zwischen den Blumen. Die kleine rote Zungenspitze schlich sich unaufhörlich zwischen den Lippen hervor, und gleichzeitig blickte sie oft in unsere Richtung. Ich bekam tatsächlich den Eindruck, sie wolle uns in Versuchung führen, oder zumindest einen von uns.

«Ach ja, Sie haben vielleicht recht», sagte der Major, «ich kann ebensogut Wein trinken, nachdem ich sehe, daß Satan überall zu treffen ist, auch im Wasser.» Und er goß sich ein Glas voll ein, trank mir zu und leerte es in einem Zug.

«Ja», fuhr er fort, «Satan trifft man überall. Es ist unmöglich, ihm zu entgehen, man muß ihn bei den Hörnern packen und versuchen, so gut man kann, ihm die Stirn zu bieten. Dieser Tage hatte ich dem König meine Aufwartung gemacht und ging heimzu, in voller Uniform, die Feder auf dem Tschako. Und ich muß sagen, daß ich dem Bösen bei jedem Schritt, den ich machte, begegnete, ja er begleitete mich den ganzen Weg. Als ich den Lejonbacken hinunterging, flüsterte er mir zu: ‹Feiff› sagte er, ‹dort geht der Kriegsminister, genau vor dir. Der ist bestimmt zu dick, um durch jenes Nadelöhr zu kommen, du weißt schon. Du solltest zu ihm hin und mit ihm über seine Seele sprechen. Wer weiß, es kann immer eine Saat werden, die Segen bringt.› Aber ich verstand gleich, daß es der Satan war, und hütete mich, ihm zu gehorchen.»

«Verzeihung», fragte ich, «aber wie konnten Sie wissen, daß es der Satan war, der so sprach?»

«Ja, das kann ich Ihnen sagen; ich wußte im Innersten, daß ich über den Kriegsminister erzürnt war, weil er während der ganzen Audienz vor mir gestanden und mich verdeckt hatte, so daß der König mich kaum sehen konnte. Da nun der Geist, der mir eingab, mit ihm zu sprechen, davon ausging, daß er so dick war, begriff ich natürlich, daß es der Teufel war, der mich durch meine Eifersucht in Versuchung führte.»

Ich hatte nichts einzuwenden.

Der Major fuhr fort: «So kam ich zur Nordbrücke hinunter. Dort stieß ich auf zwei Mädchen, von jener Sorte, Sie verstehen ... Sie machten mir schöne Augen, als ich vorbeiging, und züngelten, genau wie die Dame dort drüben. Da hörte ich den Satan zum zweiten Mal mir zureden: ‹Feiff›, sagte er, ‹du darfst nicht säumen, du mußt mit diesen zwei Mädchen sprechen und sie zu bekehren suchen.› Und diesmal sprach Satan wirklich wie Gott selbst, so daß ich mitten auf der Nordbrücke stehenblieb und mich nach den Mädchen umwandte, in voller Paradeuniform; und auch die Mädchen drehten sich um und streckten die Zunge heraus. Verstehen Sie, nur ein klein wenig; nicht so, wie wenn ein Straßenjunge die Zunge herausstreckt, sondern nur eine kleine rote Spitze zwischen den Lippen, ganz genau wie die Dame dort drüben. ‹Na Feiff›, redete mir der Satan zu, ‹du wirst doch zu ihnen hingehen? Fürchtest du vielleicht, das könnte sich schlecht machen? Bist du feige, alter Feiff?› Ich zögerte und lauschte auf etwas, das den Entscheid geben würde, wie ich zu handeln hätte. Und denk nur, da stellte es der Teufel noch listiger an als vorher und sagte zu mir: ‹Du kannst ruhig mit den Mädchen sprechen, Feiff; du brauchst nicht zu fürchten, daß es falsch gedeutet werden kann. Du bist allgemein als religiöser und ernsthafter Mensch bekannt; wenn du Lust hast, kannst du sogar mit den Mädchen etwas scherzen, und trotzdem werden alle Menschen glauben, du seist im Begriff, sie zu bekehren.› Diesmal war er deutlich, würde ich meinen, nicht wahr?»

«Ja», antwortete ich, «dieses Mal war er wirklich deutlich. Ich glaube, sogar ich selbst hätte ihn erkennen können, wäre es mir widerfahren.»

Der Major fuhr fort: «Ich ging über den Gustav-Adolf-Platz. Die Sonne schien, und die Leute schauten auf mich. Und der Satan flüsterte mir zu, daß ich doch noch ein stattlicher Kerl sei mit meiner weißen Feder und meinen sechzig Jahren. Na ja, solchen Mist schwatzt er in einem fort, damit befasse ich mich nicht. Dann kam ich in die Arsenalsgata. Dort begegnete ich einem alten Weib, einer richtigen Vettel. Sie verneigte sich vor mir, so tief sie konnte, und sagte: ‹Guter Herr General, gib einer armen Säuferin eine kleine Münze für einen Schnaps!› Ohne zu überlegen, was ich tat, und ohne nachzuforschen, was der Teufel gesagt haben könnte, nahm ich ein Fünfundzwanzig-Öre-Stück aus der Tasche und gab es ihr. Aber kaum hatte ich es ihr gegeben, wußte ich schon, daß es eine von Satans Taten gewesen war. Was hatte ich getan? Beurteilen Sie selber: Ich begegne einem alten Weib, das mich um eine Münze bittet. Weil das Wetter schön ist, die Sonne auf meine Uniform und meine Orden scheint und die Alte mich General nennt, obschon ich nur Major in der Reserve bin, bekommt sie die Münze. Habe ich nun eine gute Tat getan? Weit gefehlt; die Alte wird die Münze vertrinken – sie hatte es auch selbst gesagt, obschon ich es erst später beachtete. Sie wird durch die Münze weder besser noch glücklicher; sie wird schlechter und unglücklicher, als sie vorher war. ‹Ach, pfeif drauf›, hörte ich jetzt den Satan mir ins Ohr flüstern, ‹das Weib ist auf jeden Fall so weit herabgekommen, wie sie nur kann, und dein Geldstück bringt ihr weder Schaden noch Nutzen.› Aber ich hörte nicht auf ihn. Ich trat auf den anderen Gehsteig hinüber und blieb dort stehen, um nachzusehen, was die Alte vorhatte. Sie blieb beim Eingang zur Handelsbank stehen und bettelte. Ich ging hin und her und überlegte, was ich tun sollte. Ich konnte ja nicht zu ihr hin und sie bitten, mir die Münze zurückzugeben. Aber ich konnte es auch nicht vor mir selbst rechtfertigen, sie weggehen und das Geld versaufen zu lassen. Was sollte ich tun? Ich glaube, ich ging dort gegen eine Stunde umher und schaute nach der Alten aus. Endlich rührte sie sich, sie ging die Straße hinaus dem Jakobsplatz zu, dann bog sie um die Ecke in die Trädgårdsgata, und ich folgte ihr. Ich hatte sie bald eingeholt und begann, mit ihr über ihre Seele zu sprechen. Aber ihre Sprache war ebenso schwankend wie ihr Gang, und sie sehnte sich nur danach, in eine Schenke hineinzukommen. Ich versuchte so mit ihr zu reden, daß sie mich verstehen konnte, und ich scheute mich nicht einmal davor, das Himmelreich mit einer außerordentlich großen und herrlichen Schenke zu vergleichen. Aber ich befürchte, sie verstand mich trotzdem nicht; ich glaube, daß sie kleine dunkle Schenken vorzog. Ich begann, die ganze Geschichte satt zu kriegen, und der Satan flüsterte mir schon zu: ‹Feiff›, sagte er, ‹geh weg von der Alten! Dort drüben kommen ein paar Offiziere, und sie lachen schon über dich!› Aber ich ging mit der Alten weiter; die Offiziere begegneten mir und grüßten; ich grüßte zurück, und sie lachten nicht. ‹Feiff›, sagte der Satan, ‹du kannst mit der Alten wenigstens in einen Hauseingang gehen; es sieht ja so aus, wie wenn du aufschneiden möchtest mit deiner Wohltätigkeit und deiner Gleichgültigkeit dem gegenüber, was die Leute sagen werden.› Aber ich hörte nicht auf ihn. Ich nahm die Alte mit mir nach Hause und bot ihr Kaffee an, und beim Kaffee wurde sie nüchtern, so daß man mit ihr sprechen konnte. Und nun ist sie in der Heilsarmee und trinkt nicht mehr, sondern preist Gott.»

Ich hörte ernst zu, während ich an meinem Wein nippte. Aber von der anderen Seite fühlte ich, wie der Hofprediger sachte an meinem Ärmel zupfte; und als ich mich ihm zuwandte, legte er die Hand vor den Mund und flüsterte: «Der ist nicht ganz bei Verstand!»

«Es kommt darauf an, was man unter Verstand versteht», antwortete ich. «Jedenfalls bin ich überzeugt, daß Sie, Herr Hofprediger, verständiger sind.»

Der Hofprediger sah mir freundlich in die Augen, mit einem Blick, der vom Wein schon leicht verschwommen war, und sagte: «Ich weiß, daß wir in manchem unterschiedliche Ansichten haben. Aber was die sogenannte freireligiöse Bewegung betrifft, glaube ich doch, daß wir derselben Meinung sind, nicht wahr?»

«Ja», antwortete ich, «ich bin überzeugt, daß wir in diesem Fall dieselbe Meinung haben. Ich mag die Freimichler auch nicht. Aber andererseits kann man natürlich nicht leugnen, daß die sogenannten Freimichler in unserer Zeit die einzige Entsprechung zu den ersten Christen sind. Nicht wahr, Herr Hofprediger?»

«Ja», antwortete er zuvorkommend, «ja, natürlich... Natürl...» Er unterbrach sich plötzlich und starrte geradeaus vor sich hin in die Luft. Er war ein rechter Hofprediger, und er war es gewohnt, in ungefähr allem etwa gleicher Meinung zu sein. Wenn er mit seinem Gott sprach, bemühte er sich bestimmt, sich für ihn so gefällig zu machen wie nur möglich, und wenn er den Teufel in einem Hauseingang getroffen hätte, würde er nicht versäumt haben, zu versuchen, auch auf ihn einen sympathischen Eindruck zu machen.

Aber es ist möglich, daß der Schluß ihm diesmal etwas bedenklich erschien. Immerhin ist es nicht sicher. Es ist auch möglich, daß er die Dame entdeckt hatte, die die Zunge herausstreckte, und daß er sich deshalb unterbrach und begann, in die Luft zu starren.

II Nach dem Abendessen

Das grüne Kabinett lag in Halbdämmerung zwischen dem Salon, der von elektrischem Lichte sprühte, und dem dunklen Rauchzimmer, wo nur eine einzige grüne Lampe auf der heruntergeklappten Lade des Sekretärs brannte. Im Salon sang ein distinguierter Opernsänger «Quando cadran le foglie». Im Rauchzimmer saß in einem kleinen intimen Kreis von Männern der Hausherr beim Schreibtisch, dessen blankes Mahagoni das grüne Dreieck des Lampenschirms widerspiegelte, und zeigte seine berühmte Sammlung von Photographien nach der Natur, aus welcher hervorzugehen schien, daß die Natur zeitweilig unnatürlich ist.

Unterhaltung im Kabinett
Radierung
von Daniel Chodowiecki

Im Kabinett saß ein blasser Herr und flüsterte in einem Winkel mit einer Dame in Rot, auf dem Sofa thronten drei alte Frauen und nickten, und in einem goldgerahmten Fauteuil schlummerte ein kleiner, dünner und weißhaariger Professor, der seit einem Mannesalter emeritiert war. Durch die halboffenen Balkontüren strömte die Februarluft herein, kühl und doch unnatürlich lau, und in der Türöffnung stand ein weißgekleidetes junges Mädchen.

Die Gastgeberin ging durch das Zimmer. «Sie frieren hoffentlich nicht?» sagte sie. «Sie sind bejahrt, Herr Professor – haben Sie jemals anfangs Februar ein solches Wetter erlebt?»

«Meine Gnädige» – der alte Mann hob etwas den einen Augendeckel, der andere war lahm –, «ich kann mich so schlecht an das Wetter entsinnen. Ich habe keine Erinnerung an das Wetter in früheren Zeiten, wenn es nicht mit einer bestimmten Ideenassoziation verbunden ist. Das Jahr 48 zum Beispiel. Ich erinnere mich sehr genau, wie das Wetter am Tag des Ausbruchs der Februarrevolution war – wie mild man die Luft empfand und wie die Sonne die Häuserreihe auf der anderen Straßenseite beleuchtete. Ich saß vor einem Café am Boulevard des Capucines...»

«Mein lieber Freund» – die Gastgeberin streckte eine gerümpfte Nase ins Herrenzimmer –, «du machst dich mit deinen unanständigen Photographien lächerlich. Ach, Musik, Musik! Gibt es etwas in der Welt, das man mit Musik vergleichen kann, Herr Professor?»

«Ich weiß es nicht. Doch, vielleicht – die Quelle selbst, aus der sie fließt. Die gemeinsame Quelle des schönen Gesangs jenes Herrn und der häßlichen Photographien Ihres Mannes.»

Der Mund der Generalkonsulin lächelte noch immer ebenso höflich, aber ihre Augen starrten, als blicke sie auf einen Toren. Als der Professor es bemerkte, senkte er auch den einen Augendeckel. «Die Liebe, meine Dame.»

«Die Schweden», fügte er hinzu, «sind bekannt dafür, daß sie die Musik lieben und Gedanken hassen. Ich selber bin leider unmusikalisch.»

Ein Herr mit Glatze kam vom Eingang her. Er war ein berühmter Politiker und Mitglied der Ersten Kammer.

«Na, etwas Neues aus dem Reichstag?» fragte die Hausherrin.

«Große Neuigkeiten, kleine Kusine... Die Welt macht Fortschritte, es ist eine Freude zuzuschauen. Nach unserem Beschluß von heute sind wir so weit gekommen, daß wir uns alle jederzeit erhängen können und trotzdem ein ehrliches Begräbnis kriegen. Kann man der Versuchung widerstehen?»

Der Hausherr kam durch die Türöffnung und reichte dem Senator die Hand. «Na, und die Diskussion? Hatte die Pointen?»

«Kaum. Die Minderheit sammelte sich unter der Parole ‹Sache der Kirche›. Hin und wieder war einer dem Heulen nahe. Aber der Bischof zitterte vor Wut, als er die Sache der Kirche auslegen sollte. Er hat ein ungestümes Temperament, der Bischof.»

Die drei alten Frauen blickten verwirrt und erschrocken um sich.

«Ist es wirklich möglich», sagte die mittlere, «daß die Erste Kammer Selbstmörder verteidigt?»

«Ach, weit gefehlt... In der Kammer stimmt man natürlich darin überein, daß Selbstmord immer unmoralisch ist. Das hat auch der Justizminister betont.»

«Dem Bischof», meinte der alte Professor, «scheint der Sinn für Geschichte abzugehen. Die Theorie, daß die Kirche ihre Sorge über den Selbstmord durch ein Begräbnis in Stille ausdrückt, ist ganz und gar unhistorisch. In früheren Zeiten sagte die Kirche zu der trauernden Witwe: ‹Dein Mann ist in der Hölle; gehorche mir, sonst kommst auch du dorthin!› Das sagte sie immer, solange sie konnte und wagte und ihr erlaubt war, so zu sprechen. Und sie würde heute noch dasselbe wiederholen, wenn es auf sie ankäme. Aber das waren die Wohlstandstage der Kirche, als sie es sich leisten konnte, aufrichtig zu sein. Jetzt muß sie eben versuchen, ihrer Zeit zu folgen. Ja ja, das kann für uns Alte zuweilen schwer sein.»

«Oh, Herr Professor» – die Gastgeberin lächelte liebenswürdig –, «Sie scheinen sich jedenfalls an der Spitze zu halten, trotz Ihrer Jahre.»

«Ich habe ja nichts zu tun», sagte der Professor. «Deshalb habe ich Zeit zu denken. Und wenn ich in der Kammer gewesen wäre, ich glaube, ich hätte um der Kuriosität willen eine kleine Verteidigungsrede für den Selbstmord gehalten.»

Das junge Mädchen in Weiß wandte sich verwundert zurück. «Um der Kuriosität willen? Großvater – du meinst doch nicht immer, was du sagst?»

«Doch, mein Kind. Aber es gibt Ansichten, bei denen es nicht die Mühe lohnt, sie anders denn als Kuriositäten vorzutragen.»

«Aber lieber, kleiner Professor» – die Augen der Hausherrin hatten wieder diesen starren Ausdruck bekommen, vor dem der alte Herr die Augen senkte –, «Sie meinen aber doch nicht, daß wir hingehen und uns das Leben nehmen sollten?»

«Nein, meine Dame, nicht wir – jedenfalls nicht Sie. Ich halte mich an die Selbstmorde, die tatsächlich begangen werden. Und ich meine, daß die allermeisten Selbstmorde relativ gute und richtige Handlungen sind. Ich meine, daß der Selbstmord fast immer die beste Handlung ist, die die betreffende Person unter den und den gegebenen Umständen begehen kann, und daß es in der Regel weit verbrecherischer von ihr wäre, weiterzuleben. Denn die Natur hat vorgesorgt, unseren Willen so lange auf die Bewahrung des Lebens zu richten, als es für uns selbst oder andere noch den geringsten Wert haben kann, und oft viel, viel länger. Und es kommt doch letztlich niemandem als dem Individuum selbst zu, die Frage zu entscheiden, ob es leben oder sterben müsse. Im alten Massilia gab es ein eigenartiges Gesetz: Jeder, der sterben wollte, mußte vor dem Senat die Gründe für seinen Wunsch anführen, und wenn der Senat seine Gründe ausreichend fand, gab er ihm ein schmerzlos tötendes Gift – Schierling, glaube ich, hieß es. Selbstmordversuch auf andere Weise war unter Todesstrafe verboten. Nun, was der Senat mit der Sache zu tun hatte, ist unbegreiflich; aber das Gift war gut. Die Wahrheit ist, daß nur in einigen äußerst seltenen Ausnahmefällen der Staat oder eine Gruppe einzelner in Wirklichkeit an einem Selbstmord leiden – wenn man das glaubt, so deshalb, weil man die Handlungsweise, die gewöhnlich zum Selbstmord führt, mit der Handlung selbst verwechselt und das oft sehr berechtigte Urteil über das Leben des Selbstmörders gegen ein ganz unberechtigtes Urteil über seinen Tod vertauscht. Es ist leicht zu sagen: er hätte sich bessern, ein neues Leben beginnen sollen, sühnen, wogegen er verstoßen hat. Aber das ist in der Regel unmöglich. Für einen Mann, der zum Beispiel aus einer Kasse gestohlen hat und sieht, daß es entdeckt werden muß, ist es ganz und gar unmöglich. Er kann weder für seine Familie sorgen noch seine Schuld bezahlen, indem er im Gefängnis sitzt, und wenn er herauskommt, wird er für seine Nächsten eine Bürde statt eine Stütze. Er tut recht, wenn er sich umbringt, und wenn er einen letzten Rest von Anständigkeit hat, tut er es.

Und in tausend anderen Fällen ist es ebenso unmöglich, dieses ‹neue Leben› zu erreichen. Wer sterben will, ist immer krank, mag es der Körper, der Verstand oder Wille und Charakter sein. Und wenn der Wille zu sterben über den Willen zum Leben siegt, so deshalb, weil die Krankheit eine tödliche Krankheit war. Dann ist es sein Recht, zu sterben. Es kann auch seine Pflicht sein. Seine Pflicht gegenüber dem Leben und den Lebenden.»

Es war still im Raum. Langsam war allen klargeworden, daß es dem alten Herrn ernst war.

«Ja» – der Senator stand, den Rücken gegen den Ofen gewandt und die Hand in der weißen Weste –, «ja, vom rein heidnischen Standpunkt her gebe ich zu, daß ich nichts gegen die Ausführungen des Herrn Professors einzuwenden finde. Aber Sie vergessen, Herr Professor, daß wir in einer christlichen Gesellschaft leben.»

«Man hat Grund, dies zu bezweifeln», antwortete der Professor mit einem kleinen Lächeln, wodurch eine Reihe ausgesucht schöner künstlicher Zähne zum Vorschein kam. «Aber ich will im übrigen gerne auf die Fiktion eingehen. Und ich erlaube mir, daran zu erinnern, daß das abergläubische Grauen, womit der Volksglaube den Selbstmord betrachtet, überhaupt keine Begründung hat, weder in jenem Christentum, das Christus lehrte, noch in demjenigen, das heute in unseren Kirchen gepredigt wird. Es beruht allein auf einer ganz besonderen und sehr kuriosen Religionsbetrachtung, die heutzutage von allen Gebildeten und den meisten Ungebildeten aufgegeben worden ist – ja, fast vergessen ist: diejenige nämlich, daß das Schicksal eines Menschen im anderen Leben wesentlich auf seinem mehr oder weniger aufbauenden Sterben beruhe.»

«Nein, wie eigenartig» – die alten Frauen auf dem Sofa schrien im Chor –, «jedenfalls steht es im Katechismus, daß Selbstmord...»

«Ja», sagte der Professor, «es wäre tatsächlich gut, wenn wir einen Katechismus zur Hand hätten. Ich kann ja die Bibel nicht auswendig, aber wenn es wirklich irgendwo eine Bibelstelle gibt, die ausdrücklich den Selbstmord verurteilt, so findet man sie sicher im Katechismus. Herr Generalkonsul, Sie haben nicht vielleicht einen Katechismus in Ihrer Bibliothek?»

Der Gastgeber, der höfliche Generalkonsul, drückte sofort auf einen Knopf an der Wand. Eine hübsche Dienerin in schwarzem Kleid und weißem Spitzenschürzchen erschien in der Türöffnung.

«Hanna, seien Sie so gut, gehen Sie in die Buchhandlung an der Ecke und kaufen Sie ein Exemplar von Dr. Martin Luthers kleinem Katechismus.»

«Tja», sagte der alte Bankdirektor Israel, der sich endlich als letzter von des Generalkonsuls Photographien losgerissen hatte, «tja, Verzeihung, ich bin ja nun nicht besonders zu Hause in der Religion der Herrschaften. Aber ich glaube darüber Auskunft geben zu können, daß Jahve zumindest vor dem

Anfang der christlichen Zeitrechnung den Selbstmord kaum als ein besonders schlimmes Verbrechen betrachtete. Höchstens als eine Dummheit. Unter all den Geboten und Vorschriften, die Jahve meinem Volk gegeben hat, kann ich mich nicht an ein einziges Wort über den Selbstmord erinnern oder darüber, wie ein Selbstmörder begraben werden soll oder etwas dergleichen. Er fand es vermutlich überflüssig. Er wußte, daß er den Menschenkindern eine solche Liebe zum Leben eingegeben hatte, daß sie keine Eile haben, sich dessen zu berauben. Es wäre auch nicht Jahves Art, einen Mann, welcher sich beim Diebstahl aus einer Kasse hat ertappen lassen, zwingen zu wollen, die Erde weiterhin mit seiner Gegenwart zu verunreinigen. Außerdem hatte er ja auch keine Hölle zu seiner Verfügung. Er kannte keine schwerere Strafe als den Tod. Deshalb war er sicher machtlos gegenüber Selbstmördern.»

«Aber nun zu etwas anderem, währenddem wir auf Herrn Luthers Katechismus warten» – der Bankdirektor ließ sich in der Ecke neben der Dame in Rot nieder und wandte sich an sie –, «ist es wirklich wahr, daß man in Ihrer Kirche Gott dankt, wenn jemand gestorben ist? Wenn ein Familienversorger in seinen besten Jahren stirbt – dankt da der Pastor Gott im Namen der Witwe und der Kinder und in dem der Kirchgemeinde?»

«Ich weiß es nicht», antwortete die rote Dame. «Ich gehe niemals zur Kirche. Und wenn ich an einem Begräbnis war, hatte ich anderes zu tun, als dem Pastor zuzuhören.»

«Doch», sagte das junge Mädchen in Weiß, «doch, es ist wahr.»

«Oh... Und die Gemeinde nimmt daran keinen Anstoß?»

«Doch. Die wenigen, die es sich genauer überlegen.»

«Das ist aber eigenartig. Hiob war ein frommer Mann; der frömmste zu seiner Zeit. Er sagte: ‹Der Herr hat es gegeben und der Herr hat es genommen, gesegnet sei der Name des Herrn.› Aber ich glaube nicht, daß es ihm damit ernst war. Und es ist außerdem ein sehr langer Schritt von dieser Aussage zum ausdrücklichen Dank für einen solchen Schlag.»

«Aber eigentlich», sagte das junge Mädchen in Weiß, «ist es gewiß im Namen des Toten und nicht in demjenigen der Hinterbliebenen, daß der Pastor Gott dankt.»

«Tja... Na ja, auf diese Weise... Aber der Tote sollte selbst die beste Gelegenheit haben, zu beurteilen, ob er für etwas zu danken hat.»

Die Jungfer kam mit dem Katechismus herein. «Bitte schön», sagte sie, «aber sie hatten Luthers Katechismus nicht, sie hatten nur den von Mazér.»

Und sie reichte ein kleines Buch, das mit seiner weißen Etikette auf dem Deckel am ehesten einem Notizbuch glich. Auf der Etikette stand: «Mazérs Katechismus».

Der Professor nahm es, öffnete es und musterte es verwundert.

«Doch», fuhr er fort, nachdem er etwas im Buch geblättert hatte, «doch, hier gibt es tatsächlich einen kleinen Bibelspruch gegen den Selbstmord: ‹Tue dir kein Leid an!›»

Er saß einen Augenblick stumm, wie wenn er in seinem Gedächtnis nach etwas suchte.

«Nein, nicht möglich», rief er schließlich aus. «Das ist großartig! Das ist fast zu stark! Aber Herr Mazér ist unschuldig, ich erinnere mich nun sehr gut, daß dieser Spruch in meiner Kindheit an derselben Stelle stand. Wissen Sie, wie der Zusammenhang ist, meine Herrschaften? Das sind doch Paulus' Worte an den Kerkermeister Silas, als er in Philippi im Gefängnis saß. Als der Kerkermeister erwachte, sah er, daß die Tür weit offen stand – gewiß war es ein Engel, der sie geöffnet hatte –, und da glaubte er natürlich, die Gefangenen seien putz weg*. Der Mann machte Miene, sich aus Verzweiflung zu töten, aber da sagte Paulus: ‹Tue dir kein Leid an, denn wir sind alle hier!› Und das nun figuriert im Katechismus als ein Verbot gegen den Selbstmord im allgemeinen – offensichtlich das einzige, was man in der ganzen dicken Bibel hat aufspüren können!»

Die Betroffenheit war allgemein. Die alten Frauen sagten, daß der Katechismus unrichtig sei.

---

* Deutsch im Original

Das junge Mädchen in Weiß, das erst vor kurzem konfirmiert worden war, rief: «Lieber Großvater, gib mir den Katechismus!»

Und als sie ihn erhalten hatte, nahm sie ihn und warf ihn mit einer Bewegung unendlich sanften Behagens aus dem offenen Balkonfenster auf die Straße hinunter.

«Hu, es beginnt hier drin nun doch kalt zu werden», sagte die Gastgeberin und schloß das Balkonfenster.

«Na» – es war die tiefe und sonore Stimme des distinguierten jungen Opernsängers –, «es bleibt aber doch immer eine *Feigheit,* sich das Leben zu nehmen.»

Die alten Damen im Sofa fuhren mit Entzücken auf: «Ja, Gott, was es doch feige ist, sich das Leben zu nehmen!»

«Tja», sagte Bankdirektor Israel, «tja, deshalb müssen wir auch schon in der Schule als abschreckende Beispiele über die feige Lukretia lesen, über den erbärmlichen Schwächling Hannibal und den alten, furchtsamen Tropf Cato – kurz gesagt, über alle, die zu feige waren, dem Leben ins Auge zu blicken, und sich hinterlistig aus dem Staube machten.»

«Ja», fiel die rote Dame ein, «um nicht von Judas Ischariot zu reden, der feige hinging und sich erhängte, obschon er sehr gut für seine Silberlinge einen Acker hätte kaufen und durch ein achtbares Leben sein Verbrechen hätte sühnen können.»

Der distinguierte junge Opernsänger hatte nicht gerade solche Auslegungen erwartet, er glitt in ein anderes Zimmer hinüber, eine Arie aus «Bajazzo» summend.

«Na», sagte der alte Professor, «es ist natürlich wahr, daß es vielleicht keines besonders übermenschlichen Mutes bedarf, sich das Leben zu nehmen. Jedenfalls *kann* man sich Fälle denken, wo es mutiger ist zu leben, obschon die Versuchung naheliegt, zu sterben. Aber so viel sehen wir doch mit unseren Augen, daß der Mut, den es braucht, um ein elendes und sinnloses Leben fortzusetzen, unendlich verbreiteter ist und viel häufiger vorkommt als der Mut, den man benötigt, um zu sterben.»

Der alte Herr hatte die Augen geschlossen, während er sprach, und er gab nicht acht darauf, daß einer nach dem anderen das unbehagliche Thema satt bekam und sich in die anderen Räume verzog.

Zuletzt war das junge Mädchen in Weiß noch allein dort.

«Großvater», sagte sie, «du hast viele eigenartige Ideen. Es ist nur schade, daß es unter ihnen etliche gibt, die richtig sind und die das Leben der Menschen größer und freier würden machen können, wenn sie sie ernst nähmen. Aber wenn sie Ernst riechen, gehen sie ihrer Wege.»

An diesem Abend waren nur wenige von den engsten Bekannten beim Generalkonsul, und sowohl die Damen wie die Herren hatten sich in das Zwielicht des Rauchzimmers zurückgezogen und um die grüne Lampe versammelt. Im Kachelofen glühten die Reste eines Feuers, denn es war plötzlich wieder kalt geworden. Auf dem runden Mahagonitisch vor dem langen, altmodischen Sofa standen noch der Kaffee und der Curaçao. Man saß da, plauderte in aller Ruhe unter Verwandten und hatte es so richtig gemütlich, und Fräulein Henriette, die Schwester des Generalkonsuls, wollte gerne wissen, ob es wahr sei, daß der Hofprediger Marstrand sich von seiner Frau scheiden lasse.

«Liebe Henriette», sagte die Generalkonsulin, «das möchtest du schon seit fünf Jahren wissen.»

Auch jetzt gab es niemanden, der sicheren Bescheid geben konnte, und das Thema versickerte. Hanna, die Hausjungfer, kam mit den Whiskys der Herren auf einem Tablett herein und stellte es auf die Klappe des Sekretärs. Sie war etwas blaß, die Augen hatten rote Ränder.

«Was ist mit Hanna los», fragte der Kammerherr von Pestel, einer der siebenundzwanzig Vettern der Generalkonsulin, «sie schaute nicht gerade fröhlich drein?»

«Ja, das arme Mädchen», meinte der Gastgeber, «es ist ihr ein Malheur widerfahren, und nun muß sie in einiger Zeit weggehen. Oder zumindest für einige Monate beurlaubt werden. Wir nehmen sie gern zurück, wenn die Katastrophe vorüber ist; meine Frau hat sie liebgewonnen.»

«Na, das ist wirklich sehr freundlich von euch», sagte Fräulein Henriette. «Aber was kann man auch heutzutage von einem armen Dienstmädchen erwarten, wenn eine Prinzessin von Mann und Kindern wegläuft.»

«Liebe Henriette» – der Generalkonsul bot seiner Schwester eine Zigarre an –, «ich glaube nicht, daß die Kronprinzessin von Sachsen in dieser Sache irgendeine Schuld trifft, was sie auch sonst immer verbrochen haben mag. Ihr Skandal ist ja kaum älter als ein paar Monate, und Hannas Fehltritt ist notwendigerweise von etwas früherem Datum. Übrigens hat sie schon einmal einen kleinen Jungen gehabt. Aber der ist damals glücklicherweise gestorben.»

«Ach ja» – Fräulein Henriette biß, ohne auf das Zigarrenmesser zu warten, mit ihren wohlerhaltenen Schneidezähnen die Zigarre ab –, «ach ja, es ist recht eigenartig mit den Dienstmädchen. Und am allermerkwürdigsten ist es, daß es oft gerade die richtig netten Mädchen sind. Das ist vollkommen unbegreiflich. Sie müssen anders beschaffen sein als wir», fügte sie hinzu. «Ich kann es mir nicht anders vorstellen.»

Der Generalkonsul hustete trocken.

«Die Menschen müssen sich auf jeden Fall amüsieren. Und arme Leute haben kaum andere Vergnügen.»

«Hanna zum Beispiel», sagte Doktor Markel von seiner Ofenecke her, «hat ja nicht die Gelegenheit, nach dem Kaffee ihren kleinen Likör zu trinken und dazu eine Henry Clay zu rauchen wie du, Henriette.»

«Ja» – Fräulein Henriette blies mit voll bewahrter Sinnesruhe einen Rauchschwall aus –, «ja, das kann wohl wahr sein. Um so unverzeihlicher ist es da, wenn es jemand aus den bessergestellten Schichten betrifft. Und wie eine Prinzessin, die alles hat, was das Leben einem Menschen bieten kann, sich so tief zu erniedrigen vermag, das übersteigt meinen Verstand.»

Kammerherr von Pestel schüttelte bedenklich sein schönes graues Haupt.

«Liebe Henriette, erlaube mir eine kleine Anmerkung als Fachmann. Du sagst, daß eine Prinzessin alles hat, was sie sich wünschen kann. Na, es ist gewiß nicht meine Absicht, mit dem alten Lied vom Kummer, der in den Sälen des Palastes wohnt, zu kommen. Das kann auch wahr sein, ändert aber nichts daran, daß es doch im großen ganzen eine sehr behagliche Lebensstellung ist, Prinz zu sein, und wenn ein Prinz dies verneint, wie dies ja manchmal geschieht und wie ich es das eine oder andere Mal selbst gehört habe, so beruht es zumeist auf seiner Unkenntnis vom Leben der anderen – vom Leben dort unten. Aber mit den weiblichen

Mitgliedern von Fürstenhäusern ist es eine ganz andere Sache. Sie haben keinerlei Grund, beneidet zu werden. Es gibt zwei Sorten von Menschen, um die es mir mehr leid tut als um andere: Prinzessinnen und Droschkenkutscher.»

«Aber lieber Karl» – die Gastgeberin zuckte vor Schreck zusammen –, «was für ein Vergleich!»

«Ja», sprach der Kammerherr weiter, «es ist wirklich ein Vergleich. Der Droschkenkutscher fährt Abend für Abend herum mit Menschen in Feststimmung, zu Abendessen und Soupers, Theatern, Restaurants, er sitzt draußen in Regen und Schnee – immer draußen – und friert und starrt auf geschlossene Tore und erhellte Fenster – hört zuweilen einige Walzertakte eines Klaviers oder das Brausen eines Orchesters. Immer draußen. Die Prinzessin, sie ist drinnen und sehnt sich hinaus. Nun, ich meine natürlich nicht alle – unter Fürstinnen gibt es, wie unter anderen Frauen, viele verschiedene Sorten; es gibt kleine und unbedeutende Naturen, die ihr Vergnügen finden an Hoffart und Wohltätigkeit und von derartigem befriedigt sind, und es gibt ja auch viele, die in der Religion Trost suchen. Das letztere deutet, wie bekannt, nicht eben auf Glück. Aber am schlimmsten ist es für solche, die etwas über dem Durchschnitt sind, so daß bei ihnen die Dressur nicht recht anschlägt. Diesen gilt mein Mitleid. Sie werden immer unglücklich. Besonders wenn sie etwas stärkere Bedürfnisse für das sogenannte Herz haben. Ja, es gibt natürlich

Ausnahmefälle, wo auch das Herz zu seinem Recht kommt – einen solchen haben wir eben in unserem geliebten Königshaus vor Augen –, aber diese Fälle sind selten.»

«Ja», fiel Markel ein, «das ist auch weniger verwunderlich, wenn man sich daran erinnert, daß die Ehen dort oben in den Höhen in der Regel nach einer Methode geschlossen werden, die in vielem an die der Herrnhuter erinnert. Bei ihnen nämlich ordnete man die Sache, zumindest in den ältesten Gemeinden, indem man das Los zog. Und das hat seine ganz logische Erklärung darin, daß man der Meinung war, die Neigungen des Herzens rührten vom Teufel her, der Ausgang der Lotterie hingegen werde klar von Gott bestimmt.»

«Na, lieber Karl», sagte der Generalkonsul, «die Kutscher versuchst du in ihrem Elend durch üppige Trinkgelder zu trösten, das habe ich viele Male gesehen; aber was tust du für die Prinzessinnen?»

«Ja, was soll man tun? Ich versuche, sie mit lustigen Geschichten aufzumuntern. Das ist das einzige, was ich tun kann.»

«Na ja», sagte Fräulein Henriette, «es mag wohl stimmen, daß es nicht immer so lustig ist, Prinzessin zu sein. Aber man kann nun einmal nicht aus seiner Haut heraus. Und wenn eine Dame mit Bildung und Erziehung mit einem Liebhaber von Mann und Kindern wegreist, da muß ich sagen, daß ich kaum eine Strafe weiß, die für sie hart genug ist. So altmodisch bin ich.»

«Liebe Henriette», wandte Markel aus seiner Ecke heraus ein, «da hättest du zufrieden sein müssen, wenn du im 16. Jahrhundert dabeigewesen wärst, wo man die Ehebrecherin in einen Sack steckte und ertränkte. In einer Stadt in Deutschland, ich weiß nicht mehr welcher, forderte die Etikette sogar, daß der Sack schwarz sein müsse und daß man der Frau als Gesellschaft einen Hund, eine Katze, einen Hahn und eine Ringelnatter hineinzustopfen hatte.»

«Armer kleiner Wauwau», sagte Fräulein Henriette, «und kleine Mieze auch, die nichts Schlechtes getan hatten! Das war schrecklich grausam.»

«Man kann sich nur wundern», fuhr Markel fort, «wie die Rechtsauffassung eben in diesem Punkt sich als unsicher und schwankend erwiesen hat. Tod durch Ertränken konnte ja auf die Dauer im Gesetz des Alltags nicht angewendet werden, da wäre die Bevölkerung zu stark dezimiert worden. Deshalb kam die Sünderin in der Regel mit einigen Talern Buße davon, die ihr Mann zu bezahlen hatte, und mit einer Strafpredigt in der Kirche, die manchmal recht gemütlich ausfallen konnte, wenn der Geistliche gemütlich war – wir erinnern uns ja an den Pastor in der Kirche Unserer Lieben Frau, der den Text wählte: ‹Die Liebe ist stark, nichts ist ihr fremd, sie hebet Männer- und Frauenhemd.› Und auf Island, wo das kühle Klima anscheinend das warme Blut nur unbedeutend zu kühlen vermochte, kostete dasselbe Vergehen zur selben Zeit dreihundertachtzig gesalzene Fische als Buße – ich weiß nicht, wieviel das in unserem Geld ist.»

«Ich gebe keinen Pfifferling auf deine gesalzenen Fische», sagte Fräulein Henriette. «Ich spreche nicht von all den armen Frauen aus dem niederen Volk, die es nicht besser wissen oder verstehen. Die dürfen von mir aus gerne mit gesalzenen Fischen bezahlen, wenn sie welche haben, und außerdem ist es viel besser, wenn sie diese ihren Kindern zum Essen geben. Aber es ist doch etwas anderes mit der Kronprinzessin von Sachsen. Sie ist mit einem schlechten Beispiel vorangegangen, und sie hat ihre Pflichten einem ganzen Volk gegenüber verletzt.»

«Ja, das Volk» – Markel nahm einen großen Schluck aus seinem Whiskyglas –, «das Volk! Zum schlechten Beispiel komme ich später, aber laß mich erst vom Volk sprechen. Das Allerschönste ist, daß, wenn eine Prinzessin gezwungen wird oder wenn man ihr vorflunkert, sich mit einem Herrn zu verheiraten, den sie nicht kennt oder der ihr widerwärtig ist, da bringt man ihr gewöhnlich bei, sie opfere sich für das Wohl eines ganzen Volkes. Und das ist doch auf alle Fälle etwas stark...»

Der Kammerherr bot Markel eine Prise aus seiner Golddose an, die ein Geschenk der Herzoginwitwe von Dalarne war.

«Lieber Freund», bemerkte er, «wir können uns ja damit begnügen, daß wir sagen, es sei eine gewisse Übertreibung.»

«Aber sie glaubt es natürlich gern, denn es verleiht doch der Zeremonie etwas Erhabenheit und Pathos. Und wenn dann eine Reihe von Jahren vergangen ist und es zu viele Reibungen in der Ehemaschinerie gibt, so daß sie schließlich keinen anderen Ausweg sieht, als die Fürstinnenherrlichkeit dahingestellt zu lassen und zu versuchen, ihr Leben so zu leben, wie es ihr selber paßt – da wird das Volk wiederum vorgeschoben! Da sagen die ganze Reptilienpresse und Tante Henriette wie aus einem Mund, daß sie ihre Pflichten gegenüber dem Volk verletzt habe! Und das Volk sagt: ‹Ja so›, und lebt ruhig weiter wie zuvor, bezahlt seine Steuern und seine Brotzölle und trottet in den Militärdienst, und der eine bekreuzigt sich über ihre Sünde, und der andere sagt: ‹Arme Frau›, und der dritte: ‹Da tat sie recht›, und nach einem Jahr ist es vergessen, ohne daß ein einziger der Untertanen des Reichs durch diese verletzte Pflicht Unannehmlichkeiten empfunden hätte. Wohl kommt es zuweilen vor, daß man dort oben seine Pflicht gegenüber dem Volke verrät, aber das geschieht auf andere Weise, und das merkt man – man merkt und fühlt es!»

Markel hatte sich in Hitze geredet, und er fuhr fort: «Nein, wenn das Volk eine Stimme hätte und sprechen könnte, da glaube ich, es würde zur Kronprinzessin sagen: ‹Liebe Prinzessin, wenn es dir dort oben im Schloß allzu schwer wird und wenn du denkst, du könntest es auf andere Weise besser haben, so handle, wie du glaubst, daß es für dich selbst am besten ist. Deine Pflicht gegenüber deinen Nächsten, das wird eine Sache zwischen dir und ihnen sein, und wenn sie es dir allzu schwer gemacht haben, so seid ihr vielleicht quitt. Aber du brauchst nicht an uns zu denken. Es ist nicht immer der Brauch, auf uns Rücksicht zu nehmen, auch wenn es sich um große und wichtige Dinge handelt, die uns wirklich angehen, wieviel weniger da bei einer kleinen Liebesaffäre.›»

Fräulein Henriette zischte förmlich: «Ja – ‹handle, wie es für dich selber am besten ist›, das ist die neue Moral, und die ist jedenfalls bequem!»

«Liebe Henriette», sagte der Generalkonsul sanftmütig und beruhigend, «daran ist doch nichts falsch? Oder meinst du, die Moral müsse wie eine Akrobatennummer im Zirkus sein: je schwerer, um so besser?»

«Und im übrigen», fügte der Kammerherr hinzu, «ist diese neue Moral weit entfernt davon, bequem zu sein, am allerwenigsten, wenn man sich dazu bekennt. Wie man weiß, fordert es der Brauch, daß man soviel wie nur möglich das Interesse vorzeigt, das man für das Wohl der anderen hegt, und daß man nach Vermögen das in der Regel etwas stärkere Interesse für sich und das seinige verbirgt. Und das bequemste ist immer und überall, dem Brauch zu folgen.»

«Ich komme nun zum schlechten Beispiel», nahm Markel den Faden wieder auf. «Ja, man kann sich natürlich vorstellen, daß die Geschichte demoralisierend wirken kann. In verschiedener Hinsicht... Die Möglichkeit, daß zum Beispiel irgendeine kleine Bürgersfrau mit dem hohen Vorbild vor Augen mit einem Liebhaber, der sie nicht erhalten kann, davonläuft, gibt es ja immer – obschon sie sicher gescheiter zu Hause bei ihrem Mann geblieben wäre und ihn im geheimen betrogen hätte. Es läßt sich auch denken – und das nun ist fast noch schlimmer –, daß das betrübliche Ende, das die Sache für die Prinzessin genommen hat, eine andere unglückliche Frau abschrecken kann, so daß sie bei einem Schweinehund von Ehemann aushält, obschon sie besser daran getan hätte, auszubrechen. Wie gesagt, es kann ja in verschiedener Hinsicht demoralisierend wirken. Aber man kann nicht alles voraussehen, und es ist weder möglich noch richtig, seine Handlungsweise unter Berücksichtigung aller unrichtigen Schlüsse zu bestimmen, die andere daraus zu ziehen verfallen können.»

Fräulein Henriette zündete sich resigniert eine neue Henry Clay an; aber sie war blaß vor Wut.

«Ich spreche nicht mehr mit dir», sagte sie. «Nur noch ein einziges Wort. Die Kinder?»

Auch Markel war etwas ärgerlich geworden.

«Ach, die sollen nicht darunter leiden, sagt man», antwortete er.

Kammerherr von Pestel, der sah, daß ein Unwetter im Anzug war, wollte den Sturm vor seinem Ausbruch zurückzudämmen suchen.

«Ja», bemerkte er, «was vielleicht mehr als alles

andere dazu beiträgt, das Leben der vornehmen Damen so öde zu machen, ist wohl, daß sie für ihre Kinder weder dasselbe sein dürfen noch können wie andere Mütter. Eine arme Frau aus dem Volk kann sich sagen: ‹Wer wird meinen kleinen Jungen liebhaben, wenn ich weggehe? Wer wird ihn am Abend zudecken, damit er nicht friert, wer wird ihn rein und sauber halten, ihn verbinden, wenn er sich draußen mit bösen Buben geschlagen, ihn trösten, wenn er sich erkältet hat?› Aber im Schloß geht all dies gleich gut, mit oder ohne Mutter. Die Pflege ist auf jeden Fall dieselbe und nach der neuesten Mode der Kinderärzte. Die Mutter kann man entbehren. Das Kind spürt keine große Veränderung in seinem täglichen Leben, wenn sie verschwindet, und es vergißt sie bald. Und dann die Erziehung... Dort bemerkt sie bald, daß sie selbst fast am wenigsten von allen zu sagen hat. Ihre Kinder gehören nicht ihr, kaum sogar ihrem Mann: sie gehören dem Staat, dem König, dem Oberhaupt des Hauses. Und wenn sie nun eine vollständig konventionelle Natur ist, so daß sie in den Unterrichtsplan hineinpaßt, da kann sie einen gewissen Einfluß bewahren, aber sonst wird sie ganz zur Seite geschoben.»

«Ja, lieber Karl, das ist gut und recht, und wenn es stimmt, was du sagst, so beweist es nur, daß die Kinder sich im schlimmsten Fall ohne die Mutter behelfen können – aber ich frage dich: Was soll man von einer Mutter sagen, die ebensogut ohne ihre Kinder auskommt?»

«Du weißt ja nicht, ob sie das tut, Henriette. In den Zeitungen steht, daß sie sich nach ihnen sehnt, und ich wüßte nicht, weshalb das nicht stimmen sollte. Aber um einem Leiden zu entgehen, muß man manchmal ein anderes auf sich nehmen. Und ich will meinen, daß man das Recht hat zu wählen – selbst zu beurteilen, welches von beiden man auf irgendeine Weise ertragen kann. Und wenn die Wahl nicht so ausfällt, wie du dir vorstellst, daß du in einem entsprechenden Fall gehandelt hättest, so kann es ja möglicherweise für sie doch das Richtige sein.»

«Ich kann nicht mehr», sagte Fräulein Henriette. «Aber ich habe auf jeden Fall recht.»

«Ja, Henriette», sagte Markel, «ich muß dir wohl zustimmen; wenn du mir dafür etwas Feuer geben willst, denn ich kann keine Streichhölzer finden.»

Fräulein Henriettes Zigarre war ausgegangen.

«Ja so, du hast kein Feuer… nicht einmal an der Zigarre!»

AUGUSTE VILLIERS DE L'ISLE-ADAM
1838–1889

Der Gast der letzten Feste

Mag doch der Komtur aus Stein zu uns kommen, um mit uns zu speisen! Mag er uns doch die Hand hinstrecken! Wir werden sie abermals ergreifen. Und vielleicht wird er es sein, den es kalt überläuft!

Eines Abends, im Karneval des Jahres 186., waren C., einer meiner Freunde, und ich durch einen Umstand, der lediglich den Zufällen einer «glühenden, ziellosen» Langeweile zu danken war, allein in einer Proszeniumsloge beim Opernball.

Seit einigen Minuten bewunderten wir durch die Staubwolke hindurch das bunte Gewirr der Masken, die unter den Kronleuchtern tobten und sich unter dem dämonischen Bogen des Johann Strauß drehten.

Plötzlich öffnete sich die Tür der Loge; drei Damen, im Rascheln der Seide, traten zwischen den schweren Stühlen näher, lüfteten die Masken und grüßten uns: «Guten Abend!»

Es waren drei junge Frauen, durch Geist und Schönheit gleichermaßen ausgezeichnet. Wir waren ihnen manchmal in der Pariser Künstlerwelt begegnet. Sie hießen: die aschblonde Clio, Antonie Chantilly und Annah Jackson.

Der Tanz
Radierung
von Daniel Chodowiecki

«Sie kommen wohl hierher, um die Schule zu schwänzen, meine Damen?» fragte C. und forderte sie auf, bei uns Platz zu nehmen.

«Ach, wir wollten allein zu Abend essen, weil die Leute hier so schrecklich, so langweilig sind, und darüber ist all unsere gute Laune verflogen», sagte die aschblonde Clio.

«Ja, wir wollten schon gehn; aber da haben wir Sie bemerkt!» fügte Antonie Chantilly hinzu.

«Wenn Sie also nichts Besseres zu tun haben, kommen Sie mit uns», schloß Annah Jackson.

«Welch ein Glück! Hoch, hoch, hoch!» erwiderte C. gelassen.

«Hätten Sie einen ernsten Einwand gegen die ‹Maison dorée›?»

«Nicht den geringsten!» sagte die blendend schöne Annah Jackson und entfaltete ihren Fächer.

«Nun, dann, mein Lieber», fuhr C. fort und wandte sich zu mir, «nimm dein Notizbuch, laß den roten Salon reservieren und schick die Botschaft mit dem Diener von Miss Jackson hin. So erledigt man doch solche Dinge, wenn du nichts dagegen hast.»

«Monsieur», sagte Miss Jackson zu mir, «wenn Sie das Opfer bringen wollen, für uns eine Besorgung zu übernehmen, so werden Sie die erwähnte Persönlichkeit im Foyer finden, wo sie sich, als Phönix kostümiert – oder als Fliege –, breitmacht. Sie hört auf das durchsichtige Pseudonym Baptiste oder Lapierre. Wollen Sie so liebenswürdig sein?

Und dann kommen Sie eiligst zurück, um uns in alle Ewigkeit zu lieben!»

Seit einer Weile hatte ich nicht mehr zugehört. Ich beobachtete einen Fremden, der uns gegenüber in einer Loge saß; es war ein Mann von fünfunddreißig oder sechsunddreißig Jahren – auffallend blaß; er hatte ein Opernglas in der Hand und grüßte mich.

Ach, das ist ja mein Unbekannter aus Wiesbaden, sagte ich mir nach kurzem Nachdenken.

Da der Herr mir in Deutschland eine jener geringfügigen Gefälligkeiten erwiesen hatte, wie sie der Brauch zwischen Fremden erlaubt – es handelte sich, wenn ich nicht irre, ganz einfach um Zigarren, die er mir im Salon des Kasinos empfohlen hatte –, so erwiderte ich den Gruß.

Gleich darauf, als ich im Foyer den besagten Phönix suchte, sah ich den Fremden auf mich zukommen. Da er sich als ungemein liebenswürdig erwies, hielt ich es für eine Pflicht der Höflichkeit, ihm unsere Gesellschaft anzubieten, falls er sich in diesem Wirrwarr allzu einsam fühlen sollte.

«Und wen darf ich die Ehre haben, unserem anmutigen Kreis vorzustellen?» fragte ich ihn lächelnd, nachdem er mein Anerbieten angenommen hatte.

«Baron H.», sagte er. «Aber in Anbetracht der freien Lebensformen der Damen, der Schwierigkeiten der Aussprache und dieses schönen Karnevalabends gestatten Sie mir, für eine Stunde einen andern Namen anzunehmen – den ersten besten», setzte er hinzu. «Etwa...» er begann zu lachen, «Baron Saturn, wenn es Ihnen recht ist!»

Diese Absonderlichkeit überraschte mich ein wenig, doch da wir ja mitten in einem Maskentrubel waren, stellte ich ihn denn, ohne mit der Wimper zu zucken, unseren Schönen unter dem mythologischen Namen vor, zu dem er sich herabgelassen hatte.

Sein Einfall wirkte sich zu seinen Gunsten aus; man war gern bereit, ihn für einen König aus Tausendundeiner Nacht zu halten, der inkognito reiste. Die aschblonde Clio faltete die Hände und flüsterte uns sogar den Namen eines gewissen Jud zu, der damals berühmt war, eines Verbrechers, den man noch nicht erwischt hatte und dem anscheinend verschiedene Mordtaten zu Ansehen und Reichtum verholfen hatten.

Nachdem man miteinander bekannt geworden war, fragte die jederzeit umgängliche Annah Jackson mit unwiderstehlichem Gähnen: «Wenn der Baron uns das Vergnügen erwiese, mit uns zu speisen? Der wünschenswerten Symmetrie halber!»

Er wollte ablehnen.

«Susannah hat ungefähr gesprochen wie Don Juan zum Standbild des Komturs», sagte ich scherzend. «Die Schottinnen sind schrecklich feierlich!»

«Man hätte dem Baron vorschlagen müssen, die Zeit mit uns totzuschlagen», sagte C. kühl, der mehr für eine formelle Einladung war.

«Ich bedaure aufrichtig, daß ich ablehnen muß», erwiderte der Fremde. «Ich bitte um mitfühlendes Verständnis dafür, daß eine Angelegenheit von wahrhaft kapitaler Bedeutung mich in sehr frühen Morgenstunden erwartet.»

«Ein lustiges kleines Duell? Ein bitterer Schluck?» fragte die aschblonde Clio und verzog schmollend das Mündchen.

«Nein, Madame, eine… Begegnung, da Sie denn geruhen, mich danach zu fragen», sagte der Baron.

«Aha! Ein kleiner Wortwechsel im Foyer der Oper, möchte ich wetten!» rief die schöne Annah Jackson. «Ihr Schneider, stolz auf sein ritterliches Kostüm, hat Sie wohl als Künstler oder als Demagogen behandelt! Mein lieber Herr, solche Redensarten sind keinen Florettstoß wert. Man sieht, daß Sie ein Fremder sind.»

«Ich bin es sogar ein wenig überall, Madame.» Baron Saturn verbeugte sich.

«Nun, dann lassen Sie sich also erweichen?»

«Selten, das kann ich Ihnen versichern», sagte halblaut auf die höflichste und gleichzeitig zweideutigste Art der sonderbare Kavalier.

Wir wechselten einen Blick, C. und ich; wir kannten uns nicht recht aus. Was wollte der Herr sagen? Immerhin schien diese Ablenkung recht amüsant.

Doch wie Kinder, die sich auf das versteifen, was man ihnen verweigert, rief Antonie: «Sie gehören uns bis zum Morgengrauen, und ich nehme Ihren Arm!»

Er fügte sich, und wir verließen das Theater.

Es hatte also einer Fülle von Zufällen bedurft, um zu dieser endgültigen Lösung zu gelangen; wir sollten uns in einer gewissen Intimität mit einem Mann zusammenfinden, von dem wir nichts wußten, als daß er im Kasino in Wiesbaden gespielt hatte und daß er sich in den Qualitäten der verschiedenen Havannazigarren auskannte.

Nun, was lag daran? Ist es heutzutage nicht am einfachsten, aller Welt die Hand zu drücken?

Auf dem Boulevard warf die aschblonde Clio sich lachend auf den Rücksitz ihres Wagens und rief dem Mestizen zu, der wie ein Sklave ihrer Befehle harrte:

«Nach der ‹Maison dorée›!»

Dann beugte sie sich zu mir.

«Ich kenne Ihren Freund nicht. Was ist das für ein Mensch? Er macht mich schrecklich unruhig. Er hat so einen sonderbaren Blick.»

«Meinen Freund?» erwiderte ich. «Ich habe ihn vorige Saison in Deutschland kaum zweimal gesehen.»

Sie musterte mich erstaunt.

«Nun», fuhr ich fort, «er hat uns in unserer Loge begrüßt, und Sie laden ihn auf Grund einer Vorstellung bei einem Maskenball zum Abendessen! Zugegeben, daß Sie eine Unvorsichtigkeit begangen haben, für die Sie tausendfach den Tod verdienen, doch ist es jetzt ein wenig zu spät, sich über unsern Tischgenossen aufzuregen. Wenn die Gäste morgen nicht gerade gelaunt sind, die Bekanntschaft fortzusetzen, grüßen sie einander höflich wie am Tag zuvor. Ein Abendessen hat nichts weiter zu bedeuten.»

Nichts ist amüsanter, als wenn man sich den Anschein gibt, gewisse erheuchelte Empfindlichkeiten zu begreifen.

«Wie? Sie wissen nicht mehr von den Leuten…? Und wenn es ein…»

«Habe ich Ihnen nicht seinen Namen genannt? Baron Saturn? Fürchten Sie etwa, ihn zu kompromittieren, Mademoiselle?» fragte ich streng.

«Sie sind ein unerträglicher Mensch!»

«Er wirkt nicht wie ein Hochstapler; unser Abenteuer ist somit ganz harmlos. Ein amüsanter Millionär? Ist das nicht das Ideal?»

«Mir gefällt er recht gut, dieser Saturn», sagte C. «Und zum mindesten während des Karnevals hat ein schwerreicher Mann immer Anspruch auf Respekt», schloß die schöne Susannah gelassen.

Die Pferde zogen an; die schwere Karosse des Fremden folgte uns. Antonie Chantilly, bekannter unter ihrem etwas gezierten Spitznamen Yseult, hatte sich darin mit seiner mysteriösen Gesellschaft abgefunden.

Sobald wir es uns einmal im roten Salon gemütlich gemacht hatten, schärften wir Joseph ein, kein Lebewesen bei uns einzulassen – mit Ausnahme der

Ostender Austern, seiner selbst und unseres berühmten Freundes, des spaßhaften kleinen Doktors Florian Les Eglisottes, wenn ihn zufällig die Lust packen sollte, seine sprichwörtliche Leibspeise, die Krebse, zu genießen.

Ein flammendes Scheit zersplitterte im Kamin. Rund um uns verbreiteten sich die schalen Gerüche von Stoff, von Pelzmänteln, die abgelegt worden waren, und von Winterblumen. Die Strahlen der Armleuchter schlangen sich, von einem Wandtischchen aus, um die silbernen Kübel, darin der schäumende Wein der guten Stadt Ay kühlte. Die Kamelien, deren dichte Büschel auf Draht gebunden waren, schwollen aus den Kristallschalen auf den Tisch.

Draußen rieselte ein trauriger, dünner, mit Schnee gemischter Regen; die Nacht war eisig – Wagen rollten, Masken lärmten, es war die Stunde, da die Menge aus der Oper strömte. Ein Gavarni, ein Deveria, ein Gustave Doré hatten solche Bilder erträumt.

Um diesen Lärm fernzuhalten, waren die Vorhänge vor den geschlossenen Fenstern sorgsam zusammengezogen worden.

Die Gäste waren also der sächsische Baron H., der flachshaarige C. und ich; dazu Annah Jackson, die Aschblonde und Antonie.

Während des Essens, bei geistfunkelndem Geplauder, überließ ich mich nach und nach meiner unschuldigen Gewohnheit zu beobachten – und ich muß gestehn, es wurde mir bald bewußt, daß mein Gegenüber tatsächlich einige Aufmerksamkeit verdiente.

Nein, er war kein besonders heiterer Mann, dieser Zufallsgast. Seine Züge, seine Haltung ermangelten bestimmt nicht jener herkömmlichen Vornehmheit, welche die Menschen erträglich macht. Sein Akzent war keineswegs unangenehm wie der so mancher Fremden; nur seine Blässe wirkte von Zeit zu Zeit ganz merkwürdig fahl, ja leichenhaft. Seine Lippen waren schmaler als ein Pinselstrich, die Brauen blieben immer ein wenig zusammengezogen, selbst wenn er lächelte.

Nachdem ich diese und einige andere Besonderheiten mit der instinktiven Aufmerksamkeit festgestellt hatte, mit der manche Schriftsteller begabt sein müssen, bedauerte ich schon, daß ich ihn so leichtfertig in unsern Kreis eingeführt hatte; und ich schwor mir, daß ich ihn bei Morgengrauen aus der Liste unserer Gäste streichen würde. Ich spreche hier natürlich von C. und von mir; denn der glückliche Zufall, der uns an diesem Abend unsere weiblichen Tischgenossen aufgezwungen hatte, würde auch sie, wie Traumbilder, verschwinden lassen, sobald die Nacht zu Ende war.

Und dann war es dem Fremden bald gelungen, unsere Aufmerksamkeit durch eine ganz besondere Eigenart auf sich zu lenken. Sein Gespräch zeichnete sich wohl nicht durch tiefreichenden Ideengehalt aus, fesselte uns aber durch den ganz unbestimmten verborgenen Sinn, den seine Stimme mit voller Absicht zu unterlegen schien. Dieser Zug überraschte uns um so mehr, als es uns unmöglich war, auch bei genauester Prüfung dessen, was er sagte, darin eine andere Bedeutung zu entdecken als die einer weltläufigen Redewendung. Und zwei- oder dreimal ließ er C. und mich durch die Art aufhorchen, mit der er seine Worte unterstrich, und durch den völlig unbestimmten Eindruck von Hintergedanken, den sie erweckten.

Mit einemmal, mitten im Gelächter über einen Witz der aschfarbenen Clio, die wirklich ungemein amüsant war, kam mir, ich weiß nicht wie, dunkel der Einfall, daß ich den fremden Adligen unter ganz andern Umständen als in Wiesbaden gesehen haben müßte.

Ja, dieses Gesicht hatte unvergeßliche Züge, und der Glanz der Augen, wenn er die Lider hob, ließ seine Haut gleichsam wie von einer innern Fackel erleuchten.

Welche Umstände mochten das gewesen sein? Vergeblich bemühte ich mich, sie in meinem Geist klarzulegen. Sollte ich der Versuchung erliegen, die wirren Vorstellungen preiszugeben, die in mir wach wurden?

Es waren die Gesichte eines Ereignisses, das an Traumbilder gemahnt.

Wo mochte es sich zugetragen haben? Wie sollte ich meine gewohnten Erinnerungen mit diesen heftigen, fernen Vorstellungen von Mord, von einem tiefen Schweigen, von Nebel, von entsetzten Gesichtern, von Fackeln und Blut in Einklang bringen, die beim Anblick dieses Mannes mit unerträglicher Eindeutigkeit in meinem Bewußtsein erstanden?

«Nein, so etwas!» stammelte ich ganz leise. «Bin ich heute abend völlig von Sinnen?»

Ich trank ein Glas Champagner. Die Schallwellen unseres Nervensystems haben ihre geheimnisvollen Schwingungen. Sie dämpfen sozusagen durch die Vielfalt ihres Widerhalls die Analyse des ursprünglichen Anstoßes, der sie hervorgebracht hat. Das Gedächtnis unterscheidet wohl die äußeren Begleitumstände der Sache, doch die Sache selbst verschwimmt in diesem allgemeinen Eindruck so sehr, daß sie hartnäckig unerkennbar bleibt.

Es verhält sich damit wie mit den einst vertrauten Gesichtern, die, unverhofft wiedererblickt, noch schlummernde Eindrücke gewaltsam aufrühren. Man vermag sie dann nicht mit Namen zu nennen.

Doch die überlegenen Manieren, die heitere Zurückhaltung, die eigentümliche Würde des Unbekannten – gleichsam Schleier, die vor die ganz gewiß düstere Wirklichkeit seines Wesens gespannt waren – veranlaßten mich, zunächst wenigstens, diese Erinnerungen als Phantasien zu behandeln, als eine aus dem Fieber der Nacht geborene Augentäuschung.

So beschloß ich denn, meiner Pflicht und meiner Neigung entsprechend, die gute Stimmung des Festes zu teilen.

Frohgelaunt erhob man sich von der Tafel – und helles Lachen mischte sich mit heitern Klängen, die von leichten Fingern auf dem Klavier angeschlagen wurden.

So vergaß ich denn meine Verstimmung. Bald herrschten nur noch geistsprühendes Geplauder, hingeflüsterte Geständnisse, jene flüchtigen Küsse, dem Geräusch der Blumenblätter gleich, die eine zerstreute Schöne auf ihren Händen zerklatscht, es herrschte das Funkeln des Lächelns und der Edelsteine; der Zauber tiefer Spiegel strahlte stumm, in die Unendlichkeit vervielfacht, in langen, bläulichen Reihen die Lichter, die Gesten zurück.

C. und ich gaben uns inmitten der Unterhaltung unseren Träumen hin.

Die Gegenstände verändern sich je nach der Ausstrahlung der Menschen, die sich ihnen nähern, da die Dinge ja nur jenen Sinn haben, den jemand ihnen zu leihen vermag.

So wurde die Modernität dieser aufreizenden Vergoldung, dieser schweren Möbel, dieser Kristalle von den Blicken meines lyrisch gestimmten Freundes C. und meinen eigenen Blicken veredelt.

Für uns waren diese Kandelaber unbedingt massives Gold und die getriebene Arbeit bestimmt das Werk eines echten Goldschmieds von Geblüt aus dem Anfang des sechzehnten Jahrhunderts. Zweifellos konnten diese Möbel nur von einem lutherischen Tapezierermeister stammen, der unter Ludwig XIII. durch die Verfolgungen seiner Religion wahnsinnig geworden war. Und von wem sollten diese Kristalle angefertigt sein, wenn nicht von einem Prager Glasmacher, dem die Liebe zu einer Penthesilea den Sinn verwirrt hat? Diese Damastvorhänge waren gewiß nichts anderes als jene alten Purpurstoffe, die endlich in Herculaneum in der Truhe mit den heiligen Velarien in den Tempeln des Asklepius oder der Pallas wiedergefunden worden waren. Die wahrhaft merkwürdige Rauheit des Gewebes ließ sich durch den zersetzenden Einfluß von Erde und Lava erklären und machte sie – o kostbarer Mangel! – zu etwas im ganzen Weltall Einmaligem.

Was die Tischwäsche betraf, blieben in unserer Seele noch gewisse Zweifel über den Ursprung bestehn. Man konnte darin Muster eines Gewebes der Pfahlbautenzeit begrüßen. Zum mindesten aber gaben wir die Hoffnung nicht auf, in den Mustern die Anzeichen turanischer oder troglodytischer Herkunft wiederzufinden. Vielleicht lagen hier vor uns einige der zahllosen Leichentücher des Sisuthros, des babylonischen Königs, unter dem die Sintflut hereinbrach; nun waren sie gebleicht und im Detail als Tischtücher verkauft worden. Immerhin mußten wir uns, nach näherer Prüfung, damit begnügen, Aufzeichnungen in Keilschrift eines Menus zu vermuten, das erst unter Nimrod zusammengestellt worden war. Schon genossen wir die Überraschung und das Entzücken des großen Assyriologen und Akademikers Jules Oppert, wenn er von dieser Entdeckung erfahren würde.

Dann warf die Nacht ihre Schatten, ihre seltsamen Effekte, ihre gedämpften Farben auf die Gegenstände und bekräftigte uns in unserem guten Glauben an unsere Phantasien und Träume.

In durchschimmernden Tassen dampfte der Kaffee. C. paffte verklärt eine Havanna und hüllte sich in Flocken von weißem Rauch wie ein Halbgott in eine Wolke.

Baron H. lag, die Augen halb geschlossen, auf einem Sofa ausgestreckt, nicht eben eindrucksvoll, ein Glas Champagner in der blassen Hand, die auf den Teppich hinabhing; er schien andächtig den zauberhaften Klängen des nächtlichen Liebesduetts aus «Tristan und Isolde» zu lauschen, das Susannah mit viel Gefühl und unter reichlicher Betonung der ehebrecherischen Verzückungen spielte. Antonie und die aschblonde Clio hielten sich umschlungen und saßen strahlend und stumm, während die ausgezeichnete Pianistin langsam ihre Akkorde anschlug.

Ich setzte mich in ihre Nähe und lauschte hellwach und bezaubert.

Jede unserer unbeständigen Schönen hatte an diesem Abend Samt gewählt.

Die rührende Antonie mit den Veilchenaugen war in Schwarz ganz ohne Spitzen. Doch da die Ränder ihres Kleides nicht gesäumt waren, hoben sich Schultern und Hals wie reinster carrarischer Marmor hart gegen den Stoff ab.

Sie trug einen schmalen Goldring am kleinen

Finger, und drei Kornblumen aus Saphiren schimmerten in den kastanienbraunen Haaren, die, in zwei Flechten, gekräuselt bis tief unter ihre Taille fielen.

Eine hochstehende Persönlichkeit, um Antonies Moral besorgt, hatte sie eines Abends gefragt, ob sie «anständig» sei.

«Ja, Monseigneur», hatte sie erwidert, «denn in Frankreich ist anständig nur noch gleichbedeutend mit höflich.»

Die aschblonde Clio, auserlesen schön, mit schwarzen Augen, die Göttin der Unverschämtheit, jung und illusionslos, die der Prinz Solt auf russische Art getauft hatte, indem er ihr den Schaum eines Kelchs Roederer über die Haare goß, war in grünem, enganliegendem Kleid; an der Brust trug sie ein Geschmeide aus Rubinen.

Man nannte diese zwanzigjährige Kreolin das Modell aller tadelnswerten Eigenschaften. Sie hätte die sittenstrengsten Philosophen Griechenlands und die tiefsten Metaphysiker Deutschlands zu berauschen vermocht. Lebemänner ohne Zahl hatten sich in sie verliebt, hatten sich ihretwegen geschlagen, hatten Wechsel ausstellen müssen, hatten ihr Veilchensträuße dargebracht.

Sie kam aus Baden, wo sie mit dem Lächeln eines Kindes vier- oder fünftausend Louis auf dem grünen Teppich gelassen hatte.

Eine alte teutonische Dame, deren Geiz von diesem Schauspiel entsetzt war, hatte ihr im Kasino gesagt: «Geben Sie acht, Fräulein, manchmal muß man auch ein Stück Brot essen, und das vergessen Sie anscheinend!»

«Madame», hatte die schöne Clio errötend erwidert, «vielen Dank für den Rat! Lassen Sie sich zum Entgelt von mir sagen, daß das Brot nie etwas anderes als ein Vorurteil war.»

Annah, oder richtiger Susannah Jackson, die schottische Circe, mit dem Haar schwärzer als die Nacht, den Blicken wie mazedonische Lanzen, den scharfen kleinen Bosheiten, schimmerte unbefangen in rotem Samt.

Komm ihr nicht über den Weg, junger Fremdling! Man wird dir versichern, daß sie dem Treibsand gleicht; sie erfaßt das ganze Nervensystem. Sie destilliert das Begehren. Eine lange, erschöpfende, zum Wahnsinn treibende Krise wäre dein Lohn. In ihren Erinnerungen häufen sich die verschiedenartigsten Trauerfälle. Ihre besondere Schönheit, deren sie so sicher ist, erhitzt die simplen Sterblichen bis zur Tollheit.

Ihr Leib ist eine dunkle Lilie und zudem jungfräulich. Er rechtfertigt ihren Namen, der im Althebräischen, wie ich glaube, diese Blume bezeichnet.

Für wie abgebrüht du dich auch in vielleicht noch zartem Alter gehalten haben magst, junger Fremdling, wenn dein böser Stern erlaubt, daß du den Weg Susannah Jacksons kreuzt, können wir uns nur einen ganz jungen Mann vorstellen, der sich zwanzig Jahre lang ausschließlich von Eiern und Milch genährt hat und nun mit einemmal, ohne leere Umschweife, ununterbrochen einer erhitzenden Diät von schärfsten Gewürzen und Zutaten unterworfen wird, deren durchdringende Glut ihm den Geschmack verkrampft, ihn bricht, zum Narren macht, und so haben wir dein getreues Konterfei der folgenden vierzehn Tage.

Die kundige Hexe vergnügte sich manchmal damit, blasierten alten Lords Tränen der Verzweiflung zu entlocken, denn nur was ihr Vergnügen macht, kann sie verführen. Ihr Plan ist, kurz gesagt, sich in einem Landhaus am Ufer des Clyde, das eine Million kosten darf, mit einem schönen Knaben zu vergraben und sich damit zu unterhalten, daß sie ihn langsam, nach ihrem Gutdünken, umbringt.

Der Bildhauer C.B. neckte sie eines Tages mit dem bedrohlichen kleinen, schwarzen Muttermal, das sie neben einem ihrer Augen hat.

«Der unbekannte Künstler, der Ihren Marmor geschaffen hat», sagte er zu ihr, «hat dieses Steinchen vernachlässigt.»

«Sagen Sie nichts gegen dieses Steinchen», erwiderte Susannah. «Just dieses Steinchen ist es, über das man fällt.»

Sie war völlig das Ebenbild einer Pantherkatze.

Am Gürtel trug jede dieser drei Königinnen der Nacht eine samtene Halbmaske, grün, rot oder schwarz, mit doppelten Stahlkettchen befestigt.

Ich meinesteils – wenn es nötig sein sollte, auch von diesem Gast zu sprechen – trug gleichfalls eine Maske; weniger sichtbar – das ist alles.

Wie man im Theater in einer Mittelloge, um die Nachbarn nicht zu stören – mit einem Wort: aus Höflichkeit – einem in langweiligem Stil geschriebenen Drama beiwohnt, dessen These uns nicht gefällt, so machte ich nur aus Höflichkeit mit.

Was mich dennoch nicht hinderte, als echter Ritter vom Orden des Frühlings, heiter eine Blume im Knopfloch zu tragen.

Unterdessen war Susannah vom Klavier aufgestanden. Ich nahm einen Strauß vom Tisch und reichte ihr ihn mit spöttischem Blick.

«Sie sind eine Diva», sagte ich. «Tragen Sie eine dieser Blumen zu Ehren der unbekannten Liebhaber.»

Sie wählte eine Hortensie, die sie graziös ansteckte.

«Ich lese keine anonymen Briefe», erwiderte sie und legte meinen «Selam» auf das Klavier.

Das ruchlos-herrliche Geschöpf faltete die Hände auf den Schultern eines von uns – zweifellos, um sich an ihren Platz zurückführen zu lassen.

«O kalte Susannah», sagte C. lachend, «Sie sind anscheinend nur auf die Welt gekommen, um daran zu mahnen, daß der Schnee brennt!»

Das war wohl eines jener überfeinerten Komplimente, wie sie gegen Ende eines Soupers fallen, und wenn sie einen wirklichen Sinn haben, so ist er haardünn. Nichts kann einer Dummheit mehr gleichen, und manchmal ist der Unterschied völlig unerkennbar. Diesen elegischen Worten merkte ich an, daß der Docht der Gehirne zu verkohlen drohte und jetzt eingegriffen werden mußte.

Wie manchmal ein Funke genügt, um das Licht wiederzubeleben, so beschloß ich, diesen Funken um jeden Preis aus unserem schweigsamen Tischgenossen zu schlagen.

Gerade jetzt trat Joseph ein und brachte – seltsamer Gegensatz! – einen Eispunsch, denn wir hatten entschieden, uns zu berauschen wie Könige.

Schon seit einer Minute beobachtete ich Baron Saturn. Er wirkte ungeduldig, unruhig. Ich sah, wie er seine Uhr zog, Antonie einen Brillanten reichte und aufstand.

«Wie, Sie Magnat aus fernen Zonen», rief ich, rittlings auf einem Stuhl sitzend, zwischen zwei Zügen an meiner Zigarre, «Sie denken doch nicht daran, uns früher als in einer Stunde zu verlassen! Man würde Sie für einen Geheimniskrämer halten, und das ist, wie Sie wissen, nicht sehr geschmackvoll.»

«Ich bitte tausendmal um Verzeihung», erwiderte er mir, «aber es handelt sich um eine Verpflichtung, die sich nicht aufschieben läßt und die jetzt keine Verzögerung mehr duldet. Nehmen Sie, bitte, meinen herzlichsten Dank für die angenehmen Stunden entgegen, die ich hier verbringen durfte.»

«Es ist also wirklich ein Duell?» fragte Antonie, als ob sie besorgt wäre.

«Ach was», rief ich, denn ich glaubte tatsächlich an irgendeinen Wortwechsel zwischen Masken, «Sie übertreiben bestimmt die Wichtigkeit dieser Angelegenheit. Ihr Gegner dürfte unter einem Tisch liegen. Bevor Sie das Gegenstück zu Gérômes Bild vom Ende des Maskenballs liefern, darin Sie die Rolle des Siegers, des Harlekins, spielen würden, schicken Sie doch den Diener an Ihrer Statt zu dem Stelldichein, um zu erfahren, ob Sie auch erwartet werden. Und in diesem Fall würden Ihre Pferde die versäumte Zeit mühelos einzuholen wissen.»

«Allerdings!» setzte C. gelassen hinzu. «Umwerben Sie doch lieber die schöne Susannah, die um Ihretwillen schmachtet; Sie würden sich einen Schnupfen ersparen, und Sie könnten sich damit trösten, daß Sie zwei oder drei Millionen vergeuden. Erwägen Sie, horchen Sie und entscheiden Sie!»

«Meine Herren, ich gestehe Ihnen, daß ich, sooft Gott es mir erlaubt, blind und taub bin», sagte Baron Saturn.

Und er betonte diese völlig unverständliche Ungeheuerlichkeit derart, daß wir die unsinnigsten Vermutungen anstellten. Das ging so weit, daß ich darüber den bewußten Funken vergaß. Wir sahen einander mit verlegenem Lächeln an und wußten nicht, was wir von diesem «Scherz» halten sollten, als ich mich plötzlich nicht enthalten konnte, einen Ruf auszustoßen; jetzt eben erinnerte ich mich daran, *wo* ich diesen Mann zum ersten Mal gesehen hatte!

Und plötzlich war es mir, als erhellten die Kristalle, die Gestalten, die Vorhänge, das ganze nächtige Fest sich mit einem unheimlichen Licht, einem roten Schimmer, der von unserem Gefährten ausstrahlte, gleichsam wie eine theatralische Wirkung.

«Baron», flüsterte ich ihm ins Ohr, «verzeihen Sie mir, wenn ich mich irre … aber … ich glaube das Vergnügen, Ihnen zu begegnen, schon einmal gehabt zu haben … es ist fünf oder sechs Jahre her … in einer großen Stadt des Südens … in Lyon vermutlich … gegen vier Uhr morgens … auf einem öffentlichen Platz.»

Saturn hob langsam den Kopf und musterte mich aufmerksam.

«Ach», sagte er, «das ist möglich.»

«Ja», fuhr ich fort und beobachtete auch ihn mit festem Blick. «Noch eine Minute! Auf diesem Platz stand sogar ein unendlich trauriger Gegenstand, zu dessen Betrachtung ich mich von zwei befreundeten Studenten verlocken ließ und den nie wiederzusehen ich mir geschworen habe.»

«Wirklich?» fragte Saturn. «Und – wenn es nicht indiskret ist – was war das für ein Gegenstand?»

«Nun, etwas wie ein Schafott, eine Guillotine, wenn ich mich recht entsinne. Ja, es war eine Guillotine. Jetzt bin ich dessen gewiß.»

Diese wenigen Worte waren leise, ja, ganz leise zwischen diesem Mann und mir gewechselt worden. C. und die Damen plauderten im Dämmerlicht, beim Klavier, nur wenige Schritte von uns entfernt.

«Das ist es! Ich erinnere mich daran», fuhr ich fort und erhob die Stimme. «Nun? Was halten Sie davon, Baron? Ein gutes Gedächtnis, nicht? Obgleich Sie sehr rasch an mir vorübergefahren sind, wurde Ihr Wagen eine Sekunde von meinem aufgehalten, und da habe ich Sie beim Fackelschein gesehen. Die seltsamen Umstände haben Ihr Gesicht in meinen Geist eingeprägt. Es hatte damals genau den gleichen Ausdruck, den ich auch heute bemerke.»

«Ja, ja», erwiderte der Baron. «Es stimmt. Ihre Erinnerung ist wahrhaftig erstaunlich genau, ich muß es gestehn.»

Das schneidende Lachen des Herrn weckte in mir die Vorstellung von einer Schere, die in den Haaren wütet.

«Eine Einzelheit ist mir vor allem aufgefallen», fuhr ich fort. «Ich sehe Sie von weitem dort aussteigen, wo sich das Gerüst erhob... und... es sei denn, daß ich mich durch eine Ähnlichkeit täuschen ließe...»

«Nein, Sie haben sich nicht getäuscht, mein lieber Herr. Ich war es wirklich.»

Bei diesem Wort spürte ich, daß das Gespräch eisig geworden war und daß ich es vielleicht an jener makellosen Höflichkeit ermangeln ließ, die ein Henker von so eigenartigem Schlag von uns verlangen kann.

Ich suchte dann nach irgendeiner Floskel, um den Gang der Gedanken abzulenken, die uns beide umgaben, als die schöne Antonie sich vom Klavier abwandte und ganz unbefangen sagte: «Richtig, meine Damen und Herren, wissen Sie, daß heute in der Frühe eine Hinrichtung stattfindet?»

«Wie!» rief ich, und diese wenigen Worte rüttelten mich auf ganz ungewöhnliche Art auf.

«Es ist der arme Doktor de la P.», setzte Antonie bekümmert fort. «Früher einmal hat er mich behandelt. Ich für mein Teil werfe ihm nur vor, daß er sich vor den Richtern verteidigt hat. Ich hätte ihm mehr Rückgrat zugetraut. Wenn der Ausgang im voraus bestimmt ist, sollte man doch, meiner Meinung nach, diesen Aktenschmierern ins Gesicht lachen. Doktor de la P. hat sich herabgewürdigt.»

«Was? Heute ist das? Bestimmt?» fragte ich und gab mir alle Mühe, meine Stimme gleichgültig klingen zu lassen.

«Um sechs Uhr, die verhängnisvolle Stunde, meine Herren und Damen», erwiderte Antonie. «Ossian, der große Advokat, der Liebling des Faubourg Saint-Germain, hat es mir gestern abend eigens mitgeteilt; das ist seine Methode, mir den Hof zu machen. Ich hatte es vergessen. Anscheinend hat man sogar einen Fremden kommen lassen, um, in Anbetracht des sensationellen Prozesses und der

Bedeutung des Schuldigen, ‹Monsieur de Paris› behilflich zu sein.»

Ohne die völlige Sinnlosigkeit der letzten Worte zu bemerken, wandte ich mich zu dem Baron. Er stand aufrecht vor der Türe, in einen weiten schwarzen Mantel gehüllt, den Hut in der Hand, in feierlicher Haltung.

Der Punsch trübte mir ein wenig den Geist. Offen gestanden waren meine Gedanken höchst angriffslustig. Ich fürchtete, daß ich, als ich ihn einlud, das begangen hatte, was man in Paris, wenn ich recht berichtet bin, eine «gaffe» nennt, und so wurde das Gesicht dieses Eindringlings, wer er auch sein mochte, mir unerträglich, und ich beherrschte nur mit großer Mühe den Wunsch, ihm das zu sagen.

«Herr Baron», begann ich lächelnd, «nach Ihren seltsamen Andeutungen hätten wir wohl beinahe das Recht, Sie zu fragen, ob Sie darin nicht ein wenig dem Gesetz gleichen, daß Sie, sooft Gott es Ihnen erlaubt, blind und taub sind?»

Er näherte sich mir, bückte sich wohlgelaunt und flüsterte mir zu: «Schweigen Sie doch! Es sind ja Damen anwesend!»

Damit grüßte er nach allen Seiten, und ich blieb stumm, leicht zitternd stehn und konnte meinen Ohren nicht trauen.

Leser, hier sei ein Wort erlaubt. Wenn Stendhal eine leicht sentimentale Liebesgeschichte schreiben wollte, hatte er die Gewohnheit, wie bekannt, zunächst ein halbes Dutzend Seiten des Strafgesetzbuchs zu lesen, um, wie er sagte, den richtigen Ton zu finden. Als ich mir in den Kopf gesetzt hatte, gewisse Geschichten zu schreiben, hatte ich es, nach reiflicher Erwägung, praktischer gefunden, einfach abends in einem der Cafés der Passage de Choiseul zu verkehren, wo der selige Monsieur M., der frühere Scharfrichter von Paris, fast täglich unerkannt seine Partie Imperial spielte. Er war in meinen Augen ein Mann, nicht minder wohlgesittet als ein anderer; er redete sehr leise, aber sehr deutlich, mit einem gütigen Lächeln; ich setzte mich an einen benachbarten Tisch und fand es recht erheiternd, wenn er, vom Spielteufel hingerissen, plötzlich rief: «Ich schlage!», ohne etwas Schlimmes dabei zu finden. Hier war es, dessen entsinne ich mich, wo ich meine poetischsten Eingebungen erlebte, um mich eines gutbürgerlichen Ausdrucks zu bedienen. Ich war also gegen das Grauen gefeit, das herkömmlicherweise diese Herren in der kurzen Robe bei den Durchschnittsmenschen erregen.

So war es denn eigentümlich, daß ich mich in diesem Augenblick unter dem Eindruck einer so heftigen Erregung fühlte, als unser Zufallsgast erklärte, er gehöre zu dieser Zunft.

C., der sich während der letzten Worte zu uns gesellt hatte, klopfte mir leicht auf die Schulter.

«Verlierst du den Kopf?»

«Er hat vielleicht eine große Erbschaft gemacht und übt sein Handwerk nur so lange aus, bis er einen Nachfolger hat», murmelte ich, vom Punsch ziemlich benebelt.

«Schön», sagte C., «du wirst doch nicht glauben, daß er an der betreffenden Zeremonie wirklich beteiligt ist?»

«Du hast also den Sinn unserer kurzen Unterhaltung verstanden, mein Lieber», sagte ich ganz leise. «Kurz, aber sehr lehrreich. Dieser Herr ist ganz einfach ein Scharfrichter. Ein Belgier wahrscheinlich. Er ist der Ausländer, von dem Antonie vorhin sprach. Ohne seine Geistesgegenwart hätte ich eine Taktlosigkeit begangen und den jungen Damen einen Schrecken eingejagt.»

«Ach was!» rief C. «Ein Henker in einer Equipage, die dreißigtausend Franc kostet? Der seiner Nachbarin Diamanten schenkt? Der in der ‹Maison dorée› soupiert, bevor er am nächsten Morgen seinen Kunden behandelt? Seit deinem Café de Choiseul siehst du überall Henker. Trink ein Glas Punsch! Dein Baron Saturn ist ein schlechter Spaßvogel, das ist alles.»

Bei diesen Worten hatte ich den Eindruck, daß die Logik, ja die kühle Vernunft auf der Seite meines lieben Dichters war. Sehr verärgert griff ich hastig nach meinen Handschuhen und meinem Hut und wandte mich schnell der Türe zu.

«Gut», sagte ich.

«Du hast recht», meinte C.

«Dieser plumpe Hohn hat lang genug gedauert», fügte ich hinzu und öffnete die Türe des Salons.

«Wenn ich diesen tristen Witzbold einhole, so schwöre ich, daß...»

«Einen Augenblick! Wetten wir, wer zuerst drankommt», sagte C.

Ich wollte ihm die entsprechende Antwort geben und mich verziehen, als hinter meiner Schulter eine heitere, wohlbekannte Stimme unter dem gehobenen Vorhang rief: «Überflüssig! Bleiben Sie nur, lieber Freund!»

Tatsächlich war während unserer letzten Worte unser berühmter Freund, der kleine Doktor Florian Les Eglisottes, eingetreten; jetzt stand er in seinem schneebedeckten Pelzmantel vor mir und hüpfte von einem Fuß auf den andern.

«Mein lieber Doktor, ich bin gleich wieder hier, aber...»

Er hielt mich zurück.

«Wenn ich Ihnen die Geschichte des Mannes erzählt haben werde, der eben den Salon verließ, als ich ankam», sagte er, «werden Sie keinen Wert mehr darauf legen, ihn wegen seiner Einfälle zur Rechenschaft zu ziehen. Da gehe ich jede Wette ein. Übrigens ist es zu spät; sein Wagen hat ihn schon weit von hier fortgeführt.»

Diese Worte sagte er mit so eigentümlicher Betonung, daß ich mich endgültig zurückhalten ließ.

«Heraus mit der Geschichte, Doktor», sagte ich und setzte mich nach kurzem Bedenken wieder. «Aber bedenken Sie, Les Eglisottes, Sie sind schuld daran, daß ich ihn ungeschoren lasse, und Sie müssen das auf Ihre Kappe nehmen.»

Der Fürst der Wissenschaft stellte seinen Stock mit dem Goldknauf in die Ecke, streifte die Finger unserer drei bestürzten Schönen mit gespitzten Lippen, schenkte sich ein wenig Madeira ein, und mitten in dem tiefen Schweigen, das dem Zwischenfall folgte – und seinem Erscheinen –, begann er mit den Worten: «Ich begreife das ganze Abenteuer dieses Abends. Ich bin über das, was sich zugetragen hat, im Bilde, als wäre ich die ganze Zeit in Ihrem Kreise gewesen. Was Ihnen begegnet ist, kann man wohl strenggenommen nicht als beunruhigend bezeichnen, und doch hätte es beunruhigend werden können.»

«Wie meinen Sie das?» fragte C.

«Der Herr ist wirklich und wahrhaftig der Baron H.; er entstammt einer vornehmen deutschen Familie, er ist vielfacher Millionär. Aber...»

Der Doktor sah uns an.

«Aber der erstaunliche Fall geistiger Störung, an der er leidet und der von den medizinischen Fakultäten in München und Berlin festgestellt wurde, bietet doch die außerordentlichste, die unheilbarste von allen bis zum heutigen Tag bekanntgewordenen fixen Ideen», erklärte der Doktor, als hielte er seine Vorlesung über vergleichende Physiologie.

«Ein Wahnsinniger! Was steckt dahinter, Florian?» fragte C. halblaut und ging den Riegel vorschieben.

Bei dieser Enthüllung war auch das Lächeln der Damen verblichen.

Ich aber, ich glaubte seit einigen Minuten zu träumen.

«Ein Wahnsinniger!» schrie Antonie auf. «Solche Leute sperrt man doch ein, sollte ich meinen.»

«Ich glaube, erwähnt zu haben, daß unser adliger Herr ein vielfacher Millionär ist», erwiderte mit großem Ernst Les Eglisottes. «Er ist es also, der die andern Leute einsperren läßt. Damit müssen Sie sich abfinden.»

«Und welcher Art ist seine fixe Idee?» fragte Susannah. «Ich finde ihn sehr nett, diesen Herrn, das muß ich euch doch gestehn.»

«Sie werden vielleicht sehr bald nicht mehr dieser Ansicht sein, Madame.» Der Doktor zündete sich eine Zigarette an.

Ein fahles Morgengrauen färbte die Scheiben, die Kerzen flackerten nur noch, das Feuer erlosch; was wir zu hören bekamen, wirkte auf uns wie ein Fiebertraum. Der Doktor zählte nicht zu den Menschen, die ihre Hörer gern hinters Licht führen; was er sagte, besaß die gleiche kalte Wirklichkeit wie jene Vorrichtung, die sich drüben auf dem Platz erhob.

«Anscheinend», fuhr er zwischen zwei Schlucken Madeira fort, «hat der schweigsame junge Mensch sich gleich nach Erlangung seiner Großjährigkeit nach Ostindien eingeschifft; er hat Asien viel bereist. Dort beginnt das dichte Dunkel, das den Ursprung seines Leidens verbirgt: Während verschiedener Aufstandsbewegungen war er im Fernen Osten Zeuge der entsetzlichen Foltern, die in jenen Gegenden die Gesetze den Rebellen oder andern Schuldigen auferlegen. Zunächst hat er dergleichen ohne Zweifel mit der bloßen Neugier des Touristen angesehen. Doch beim Anblick dieser Foltern regten sich in ihm Instinkte einer Grausamkeit, die alle bisher bekannten Vorstellungen übersteigt, seinen Geist trübte, sein Blut vergiftete und ihn schließlich zu dem sonderbaren Geschöpf machte, das er geworden ist. Es ist eine Tatsache, daß mit Hilfe seines Goldes Baron H. Zugang in die alten Gefängnisse der Hauptstädte von Persien, Indochina und des Tibet fand und daß er mehrmals von den Gouverneuren die Erlaubnis erhielt, an Stelle der orientalischen Nachrichter selber das entsetzliche Amt des Henkers auszuüben. Sie kennen die Geschichte von den vierzig Pfund ausgestochener Augen, die dem Schah Nasser-Eddin am Tage, da er feierlich in eine aufrührerische Stadt einzog, auf zwei goldenen Schüsseln überreicht wurden? Der Baron war, in landesüblicher Tracht, einer der eifrigsten Teilnehmer an diesem Greuel. Die Hinrichtung der beiden Führer des Aufstands war eine unsägliche Scheußlichkeit. Dem Urteil entsprechend, wurden ihnen alle Zähne mit Zangen ausgerissen, dann wurden diese Zähne in die eigens zu solchem Zweck kahlrasierten Schädel eingehämmert, so daß die Zähne die persischen Initialen des glorreichen Namens von Feth-Ali-Schahs Nachfolger bildeten. Wieder war es unser Menschenfreund, der, dank einem Sack voll Rupien, die Erlaubnis erhielt, sie mit der pedantischen Unbeholfenheit, die ihn kennzeichnet, selber hinzurichten. Da stellt sich eine einfache Frage: Wer ist wahnsinniger? Jener, der solche Foltern befiehlt, oder jener, der sie ausführt? Sie sind angewidert? Nun, falls der erste dieser beiden Männer geruhen würde, nach Paris zu kommen, wären wir geradezu geehrt, würden Feuerwerke abbrennen und befehlen, daß die Fahnen unserer Armee sich zu neigen hätten, wenn er durch das Spalier führe. Und das alles im Namen der ‹unsterblichen Grundsätze von 1789›! Lassen wir das also! Sofern man den Berichten der Kapitäne Hobbs und Egginson Glauben schenken darf, so übertrifft die Raffiniertheit, die sein wachsender Wahnsinn ihm bei solchen Gelegenheiten eingab, bei weitem die Ungeheuerlichkeiten eines Tiberius und Heliogabal, ja alles, was je in den Chroniken der Menschheit berichtet wird. Denn dort, wo ein Irrsinniger Vernunftwidriges tut, kann kein Mensch ihm an Vollendung gleichkommen.»

Doktor Les Eglisottes unterbrach sich und musterte uns, einen nach dem andern, mit spöttischem Blick.

Wir hatten ihm so aufmerksam gelauscht, daß unsere Zigarren ausgegangen waren.

«Nach Europa zurückgekehrt», fuhr der Doktor nun fort, «war Baron H. so übersättigt, daß man auf eine Heilung hoffen konnte. Bald aber packte das hitzige Fieber ihn von neuem. Er hatte nur einen Wunschtraum, krankhafter, grauenhafter als all die verworfenen Vorstellungen des Marquis de Sade. Und das ganz einfach – sich mit dem Amt eines Generalhenkers aller Hauptstädte Europas bekleiden zu lassen. Er erklärte, die guten Traditionen und die Fertigkeit auf diesem künstlerischen Gebiet der Zivilisation seien im Schwinden; es sei, wie man sagt, Gefahr im Verzug, und auf Grund der Dienste, die er im Orient geleistet hatte, so schrieb er in den Gesuchen, die er häufig aussandte, hoffe er, wenn die Herrscher ihm die Ehre ihres Vertrauens schenken wollten, den Übeltätern das abgestufteste Jammergeschrei zu entreißen, das je unter der Wölbung einer Kerkerzelle gehört worden sei. Ja, richtig! Wenn man vor ihm von Ludwig XVI. spricht, so entflammt sein Auge und spiegelt einen ganz außerordentlichen posthumen Haß. Denn Ludwig XVI. war jener Herrscher, der glaubte, das peinliche Verhör abschaffen zu müssen, und dieser Monarch dürfte der einzige Mann sein, den Baron H. jemals wirklich gehaßt hat.

Wie Sie sich wohl vorstellen können, scheiterte er mit seinen Bittschriften jedesmal, und nur dem Eingreifen seiner Erben hat er es zu verdanken, daß man ihn noch nicht eingesperrt hat, wie er es verdiente. Denn die Klauseln des Testaments seines Vaters, des verstorbenen Barons H., zwingen die Familie, ihm den bürgerlichen Tod zu ersparen, der für seine Verwandten mit riesigen finanziellen Opfern verbunden wäre. So reist er denn in voller Freiheit umher. Er steht in besten Beziehungen mit all den Herren vom Hochgericht. Sein erster Besuch gilt ihnen in allen Städten, durch die er kommt. Häufig hat er ihnen sehr hohe Summen angeboten, wenn sie ihm ihren Platz einräumen wollten, und, ganz unter uns, ich glaube… (der Doktor zwinkerte vielsagend), daß er manche verleitet hat.

Von diesen Streichen abgesehen, kann man sagen, daß sein Wahnsinn harmlos ist, denn er erstreckt sich ja nur auf solche Menschen, die vom Gesetz verdammt sind. Jenseits seiner geistigen Verirrung gilt Baron H. für einen Mann von friedlichen, ja sogar von liebenswürdigen Lebensformen. Von Zeit zu Zeit kann allerdings seine zweideutige Umgänglichkeit, wie es heißt, jenen seiner vertrauten Freunde, die von seiner schrecklichen Marotte wissen, einen kalten Schauer über den Rücken laufen lassen. Aber das ist alles.

Dennoch spricht er häufig und mit einigem Bedauern vom Orient und will ständig dorthin zurückkehren. Daß man ihm das Diplom des Oberfoltermeisters des Erdenrunds versagt, hat ihn in tiefe Schwermut versetzt. Stellen Sie sich doch die Träumereien eines Torquemada, eines Arbuez, der Herzöge von Alba und von York vor! Und sein Wahn steigert sich von Tag zu Tag. So wird er denn auch von seinen Geheimagenten von jeder bevorstehenden Hinrichtung verständigt – noch vor den Rittern vom Fallbeil sogar! Er eilt, er fliegt, er verzehrt die Entfernung, ihm ist sein Platz am Fuß der Maschine vorbehalten. In diesem Augenblick, da ich zu Ihnen spreche, ist er dort; er würde nicht ruhig schlafen, wenn er nicht den letzten Blick des Verurteilten auffangen könnte.

Das, meine Herren und Damen, ist der Herr, mit dem Sie den Vorzug hatten, die Nacht zu verbringen. Ich möchte noch hinzufügen, daß er, von seiner Manie abgesehen, im gesellschaftlichen Leben ein makelloser Weltmann ist, der hinreißendste Plauderer, der heiterste, der…»

«Genug, Doktor! Um Himmels willen!» riefen Antonie und die aschblonde Clio, denen die ätzende, spöttische Spaßhaftigkeit Florians außerordentlichen Eindruck gemacht hatte.

«Er ist ja geradezu der Liebhaber der Guillotine», flüsterte Susannah. «Ein Genießer der Folter!»

«Wirklich, wenn ich Sie nicht kennte, Doktor…», stammelte C.

«Sie würden es nicht glauben?» unterbrach ihn Les Eglisottes. «Ich habe es selber lange nicht geglaubt; aber, wenn sie wollen, können wir ja hingehn. Ich habe meine Zutrittskarte; wir könnten, trotz der Absperrung durch die Kavallerie, bis zu ihm gelangen. Ich würde Sie nur auffordern, seine Züge während der Vollziehung des Urteils zu beobachten. Das ist alles. Und nachher bliebe Ihnen kein Zweifel.»

«Vielen Dank für die Einladung», rief C. «Aber ich ziehe doch vor, Ihnen zu glauben; trotz der wahrhaft geheimnisvollen Ungeheuerlichkeit des Falles.»

«Ja, ja, das ist ein Kerl, Ihr Baron», sagte der Doktor und machte sich an einen Berg von Krebsen, die wunderbarerweise noch vorhanden waren.

Und dann, als er unsere bedrückten Mienen sah, fuhr er fort: «Sie dürfen über meine vertraulichen Mitteilungen zu diesem Thema nicht überrascht sein noch sie sich über Gebühr zu Herzen nehmen. Was die Sache so widerwärtig macht, ist die Absonderlichkeit seiner fixen Idee. Im übrigen ist ein Wahnsinniger ein Wahnsinniger, sonst nichts. Lesen Sie doch die Schriften der Psychiater; Sie werden darin Fälle von erstaunlicher Seltsamkeit finden; und die damit behaftet sind, treffen wir am hellichten Tag, zu jeder Stunde, ohne etwas davon zu ahnen. Das kann ich Ihnen schwören.»

«Meine lieben Freunde», begann C. nach einer kurzen Pause allgemeiner Benommenheit, «ich gestehe, daß ich nichts Besonderes dabei finden würde, mein Glas mit jenem Glas zusammenklingen zu lassen, das mir ein weltlicher Arm entgegenhielte, wie man dergleichen zur Zeit nannte, da die Arme der Henker auch geistlich sein konnten. Ich würde die Gelegenheit nicht suchen; wenn sie sich mir aber böte, so sage ich Ihnen ganz nüchtern – und Les Eglisottes vor allem wird mich verstehen –, daß der Anblick oder selbst die Gesellschaft jener, die dieses Amt ausüben, mich keineswegs zu beeindrucken vermöchte. Ich habe die Wirkungen von Schauerdramen über dieses Thema niemals sehr genau verstanden.

Doch der Anblick eines Menschen, der dem Wahnsinn verfällt, weil er dieses Amt nicht von Gesetzes wegen ausüben kann, ja, das allerdings, das macht schon einen gewissen Eindruck auf mich. Und ich erkläre, ohne zu zaudern: Wenn es unter den Menschen Seelen gibt, die der Hölle entronnen sind, so ist unser Tischgenosse des heutigen Abends eine der schlimmsten, denen man begegnen kann. Mögen Sie ihn immerhin wahnsinnig nennen; das erklärt sein ursprüngliches Wesen nicht. Ein wirklicher Henker ließe mich gleichgültig; unser gräßlicher Irrsinniger aber weckt ein unbeschreibliches Grauen in mir.»

Das Schweigen, das diese Worte empfing, war feierlich, als hätte der Tod selbst plötzlich seinen kahlen Schädel zwischen den Leuchtern blinken lassen.

«Mir ist nicht ganz wohl», sagte die aschblonde Clio mit einer Stimme, die in der nervösen Überreizung und in der Kälte des Tagesanbruchs zitterte. «Laßt mich nur ja nicht allein. Kommt in meine Villa. Versuchen wir, dieses Abenteuer zu vergessen, meine Herren und Freunde. Kommt, es gibt Bäder, es gibt Pferde, es gibt Zimmer, wo Sie sich ausruhen können.» Sie wußte kaum mehr, was sie sagte. «Sie liegt mitten im Bois, in zwanzig Minuten sind wir dort. Versteht mich recht, ich bitte euch. Der Gedanke an diesen Menschen macht mich beinahe krank, und wäre ich allein, so würde ich fürchten, er könnte plötzlich eintreten, in der Hand eine Lampe, um sein ödes Lächeln zu beleuchten, das mir angst macht.»

«Das ist wahrhaftig eine Nacht voller Rätsel!» sagte Susannah Jackson.

Les Eglisottes hatte sein Glas leergetrunken und trocknete sich zufrieden die Lippen.

Wir läuteten; Joseph erschien. Während wir mit ihm abrechneten, berührte die Schottin ihre Wangen mit einer Quaste aus Schwanenflaum und flüsterte Antonie ruhig zu: «Hast du Joseph nichts zu sagen, kleine Yseult?»

«Doch, doch», erwiderte die reizende, blasse Kleine. «Und du hast es erraten, du Närrin!»

Dann wandte sie sich zu dem Oberkellner.

«Joseph, nehmen Sie diesen Ring; der Rubin ist für mich ein wenig zu dunkel. Nicht wahr, Susannah? All diese Brillanten scheinen ja geradezu rund um diesen Blutstropfen zu weinen. Sie lassen ihn noch heute verkaufen und schenken den Erlös den Bettlern, die vor dem Haus vorübergehen.»

Joseph nahm den Ring, verbeugte sich mit jenem nachtwandlerischen Gruß, dessen Geheimnis ihm allein gehörte, und ging, um die Wagen vorfahren zu lassen, während die Damen sich mit ihrer Toilette beschäftigten, die langen, schwarzseidenen

Dominos umnahmen und ihre Masken wieder vorbanden.

Es schlug sechs.

«Einen Augenblick», sagte ich und wies mit dem Finger auf die Wanduhr. «Das ist eine Stunde, die uns alle ein wenig zu Mitschuldigen an dem Wahnsinn dieses Mannes macht. Wir wollen also Geduld mit ihr haben. Sind wir nicht just in diesem Augenblick an einer Barbarei beteiligt, die ungefähr ebenso düster ist wie seine?»

Nach diesen Worten verharrte man in tiefem Schweigen.

Susannah musterte mich unter ihrer Maske. Es war wie ein stählerner Blitz. Sie wandte den Kopf und öffnete rasch ein Fenster.

Aus der Ferne schlugen sämtliche Glockentürme von Paris die sechste Stunde.

Beim sechsten Schlag erbebten wir alle zutiefst, und nachdenklich betrachtete ich den Kopf eines kupfernen Dämons mit verzerrten Zügen, der als Gardinenhalter die blutenden Fluten der roten Vorhänge raffte.

DOROTHY PARKER

1893–1967

Begegnung zwischen Schwarz und Weiß

Die Dame mit den rosa Mohnblumen im goldenen Haar, dessen Gold nicht ganz echt war, stürzte durch das mit Menschen überfüllte Zimmer auf den Hausherrn zu. Ihr Gang war eine Kombination aus Hüpfen und Gleiten.

«Hab' ich Sie endlich!» rief sie und packte ihn an seinem magern Arm. «Jetzt können Sie mir nicht entkommen!»

«Hallo», sagte der Hausherr, «wie geht es Ihnen?»

«Glänzend», antwortete sie. «Geradezu glänzend. Hören Sie, ich möchte Sie um einen ganz schrecklich großen Gefallen bitten! Wollen Sie mir einen Gefallen tun? Wollen Sie, bitte, bitte?»

«Was soll ich tun?» fragte der Hausherr.

«Hören Sie», sagte sie. «Ich möchte Walter Williams kennenlernen. Offen gestanden, ich bin ganz vernarrt in den Mann. Gott, singt der! Haben Sie ihn je seine geistlichen Lieder singen hören? ‹Dein Glück, daß Walter Williams farbig ist›, sage ich oft zu Burton, ‹sonst hättest du allen Grund, eifersüchtig zu sein›. Ich möchte ihn brennend gern kennenlernen. Ich möchte ihm sagen, daß ich ihn singen gehört habe. Wollen Sie ein Engel sein und mich ihm vorstellen?»

«Gerne», erwiderte der Hausherr. «Ich dachte, Sie kennen ihn. Diesen Abend haben wir ja ihm zu Ehren veranstaltet. Wo steckt er denn?»

«Er steht drüben beim Bücherschrank», sagte sie. «Wir wollen aber warten, bis er mit den Leuten dort fertig ist. Ich finde es einfach fabelhaft von Ihnen, daß Sie ihm dieses wirklich fabelhafte Fest geben und die Gelegenheit, alle diese Weißen kennenzulernen. Er ist Ihnen sicher schrecklich dankbar?»

«Ich hoffe nicht», sagte der Hausherr.

«Ich finde es ganz entsetzlich nett», fuhr sie fort. «Wirklich. Ich weiß nicht, warum in aller Welt es nicht in Ordnung sein sollte, farbige Leute kennenzulernen. Ich habe nicht das geringste dagegen – nicht das geringste. Burton ist natürlich ganz anders. Sie wissen ja, er stammt aus Virginia, und sie wissen ja, wie die dort unten sind.»

«Ist er heute auch hier?» fragte der Hausherr.

«Nein, er konnte nicht kommen», antwortete sie. «Heute bin ich eine richtige Strohwitwe. Beim Weggehen habe ich ihm gesagt: ‹Wer weiß, was ich heute anstellen werde.› Er war todmüde, er konnte sich nicht mehr rühren. Schade, nicht wahr?»

«Sehr schade», bedauerte der Hausherr.

«Warten Sie, bis ich ihm erzähle, daß ich Walter Williams kennengelernt habe!» sagte sie. «Das wird ihn umbringen. Wir streiten immer wegen den Farbigen. Ich rede in ihn hinein, was ich kann, und rege mich schrecklich auf. ‹Sei doch nicht so dumm›, sage ich. Aber das muß ich zugeben, Burton ist viel großzügiger als die meisten dieser Südstaatler. Eigentlich liebt er die Farbigen sehr. Er sagt immer, daß er keine weiße Dienerschaft haben möchte. Und, wissen Sie, er hatte doch eine alte farbige Kinderfrau, so eine richtig alte Neger-Mammi, und die liebt er heiß. Jedesmal, wenn er nach Hause fährt, geht er in die Küche, um sie zu begrüßen, tatsächlich, das tut er bis auf den heutigen Tag. Und er sagt immer, daß er nicht das geringste gegen die Farbigen hat, solange sie wissen, wo sie hingehören. In einem fort tut er etwas für sie – schenkt ihnen Kleider und was weiß ich sonst noch alles. Nur an einen Tisch mit ihnen setzen würde er sich nicht für eine Million Dollar, sagte er. ‹Du machst mich krank, wenn du so redest›, sage ich. Ich bin wirklich schrecklich mit ihm. Finden Sie nicht auch?»

«Oh, nein, nein», widersprach der Hausherr. «Nein, nein.»

«Doch, doch», sagte sie. «Ich weiß es. Armer Burton! Aber ich, ich empfinde eben ganz anders. Ich habe nicht das geringste gegen Farbige. In manche bin ich direkt vernarrt. Sie sind wie die Kinder – genauso leichtlebig, immer singen und lachen sie. Sind sie nicht die glücklichsten Wesen auf der Welt? Wirklich, ich muß lachen, wenn ich sie nur höre. Ich liebe sie. Tatsächlich. Wissen Sie, da hab' ich eine farbige Wäscherin, seit Jahren hab' ich sie, und die liebe ich heiß. Die ist eine Persönlichkeit. Und das kann ich Ihnen sagen, die betrachte ich als meine Freundin. Und ich sage zu Burton: ‹Um Himmels willen, es sind doch alle Menschen gleich.› Nicht wahr?»

«Ja», bestätigte der Hausherr. «Ja, gewiß.»

«Und nun dieser Walter Williams», erzählte sie weiter. «Ich finde, so ein Mann ist doch ein wirklicher Künstler. Ja. Ich finde, der verdient enorm viel Anerkennung. Mein Gott, ich bin so süchtig nach Musik, daß es mir ganz gleichgültig ist, welche Farbe er hat. Ich glaube ehrlich, wenn ein Mensch ein Künstler ist, dann sollte niemand das Geringste dagegen haben, ihn kennenzulernen. Das ist genau das, was ich immer zu Burton sage. Finden Sie nicht, daß ich recht habe?»

«Ja», nickte der Hausherr. «Ja, gewiß.»

«So empfinde ich eben», gestand sie. «Ich kann es einfach nicht verstehn, wenn Menschen engherzig sind. Ich finde, daß es eine richtige Auszeichnung ist, einen Mann wie Walter Williams kennenzulernen. Ja wirklich, ich habe gar nichts dagegen. Ja um Himmels willen, unser Herrgott hat ihn gemacht, genauso wie uns alle. Nicht wahr, das hat er doch?»

«Sicherlich», bestätigte der Hausherr. «Ja, gewiß.»

«Das sag' ich ja», fuhr sie fort. «Ich werde so wütend, wenn Menschen engherzig sind in bezug auf die Farbigen. Ich muß an mich halten, um nicht grob zu werden. Natürlich muß ich zugeben, wenn man einen schlechten Farbigen erwischt, dann sind sie wirklich schrecklich. Aber wie ich immer zu

Burton sage, es gibt auch böse weiße Menschen auf dieser Welt. Nicht wahr?»

«Ja, gewiß», antwortete der Hausherr.

«Ich wäre wirklich froh, wenn ein Mann wie Walter Williams einmal in mein Haus käme und uns etwas vorsingen würde», sagte sie. «Natürlich könnte ich ihn nicht einladen wegen Burton, aber ich selber hätte nicht das geringste dagegen. Mein Gott, kann der singen! Ist es nicht fabelhaft, wie musikalisch diese Leute sind? Es ist, als hätten sie die Musik so richtig in sich drin. Kommen Sie, jetzt wollen wir zu ihm gehn und mit ihm reden. Aber was soll ich tun, wenn ich ihm vorgestellt werde? Soll ich ihm die Hand geben?»

«Machen Sie das ganz, wie Sie wollen», lächelte der Hausherr.

«Vielleicht ist es doch besser, ich tu's», sagte sie. «Ich möchte um alles in der Welt nicht, daß er glaubt, ich hätte was dagegen. Ich glaube, ich werde ihm die Hand geben genau wie jedem andern. Ja, das werde ich tun.»

Sie kamen zu dem großen jungen Neger, der bei dem Bücherschrank stand. Der Hausherr stellte vor; der Neger verneigte sich.

«Guten Abend», sagte er.

Die Dame mit den roten Samtmohnblumen streckte ihren Arm der ganzen Länge nach aus und hielt dem Neger ihre Hand so hin, daß alle Welt es sehen konnte; er ergriff die Hand, schüttelte sie und gab sie ihr wieder zurück.

«Guten Abend, Mr. Williams», sagte sie. «Guten Abend. Gerade sagte ich, wie sehr ich Ihren Gesang genossen habe. Ich war in Ihren Konzerten, und wir haben Sie auf dem Grammophon, Ihre Platten und alles. Ach, wie ich das genieße!»

Sie sprach mit größter Deutlichkeit und bewegte gewissenhaft die Lippen wie im Gespräch mit einem Tauben.

«Das freut mich», sagte er.

«Ich bin geradezu vernarrt in dieses ‹Wasser-Boy›-Ding, das Sie singen», erzählte sie. «Wirklich, ich treibe meinen Mann zur Raserei, weil ich den ganzen Tag umhergehe und es vor mich hin summe. Er macht ein Gesicht, schwarz wie der Piquebube… oh… aber sagen Sie mir doch, wo in aller Welt kriegen Sie denn alle diese Lieder her? Wie treiben Sie die bloß auf?»

Er entgegnete: «Es gibt doch so viele verschiedene…»

«Es muß Ihnen doch sehr viel Freude machen, sie zu singen», meinte sie. «Es muß doch sehr viel Spaß machen. Alle diese süßen alten geistlichen Lieder – ach, wie ich die liebe! Na, und was werden Sie jetzt machen? Werden Sie immer weiter singen? Warum geben Sie nicht wieder einmal ein Konzert?»

«Ich gebe eines am 16. dieses Monats», antwortete er.

«Ah, da werde ich kommen», sagte sie. «Ich werde bestimmt hinkommen, wenn ich es nur irgendwie möglich machen kann. Sie können auf mich zählen. Großer Gott, da kommt ein ganzer Strom von Menschen, die mit Ihnen reden wollen. Sie sind wirklich ein Ehrengast! Wer ist denn das Mädchen in Weiß? Die muß ich schon irgendwo gesehen haben.»

«Das ist Katherine Burke», sagte der Hausherr.

«Gott im Himmel», seufzte sie, «das ist Katherine Burke? Die sieht ja im Leben ganz anders aus als auf der Bühne. Ich dachte, daß sie viel besser aussieht. Ich hatte keine Ahnung, daß sie so dunkel ist. Sie sieht ja fast aus wie eine – aber ich finde, daß sie eine wunderbare Schauspielerin ist! Finden Sie nicht, Mr. Williams, daß sie eine wunderbare Schauspielerin ist? Ach, ich finde sie wundervoll. Sie nicht?»

«Ja, das finde ich auch», antwortete er.

«Ja, sie ist wundervoll», bestätigte sie. «Wirklich wundervoll. Aber wir müssen jetzt auch den anderen Gelegenheit geben, mit dem Ehrengast zu sprechen. Und vergessen Sie nicht, Mr. Williams, ich werde im Konzert sein, wenn irgend möglich. Ich werde da sein und applaudieren wie besessen. Und wenn ich nicht kommen kann, dann werde ich jedenfalls allen meinen Bekannten sagen, daß sie gehen müssen. Vergessen Sie das nicht!»

«Ich werde es nicht vergessen», erwiderte er. «Vielen Dank.»

Der Hausherr nahm sie am Arm und steuerte sie ins Nebenzimmer.

«Oh, mein Lieber», stöhnte sie. «Ich bin fast gestorben! Tatsächlich, ich schwöre Ihnen, es ist fast mein Tod gewesen. Haben Sie nicht bemerkt, daß ich beinahe etwas Entsetzliches gesagt hätte? Ich wollte gerade sagen, daß Katherine Burke fast wie eine Negerin aussieht. Ich hab's gerade noch im letzten Augenblick geschluckt. Glauben Sie, daß er etwas bemerkt hat?»

«Ich glaube nicht», tröstete der Hausherr.

«Gott sei Dank», sagte sie, «denn ich hätte ihn nicht um die Welt in Verlegenheit bringen wollen. Er ist ja furchtbar nett. So nett, wie man nur sein kann. Nette Manieren und so. Sie wissen ja, so viele von diesen Farbigen, wenn man ihnen den kleinen Finger reicht, wollen sie gleich die ganze Hand und alles übrige auch. Aber er hat gar nichts dergleichen versucht. Wahrscheinlich ist er dazu auch zu klug. Er ist wirklich nett. Finden Sie nicht?»

«Ja», nickte der Hausherr.

«Mir hat er gefallen», sagte sie. «Ich habe nicht das geringste gegen ihn, weil er ein Farbiger ist. Ich war genauso natürlich mit ihm wie mit jedem anderen. Habe genauso natürlich mit ihm gesprochen und so. Aber ehrlich gestanden, es war furchtbar schwer, nicht zu lachen. Ich hab' immer an Burton denken müssen. Burton wird Augen machen, wenn ich ihm erzähle, daß ich einem Neger ‹Mister› gesagt habe.»

FRANCIS SCOTT FITZGERALD

1896–1940

Die Kindergesellschaft

Wenn John Andros sich alt fühlte, wurde ihm wohler beim Gedanken an ein Weiterleben in seinem Kind. Die dunklen Posaunen der Vergänglichkeit klangen weniger laut, wenn er das Getappel der Kinderfüße oder die Stimme seines Kindes hörte, das ihm durchs Telephon allerhand Unsinn zuplapperte. Letzteres geschah jeden Nachmittag um drei Uhr, wenn seine Frau ihn von außerhalb im Büro anrief, und allmählich freute er sich darauf – wie auf einen Lichtblick in seinem Alltag.

Körperlich betrachtet war er durchaus nicht alt, doch war sein Leben eine Reihe mühsamer Kämpfe über eine Reihe mühsamer Klippen gewesen, und als er nun mit achtunddreißig Jahren trotz Armut und schlechter Gesundheit die Schlacht gewonnen hatte, waren ihm die üblichen Illusionen etwas abhanden gekommen. Selbst die Zuneigung zu seiner kleinen Tochter war gedämpfter Natur. Ihretwegen war die ziemlich starke Liebesbeziehung zu seiner Frau unterbrochen worden, und ihretwegen wohnten sie jetzt in einem Vorort, wo man für die gute Landluft mit endlosem Dienstbotenärger und dem ermüdenden Karussell der Vorortbahn bezahlen mußte.

Was ihn an der kleinen Edi hauptsächlich anzog, war das unwiderlegbare Stückchen Jugend. Er nahm sie gerne auf die Knie und betrachtete staunend das duftende, seidenweiche Haar, die Augen, deren Iris blau war wie der junge Morgen. Nach dieser Huldigung jedoch war er froh, wenn die Schwester sie ihm wieder abnahm. Nach zehn Minuten irritierte ihn dieses sprühende Leben; er wurde schnell ärgerlich, wenn sie etwas zerbrach, und als sie eines Sonntagnachmittags eine Bridgepartie verdarb, da sie dauernd das Pik-As versteckte, hatte es einen Auftritt abgesetzt, bei dem seine Frau in Tränen ausbrach.

So etwas war sinnlos, und John hatte sich deswegen geschämt. Derlei Vorkommnisse waren eben unvermeidlich, denn es ging nicht an, daß die kleine Edi, falls sie nicht spazierengeführt wurde, nur oben im Kinderzimmer eingesperrt blieb, da sie doch, wie ihre Mutter sagte, von Tag zu Tag mehr zu einem richtigen Menschlein wurde.

Sie war jetzt zweieinhalb, und heute nachmittag sollte sie zu einer Kindergesellschaft gehen. Die große Edith, ihre Mama, hatte ihm das Ereignis telephonisch mitgeteilt, und die kleine Edi hatte es bestätigt, indem sie in sein ahnungsloses linkes Ohr gebrüllt hatte: «Ich geh' auf Sellschaft!»

«Schau doch, wenn du nach Hause kommst, bei den Markeys herein, ja, Liebster?» schloß die Mama. «Es wird lustig. Edi macht sich ganz fein – mit Edis neuem rosa Kleidchen...»

Das Gespräch endete unvermittelt mit einem quietschenden Geräusch; vermutlich hatte sie das Telephon heruntergerissen. John lachte und beschloß, einen Zug früher zu fahren; die Aussicht auf eine Kindergesellschaft bei anderen Leuten machte ihm Spaß.

«Das wird einen großartigen Trubel geben», dachte er vergnügt. «Ein Dutzend Mütter, von denen jede nur Augen für ihr eigenes Kind hat! Und die Kinderlein machen alles entzwei und patschen in die Torte, und jede Mama geht heim und ist überzeugt, daß ihr Kind im Grunde den andern himmelhoch überlegen ist.»

Er war heute in guter Stimmung: alles ließ sich besser denn jemals in seinem Leben an. Als er ausgestiegen war und aus dem Bahnhof trat, schüttelte er vor einem aufdringlichen Taxifahrer verneinend den Kopf und begann durch den frischen Dezemberabend die Anhöhe zu seinem Haus hinaufzugehen. Es war erst sechs Uhr, doch der Mond schien bereits und funkelte stolz auf die schneeverzuckerten Rasenflächen.

Während er weitermarschierte und sich die Lunge gierig voll kalter Luft sog, nahm sein Glücksgefühl zu, und der Gedanke an die Kindergesellschaft begeisterte ihn mehr und mehr. Er fragte sich, wie Edi wohl neben anderen Kindern ihres Alters abschnitt und ob das rosa Kleid, das sie tragen würde, nicht etwas übertrieben und unkindlich war. Er schritt schneller aus und sah schon sein eigenes

Haus, hinter dessen Fensterscheiben noch die Kerzen des alten Weihnachtsbaumes blühten; doch ging er auf dem Bürgersteig weiter. Die Kindergesellschaft war nebenan, bei den Markeys.

Als er die Klinkerstufen hinanstieg und läutete, vernahm er Stimmen hinter der Tür und freute sich, daß er nicht zu spät kam. Dann hob er den Kopf und lauschte: es waren keine kindlichen Stimmen, doch waren sie laut und schrill vor Empörung; es waren mindestens drei, von denen er die eine, die sich in krampfhaftem Schluchzen überschlug, gleich darauf als die Stimme seiner Frau erkannte.

«Da hat's was gegeben», dachte er rasch.

Er drückte auf die Klinke, fand die Türe unverschlossen und stieß sie auf.

Die Kindergesellschaft sollte um halb fünf beginnen; Edith Andros hatte sich jedoch schlauerweise gesagt, das neue rosa Kleid würde neben den bereits zerknitterten Sachen der andern Kinder noch mehr Aufsehen erregen, und plante ihr und Klein-Edis Erscheinen für fünf Uhr. Als sie eintrafen, war das Fest schon in vollem Schwung. Vier kleine Mädchen und neun kleine Jungen tanzten zur Musik eines Grammophons, und ein jedes war mit aller Sorgfalt eines stolzen und eifersüchtigen Mutterherzens geseift und geputzt und frisiert worden. Zwar tanzten nie mehr als zwei oder drei Kinder auf einmal, aber da sie alle ständig in Bewegung waren und, Zuspruch suchend, zu ihren Müttern und wieder zurück liefen, kam es aufs gleiche heraus.

Als Edith mit ihrer Tochter eintrat, wurde die Musik eine Zeitlang von einem allgemeinen Loblied übertönt, das vor allem aus dem Wort «goldig» bestand und sich auf die kleine Edi bezog, die schüchtern umherblickte und an den Säumen ihres rosa Kleidchens zupfte. Abgeküßt wurde sie nicht (man lebte im hygienischen Zeitalter), doch wurde sie von Mama zu Mama weitergereicht, deren jede «gol-dig!» zu ihr sagte und ihr kleines rosiges Pfötchen in die Hand nahm, ehe sie der nächsten in der Reihe überlassen wurde. Nach einigem Zureden und ein paar sanften Stößen mischte sie sich unter die Tanzenden und wurde ebenfalls schnell zu einem tätigen Mitglied. Edith war an der Tür stehengeblieben, sprach mit Mrs. Markey und hielt gleichzeitig ein wachsames Auge auf das Figürchen im rosa Kleid. Aus Mrs. Markey machte sie sich nichts; sie hielt sie für schnippisch und gewöhnlich; aber John und Joe Markey verstanden sich gut und fuhren jeden Morgen mit dem gleichen Zug in die Stadt; deshalb bemühten sich die beiden Frauen, den Schein einer vertrauten Freundschaft zu wahren. Immer hielten sie sich gegenseitig vor, daß «Sie mich ja leider nie besuchen», und immer wollten sie zusammen ausgehen und begannen mit: «Sie müssen bald mal zu uns zum Essen kommen, und hinterher fahren wir ins Theater!» Doch mehr wurde nie daraus.

«Die kleine Edi sieht wirklich wonnig aus», sagte Mrs. Markey lächelnd und leckte sich die Lippen, was Edith besonders abstoßend fand. «Schon eine kleine Dame – nicht zu glauben!»

Edith fragte sich, ob sie mit «klein» darauf anspielte, daß Billy Markey zwar mehrere Monate jünger war und doch fünf Pfund mehr wog. Sie nahm eine Tasse Tee entgegen, setzte sich zu zwei anderen Damen auf ein Sofa und steuerte mit vollen Segeln auf den eigentlichen Zweck des Nachmittags los, der natürlich darin bestand, über die Fortschritte und Streiche ihrer Kleinen zu berichten.

Eine Stunde verstrich. Die Tanzerei verlor an Reiz, und die Kleinen wandten sich einem anstrengenderen Sport zu. Sie liefen ins Eßzimmer, jagten um den runden Tisch und versuchten durch die Küchentür zu entwischen, wurden aber von einem Expeditionskorps ängstlicher Mütter glücklich zurückgeholt. Kaum waren sie eingefangen, da rissen sie sich schon wieder los, stürzten ins Eßzimmer und ergötzten sich an den ihnen vertrauten Flügeltüren. Mütter tuschelten sich das Wort «überheizt» zu, und kleine weiße Stirnen wurden mit kleinen weißen Tüchlein abgetupft. Ein allgemeiner Versuch, die Kinderchen zum Sitzen zu bewegen, wurde von den Müttern unternommen, doch die Kleinen wanden sich mit energischem Geschrei: «Laß mich runter! Laß mich runter!» vom Schoß, und von neuem begann der Ansturm auf die verlockenden Eßzimmertüren.

Dieses Stadium der Gesellschaft endete, als die Erfrischungen angefahren kamen: eine große Torte mit zwei Kerzen und Tellerchen mit Vanille-Eis. Billy Markey, ein stämmiger, lachender Junge mit rotem Haar und etwas krummen Beinen, blies die Kerzen wieder aus und bohrte probeweise mit dem Daumen in den weißen Tortenguß. Die Erfrischungen wurden herumgereicht, und die Kinder aßen gierig, aber ohne sich zu zanken – sie hatten sich den ganzen Nachmittag erstaunlich gut benommen. Es waren moderne Kinder, die zu genau festgesetzten Stunden aßen und schliefen, daher waren sie gutartig und hatten gesunde rosige Gesichter – vor dreißig Jahren wäre eine so friedliche Kindergesellschaft gar nicht möglich gewesen.

Nach den Erfrischungen begann allmählich der Aufbruch. Edith blickte besorgt auf ihre Uhr: es war fast sechs, und John war noch nicht da. Sie wollte so gern, er sollte Edi mit den andern Kindern zusammen sehen – wie manierlich und höflich und klug sie war, und der einzige Eiscremefleck auf ihrem Kleid rührte nur davon her, daß etwas von ihrem Kinn getropft war, als ihr jemand in den Rücken knuffte.

«Du bist ein Schatz», flüsterte sie ihrem Kind zu und zog es plötzlich an ihr Knie. «Weißt du, daß du ein Schatz bist? Ein ganz großer Schatz!»

Edi lachte. «Wauwau!» sagte sie auf einmal.

«Wauwau?» Edith sah sich um. «Es ist doch kein Wauwau da?»

«Wauwau!» wiederholte Edi. «Ich will Wauwau haben!»

Edith sah, worauf der kleine Finger deutete.

«Das ist kein Wauwau, Herzchen, das ist ein Teddybär.»

«Bär.»

«Ja, ein Teddybär, und er gehört Billy Markey. Du willst doch nicht Billys Teddybär, nicht wahr?»

Edi wollte ihn aber doch.

Sie strampelte sich frei und ging langsam auf Billy Markey zu, der sein Spielzeug fest in den Armen hielt. Edi stand vor ihm und sah ihn mit undurchschaubarem Blick an, und Billy lachte.

Edis Mama sah wieder auf die Uhr, diesmal schon ungeduldiger.

Die Gesellschaft hatte bereits begonnen, sich aufzulösen, und schließlich waren außer Edi und Billy bloß noch zwei andere Kinder da, von denen das eine sich nur deshalb vor dem Fortgehen hatte retten können, weil es sich unter dem Eßzimmertisch versteckt hatte. Es war selbstsüchtig von John, nicht zu kommen! Damit zeigte er, wie wenig stolz er auf sein Kind war. Andere Väter, wohl ein halbes Dutzend, waren gekommen, um ihre Frauen abzuholen, und hatten ein Weilchen zugeschaut.

Plötzlich ertönte ein Geschrei. Edi hatte sich den Teddybär angeeignet, indem sie ihn Billy mit Gewalt aus dem Arm gerissen hatte, und als er ihn zurückerobern wollte, hatte sie ihn einfach umgestoßen, und er war hingefallen.

«Aber Edi!» rief ihre Mama und mußte ein Lächeln unterdrücken.

Joe Markey, ein hübscher, breitschultriger Mann von fünfunddreißig Jahren, hob den Sohn auf und stellte ihn auf die Füße. «Du bist mir ein schöner Bursche», lachte er gutmütig. «Sich von einem Mädchen umstoßen zu lassen! Bist mir ein schöner Bursche!»

«Hat er sich den Kopf gestoßen?» fragte Mrs. Markey ängstlich und eilte von der Tür zurück, an der sie die vorletzte Mama hinauskomplimentiert hatte.

«I wo! Nicht den Kopf. Ganz was anderes, nicht wahr, Billy?» rief Markey. «Ganz was anderes!»

Billy dachte schon nicht mehr daran, daß er hingefallen war, sondern versuchte, sich sein Eigentum zu sichern. Er packte den Teddy bei einem Bein, das unter Edis schützendem Ärmchen hervorschaute, und zerrte daran, aber vergebens.

«Nicht!» sagte Edi entschieden.

Plötzlich, angespornt durch den halb zufälligen Erfolg ihres Vorgehens von vorhin, ließ sie den Teddybär fallen, faßte Billy bei den Schultern und stieß ihn, daß er hintenüberkippte.

Diesmal landete er weniger sanft: der Kopf schlug dicht neben dem Teppich mit dumpfem Ton auf den kahlen Fußboden, und Billy rang zuerst nach Luft und stieß dann ein jämmerliches Geheul aus.

Im Nu herrschte helle Aufregung im Zimmer. Markey eilte mit erschrockenem Ruf auf sein Söhnchen zu, aber seine Frau war schon vor ihm da und riß das hingefallene Kind in die Arme.

«Armer Billy!» rief sie. «Hast du dir so bös weh getan? Edi muß Haue haben, nicht?»

Edith, die sofort auf ihre Tochter zugestürzt war, hörte die Bemerkung und kniff die Lippen zusammen.

«Aber Edi!» flüsterte sie mechanisch. «Du schlimmes kleines Mädchen!»

Edi warf plötzlich den Kopf in den Nacken und lachte. Es war ein lautes Lachen, ein Triumphgelächter, siegesbewußt, herausfordernd und verächtlich. Dummerweise war es ansteckend. Ehe sich ihre Mutter der heiklen Lage bewußt war, hatte auch sie aufgelacht, mit einem deutlich hörbaren Lachen, dem des Kindes recht ähnlich, und auch mit dem gleichen Beiklang.

Dann brach sie ab – genauso plötzlich.

Mrs. Markeys Gesicht war vor Zorn sehr rot geworden, und Markey, der den Hinterkopf seines Kindes mit einem Finger abgetastet hatte, blickte Edith stirnrunzelnd an.

«Es ist schon geschwollen», sagte er mit etwas vorwurfsvollem Ton. «Ich hole nur schnell die Heilsalbe.»

Mrs. Markey hatte jedoch die Beherrschung verloren. «Ich kann's nicht zum Lachen finden, wenn ein Kind sich weh getan hat», sagte sie mit zitternder Stimme.

Die kleine Edi hatte unterdessen mit merkwürdigem Ausdruck auf ihre Mutter geblickt. Sie hatte gemerkt, daß ihr Lachen auch ihre Mutter zum Lachen gebracht hatte, und wollte gern wissen, ob die gleiche Ursache stets die gleiche Wirkung hervorrufe. Daher wählte sie ausgerechnet diesen Augenblick, um wieder den Kopf in den Nacken zu werfen und zu lachen.

Ihre Mutter fand, daß dieser neue Ausbruch von Fröhlichkeit der Verrücktheit des Ganzen die Krone aufsetzte. Sie mußte das Taschentuch auf den Mund drücken und hilflos kichern. Es war mehr als nur Nervosität, sie spürte, daß sie auf eigentümliche Art *mit* ihrem Kinde lachte: sie lachten gemeinsam.

Irgendwie war es ein Trotzbieten: wir zwei gegen die Welt!

Während Markey nach oben ins Badezimmer lief, um die Salbe zu holen, ging seine Frau mit dem schreienden Jungen in den Armen im Zimmer auf und ab.

«Bitte gehen Sie!» stieß sie plötzlich hervor. «Mein Kind ist zu Schaden gekommen, und wenn Sie nicht soviel Anstand haben, stille zu sein, dann sollten Sie lieber gehen!»

«Gut», sagte Edith, die nun auch ärgerlich wurde. «Ich habe aber noch nie erlebt, daß jemand aus einer Mücke solchen Elefanten...»

«Scheren Sie sich fort!» schrie Mrs. Markey wie rasend. «Da ist die Tür! Scheren Sie sich fort! Sie brauchen nie wieder herzukommen – und Ihr Balg auch nicht!»

Edith hatte ihre Tochter an der Hand genommen und war schnell auf die Tür zugeschritten, doch bei dieser Bemerkung flog sie herum und verkniff empört ihr Gesicht.

«Unterstehen Sie sich, meine Kleine zu beschimpfen!»

Mrs. Markey antwortete nicht, sondern ging weiter auf und ab, wobei sie unhörbar vor sich hin sprach und Billy gut zuredete.

Edith fing an zu weinen.

«Bestimmt gehe ich», schluchzte sie. «Noch nie war jemand so grob und ordinär zu mir. Geschieht Ihrem Jungen ganz recht, wenn er umgeschubst wurde – er ist ja bloß ein dicker kleiner Schafskopf!»

Joe Markey kam gerade rechtzeitig die Treppe herunter, um ihre Bemerkung noch aufzufangen.

«Aber Mrs. Andros», rief er scharf, «sehen Sie denn nicht, daß das Kind zu Schaden gekommen ist? Sie sollten sich wirklich beherrschen!»

«Mich be-beherrschen?» stammelte Edith. «Sagen Sie das gefälligst Ihrer Frau! So was Or-ordinäres hab' ich noch niemals gesehen!»

«Sie beleidigt mich!» Mrs. Markey glühte vor Wut. «Hast du gehört, was sie gesagt hat, Joe? Bitte wirf sie raus! Wenn sie nicht gehen will, pack sie einfach bei den Schultern und wirf sie raus!»

«Unterstehen Sie sich, mich anzurühren!» rief Edith. «Wenn ich nur erst meinen Mantel gefunden hätte!»

Tränenblind machte sie einen Schritt auf den Vorraum zu.

Gerade in diesem Augenblick ging die Türe auf, und John Andros trat besorgt ein.

«John!» rief Edith verzweifelt und flog ihm entgegen.

«Ja was denn! Was ist denn hier los?»

«Sie wollen mich aus dem Haus werfen!» jammerte sie und sank an seine Brust. «Er wollte mich an den Schultern packen und hinauswerfen! Ich will meinen Mantel haben!»

«Das stimmt nicht!» widersprach Joe Markey hastig. «Kein Mensch will sie hinauswerfen!» Er wandte sich an John. «Kein Mensch will sie hinauswerfen», wiederholte er. «Sie...»

«Was meinen Sie mit Hinauswerfen?» unterbrach ihn John schroff. «Was soll das überhaupt alles heißen?»

«Oh, komm bloß!» rief Edith. «Ich will fort! Sie sind so *ordinär,* John!»

«Hören Sie mal!» Markeys Gesicht verfinsterte sich. «Das haben Sie nun oft genug gesagt. Sie stellen sich ein bißchen verrückt an!»

«Sie hat Edi einen Balg geschimpft!»

Zum zweiten Mal an diesem Nachmittag ließ die kleine Edi in einem unpassenden Augenblick ihren Gefühlen freien Lauf. Weil die lauten Stimmen sie verwirrten und erschreckten, begann sie zu weinen, und ihre Tränen erweckten den Anschein, als sei sie wegen der Beschimpfung schwer gekränkt.

«Was fällt Ihnen ein?» brach nun John los. «Beleidigen Sie Ihre eigenen Gäste?»

«Mir scheint, daß niemand als Ihre Frau sich beleidigend verhalten hat», erwiderte Markey steif. «Und Ihrem Kind haben wir ja den ganzen Aufruhr zu verdanken.»

John schnaufte nur verächtlich. «Wollen Sie einem kleinen Kind so etwas anhängen? Ist ja sehr männlich!»

«Sprich nicht mit ihm, John!» wiederholte Edith beharrlich. «Such meinen Mantel!»

«Mit Ihnen scheint's schlimm zu stehen, wenn Sie Ihre schlechte Laune an einem wehrlosen kleinen Kind auslassen wollen», entgegnete John zornig.

«Solche verdammte Verdrehung ist mir doch im Leben noch nicht vorgekommen!» brüllte Markey. «Wenn Ihre Frau da mal eine Minute ihren Mund halten würde...»

«Moment mal! Sie haben's jetzt nicht mit meiner Frau und dem Kind zu tun...»

Eine kurze Unterbrechung entstand. Edith hatte die Sachen in der Garderobe nach ihrem Mantel durchwühlt, und Mrs. Markey hatte sie mit zornigen, sengenden Augen beobachtet. Plötzlich legte sie Billy auf das Sofa, wo er sofort zu weinen aufhörte und sich hochsetzte. Sie trat in den Vorraum, fand schnell den Mantel und händigte ihn Edith wortlos aus. Dann ging sie zum Sofa zurück, hob Billy auf, wiegte ihn in den Armen und blickte wieder mit zornigen, sengenden Augen auf Edith.

Die Unterbrechung hatte keine halbe Minute gedauert.

Markey rief heftig: «Ihre Frau kommt daher und hebt ein großes Geschrei an, wie ordinär wir seien. Bleiben Sie doch weg, wenn wir Ihnen zu ordinär sind! Und vor allem: gehen Sie *jetzt* weg!»

Wieder schnaufte John kurz und verächtlich: «Sie sind nicht bloß ordinär, Sie sind auch furchtbar grob – zu wehrlosen Frauen und Kindern.» Er tastete nach der Klinke und stieß die Tür auf: «Komm jetzt, Edith!»

Seine Frau hob ihre Tochter auf den Arm und ging hinaus, und John musterte Markey verächtlich und wollte ihr folgen.

«Augenblick mal!» Markey trat einen Schritt vor; er zitterte ein wenig, und die zwei Adern an seinen Schläfen traten plötzlich prall heraus. «Sie bilden sich doch wohl nicht ein, daß Sie sich so was bei mir erlauben können? Bei mir nicht!»

Wortlos trat John aus der Tür und ließ sie offen.

Edith, die immer noch weinte, hatte sich schon auf den Heimweg gemacht. Nachdem John ihr mit den Blicken gefolgt war, bis sie ihren eigenen Gartensteig erreicht hatte, drehte er sich zu dem erhellten Hauseingang um und sah Markey langsam die schlüpfrigen Stufen hinunterkommen. John legte Mantel und Hut ab und warf sie neben dem Weg auf den Schnee. Dann trat er einen Schritt vor, wobei er auf dem vereisten Weg ein wenig ausglitt.

Beim ersten Hieb rutschten sie beide aus und schlugen schwer auf den Gartenweg. Dann richteten sie sich halb auf und rissen sich wieder um. Im dünnen Schnee auf dem Rasen konnten sie leichter Fuß fassen; sie stürzten aufeinander los, schwenkten die Arme und zertrampelten den beschneiten Boden unter ihren Füßen zu weichem Schlamm.

Die Straße war menschenleer, und abgesehen von ihren kurzen, müden Atemstößen und dem dumpfen Klatschen, wenn einer in den nassen Schneematsch fiel, spielte sich der Kampf lautlos ab. Im hellen Mondschein und bei dem bernsteinfarbenen Licht, das aus der Haustür fiel, waren sie deutlich füreinander sichtbar. Ein paarmal rutschten sie aus und fielen zusammen hin, und ein Weilchen wurde dann wie wild auf dem Rasen weitergedroschen.

Zehn, fünfzehn, zwanzig Minuten kämpften sie sinnlos im Mondschein. Während einer stillschweigend zugebilligten Pause hatten beide ihre Jacken und Westen abgelegt, und jetzt hingen ihnen die Hemden in aufgeweichten, nassen Fetzen vom Rükken. Beide waren zerschunden, mit Blut bedeckt und so erschöpft, daß sie nur noch stehen konnten, wenn sie sich in Ringerstellung gegenseitig stützten; beim kleinsten Schlag, ja selbst beim bloßen Ausholen zu einem Schlag stürzten sie beide auf die Knie und Hände nieder.

Doch war es nicht Müdigkeit, die dem Ganzen ein Ende machte; gerade weil der Kampf so sinnlos war, konnten sie ihn anscheinend überhaupt nicht abbrechen. Sie hielten jedoch inne, weil sie draußen auf dem Bürgersteig die Schritte eines Mannes hörten, gerade im Augenblick, als sie ineinander verschlungen auf dem Rasen rangen. Sie waren in den Schatten geraten, und als sie die Fußtritte vernahmen, kämpften sie nicht weiter; sie rührten sich nicht, atmeten kaum und lagen einfach wie zwei Indianer spielende Jungen zusammengekrümmt da, bis die Schritte verhallten. Dann torkelten sie auf die Füße und stierten sich wie zwei Betrunkene an.

«Hol' mich der Teufel, wenn ich diesen Blödsinn noch weiter betreibe!» sagte Markey heiser.

«Ich mach' auch nicht weiter», erwiderte John Andros. «Hab' genug!»

Wieder stierten sie sich an, diesmal trotzig, als argwöhne jeder, der andere könne ihn womöglich zu einer Fortsetzung des Kampfes zwingen wollen. Markey, dessen Lippe aufgeschlagen war, spuckte Blut; dann fluchte er leise, hob Rock und Weste auf und schüttelte mißbilligend den Schnee ab, als sei es sein einziger Kummer, daß sie feucht geworden waren.

«Möchten Sie reinkommen und sich waschen?» fragte er plötzlich.

«Nein, danke», erwiderte John. «Will lieber heim. Meine Frau wird sich Sorgen machen.»

Auch er hob Rock und Weste auf und dann seinen Mantel und den Hut. Weil er jetzt durchnäßt und schweißtriefend war, kam es ihm widersinnig vor, daß er vor einer halben Stunde noch soviel Sachen getragen hatte.

«Also – dann gute Nacht!» sagte er stockend.

Plötzlich traten sie aufeinander zu und schüttelten sich die Hand. Es war keine Formsache: John Andros legte den Arm um Markeys Schulter und klopfte ihm behutsam auf den Rücken.

«Alles in Ordnung?» fragte er heiser.

«Ja. – Und bei Ihnen?»

«Alles in Ordnung.» Nach kurzem Schweigen fuhr er fort: «Dann sag' ich also gute Nacht!»

«Gute Nacht!»

John Andros ging leicht humpelnd und mit den Sachen über dem Arm von dannen. Der Mond schien noch hell, als er den dunklen Fleck zertrampelten Bodens verließ und über die anstoßende Rasenfläche ging. Unten am Bahnhof, etwa eine halbe Meile entfernt, hörte er den Sieben-Uhr-Zug vorbeirattern.

«Aber du mußt ja vollkommen verrückt gewesen sein!» rief Edith überwältigt. «Ich glaubte, du würdest alles in Ordnung bringen und sie beruhigen. Deshalb bin ich weitergegangen.»

«Wolltest du denn, daß ich mich mit ihnen aussöhne?»

«Natürlich nicht. Ich will sie nie wiedersehen. Aber ich hab' geglaubt, du wolltest es gern.» Sie betupfte die Beulen am Nacken und auf dem Rücken mit Jod, während er zufrieden das heiße Badewasser genoß. «Ich will doch lieber den Doktor holen», redete sie ihm zu. «Du hast ja vielleicht eine innere Verletzung.»

Er schüttelte den Kopf. «Kommt nicht in Frage», erwiderte er. «Ich will nicht, daß es in der ganzen Stadt herumgetratscht wird!»

«Ich kann's nicht begreifen, wie es dazu kam.»

«Ich auch nicht.» Er lächelte grimmig. «Bei solchen Kindergesellschaften scheint es derb zuzugehen.»

«Jedenfalls bin ich froh», sagte Edith erleichtert, «daß wir für morgen, fürs Abendessen, Beefsteak im Hause haben.»

«Weshalb?»

«Für dein Auge natürlich. Um ein Haar hätte ich nämlich Kalbfleisch bestellt. Ist doch wirklich ein glücklicher Zufall!»

Eine halbe Stunde später stand John – bekleidet, aber ohne Kragen – vor dem Spiegel und bewegte versuchsweise seine Gliedmaßen. «Ich glaube, ich sollte mehr turnen», sagte er nachdenklich. «Ich werde langsam alt.»

«Meinst du, damit du ihn nächstes Mal besiegen kannst?» fragte sie.

«Ich habe ihn besiegt», erklärte er. «Wenigstens hat er ebensoviel wie ich bekommen. Aber von ‹nächstes Mal› ist keine Rede. Und du – halt den Mund und nenne niemanden ordinär! Wenn etwas los ist, nimm einfach deinen Mantel und geh nach Hause. Hast du verstanden?»

«Ja, Liebling», sagte sie kleinlaut. «Ich war dumm, das seh' ich jetzt ein.»

Draußen auf dem Flur blieb er plötzlich vor der Kinderzimmertür stehen.

«Schläft sie?»

«Fest. Aber geh nur hinein und schau sie dir an! Nur als Gutenachtgruß.»

Auf Zehenspitzen gingen sie hinein und beugten sich zusammen über das Bett. Mit vor Gesundheit glühenden Wangen und gefalteten rosigen Händchen lag die kleine Edi im kühlen, dunklen Zimmer und schlief fest. John faßte über das Bettgeländer und fuhr mit der Hand leicht über das seidenweiche Haar.

«Sie schläft», flüsterte er und war irgendwie verdutzt.

«Natürlich – nach so einem Nachmittag!»

«Miz Andros?» drang das scharfe Geflüster ihres Negermädchens vom Flur herein. «Master und Miz Markey sind unten und woll'n Sie besuchen. Master Markey ist ganz kaputt, Ma'am! Sein Gesicht ist wie Hackfleisch! Und Miz Markey ist furchtbar wütend.»

«Nein, so eine Unverschämtheit!» rief Edith. «Sag ihnen, wir sind nicht zu Hause! Um keinen Preis geh' ich nach unten!»

«Selbstverständlich gehst du!» Johns Stimme klang hart und entschlossen.

«Was?»

«Du gehst sofort nach unten, und außerdem wirst

du dich für heute nachmittag entschuldigen – einerlei, was die andere Frau sagt. Nachher brauchst du sie nie wiederzusehen.»

«Oh, John, das kann ich nicht!»

«Du mußt! Denke nur daran, daß es ihr wahrscheinlich doppelt so verhaßt war, zu uns zu kommen, wie dir, jetzt nach unten zu gehen.»

«Kommst du denn nicht auch? Soll ich etwa allein gehen?»

«Ich komme auch – in einer Minute.»

John Andros wartete, bis sie die Tür hinter sich geschlossen hatte; dann faßte er ins Bett, hob seine Tochter mitsamt den Wolldecken und Leintüchern heraus, setzte sich in den Schaukelstuhl und drückte sie an sich. Sie bewegte sich ein bißchen, und er hielt den Atem an, doch sie schlief fest, und im nächsten Augenblick schlummerte sie friedlich in seinem Arm weiter. Langsam beugte er den Kopf, bis seine Wange das helle Haar berührte. «Liebes kleines Ding», flüsterte er. «Liebes kleines Ding! Liebes kleines Ding!»

Endlich wußte John Andros, wofür er sich heute abend so herumgeschlagen hatte. Jetzt hielt er es, besaß es für immer, und ein Weilchen blieb er so im Dunkeln sitzen und schaukelte nur ein wenig hin und her.

LORD DUNSANY

1878–1957

Das doppelte Weihnachtsessen

Die schwerste Arbeit in meinem Leben? fragte der ältere Ingenieur. Ich habe Sümpfe untertunnelt und an den ungewöhnlichsten Orten Straßen gebaut. Aber das wirkliche Problem sind die Grenzen. Die Grenzen sind es, von denen alles abhängt. Die schwerste Arbeit, die ich jemals gemacht habe, das war an einem Weihnachtsabend vor vielen, vielen Jahren. Damals war ich natürlich noch jünger, sonst wäre es überhaupt nicht möglich gewesen. Aber seinerzeit habe ich es geschafft. Ich will Ihnen erzählen, worum es ging.

Ich verbrachte die Weihnachtsfeiertage bei alten Freunden, die auf dem Land lebten. Es gab keine Party. Es waren nur meine beiden Freunde da und ihre Tochter, die auf die sechzehn zuging. Ich glaube, im folgenden Jahr sollte sie in die Gesellschaft eingeführt werden. Wir hatten früh gegessen, wie sie es immer taten, wenn sie allein waren. Und weil ich ihr einziger Gast war, sahen sie sich nicht veranlaßt, daran etwas zu ändern. Um sieben Uhr abends setzten wir uns zu Tisch. Ich kann mich noch genau erinnern, was es gab, denn ich werde es wohl mein Lebtag nicht vergessen. Meine Gastgeberin gehörte zu jenen brillanten Geistern, die

Gast und Gastgeber
Radierung von Daniel Chodowiecki

sich nicht übermäßig mit Alltäglichkeiten abgeben, und wenn sie es doch einmal eine kurze Zeit lang tun müssen, vergessen sie es schnell wieder. Die Speiseplanung überließ sie deshalb immer ganz der Köchin. Und da sie eine ausgezeichnete Köchin hatten, gab es daran auch gar nichts auszusetzen. Ganz im Gegenteil – man konnte sicher sein, daß diese Köchin nichts vergessen würde, was immer Alice Etherington auch tun mochte. Und Jack Etherington, mein Gastgeber, wußte ein gutes Essen sehr wohl zu schätzen. Was es an diesem Abend gab, war ganz sicher ein gutes Essen. Ich kann mich erinnern, daß es mit Schildkrötensuppe losging, dann gab es irgendeinen Fisch. Danach ein Entree, zu dem ein leichter Wein gereicht wurde. Als nächstes kam der Braten, ein Hammelrücken, zu dem sie Champagner servierten. Und danach – denn schließlich war Weihnachten – gab es Truthahn, natürlich mit all den üblichen Beilagen, wozu auch Würstchen gehörten. Zum Dessert dann Plumpudding und ein oder zwei Mincepies. Und zum Abschluß eine pikante Nachspeise. Während Jack und ich noch bei einem Glas Portwein und ein paar gesalzenen Mandeln saßen, gingen meine Gastgeberin und ihre Tochter in den Salon hinüber. Da läutete es plötzlich an der Tür, und Jack fragte den Butler, was denn los sei. Es stellte sich heraus, daß der Pfarrer gekommen war, um seine Aufwartung zu machen.

«Ach, ja», sagte Jack. «Es wird sich um den verdammten Basar handeln. Alice hat schon die ganze Zeit versucht, ihm aus dem Weg zu gehen, aber jetzt hat er uns doch erwischt. Wir werden ein paar Preise stiften müssen. Und dann soll sie wohl die Veranstaltung eröffnen und ich eine Rede halten. Nun denn, das ist Kismet.»

«Warum kommt er denn so spät vorbei?» fragte ich.

«Oh, er ist den ganzen Tag mit irgend etwas beschäftigt», sagte Jack. «Er kann einfach keine Ruhe geben. Er ist der Fluch unser aller Leben hier. Wahrscheinlich hatte er keine Zeit, früher vorbeizukommen.»

Dann gingen wir in den Salon, wo Alice sich mit dem Pfarrer unterhielt. Ein eigenartiger Ausdruck stand ihr ins Gesicht geschrieben. Sie redeten nicht über den Basar, sie sprachen über das Wetter. Ich wurde vorgestellt, und Jack fiel in die Unterhaltung ein. Wir bemerkten, daß der Pfarrer Abendkleidung trug, aber genauso wie Jack nahm ich an, daß er ebenfalls früh gespeist hatte. Schließlich erhob sich Jack und ging zu seinem Schreibtisch hinüber. Als er wieder zurückkam, fragte er den Pfarrer, ob er ihm ein Bild weiter hinten im Salon zeigen dürfe, da er gern seine Meinung dazu hören würde. Als die beiden sich von uns abwandten, ließ Jack einen Umschlag auf die Lehne von Alices Sessel gleiten. «Er muß zum Essen gekommen sein», war darauf zu lesen. Und dann sagte Alice: «Ich habe ihn eingeladen!»

Mir fehlten die Worte, während sie fortfuhr: «Ich habe ihn eingeladen. Mündlich! Und dann hab' ich's vergessen. Er hatte mich wegen des Basars in die Enge getrieben, und ich mußte irgend etwas sagen. Also habe ich ihn gebeten, heute abend um acht zum Essen zu kommen. Was sollen wir jetzt machen?»

Auch dazu fiel mir nichts ein.

Doch Alice mochte vielleicht vergeßlich sein, phantasielos war sie nicht. Die Erstarrung wich bald von ihr, und als sie wieder zu reden begann, klang es deutlich und entschlossen. «Wir müssen das ganze Essen wiederholen», sagte sie. «Lucy, geh bitte und sag in der Küche Bescheid. Und außerdem, Lucy, du wirst neben ihm sitzen. Du mußt jeden einzelnen Gang mitessen.»

«Wie wunderbar», sagte Lucy, und schon war sie in der Küche verschwunden. Dann wandte sich Alice an mich.

«Dich werde ich an seine andere Seite setzen», sagte sie. «Ich werde so tun, als würde ich essen, und Jack wird auch so tun. Er kann wirklich keinen Bissen mehr hinunterbringen, es wäre sein Tod.»

«Ich kann ganz gut schauspielern», sagte ich. «Ich werde mein Bestes geben und so tun, als äße ich.»

«Nein, nein», sagte sie. «Wir können nicht alle so tun als ob. Wenn du nur so tust, als würdest du essen, wird er aufschauen und merken, was hier vorgeht. Du und Lucy, ihr müßt richtig essen. Ihr beide sitzt neben ihm. Ihm gegenüber am Tisch werden drei leere Stühle stehen. Freunde, die aus London kommen wollten und es wohl nicht mehr geschafft haben. Ich werde Lucy ausrichten, es so zu arrangieren. Und ihr müßt essen!»

«Guter Gott», sagte ich.

Alice sagte nichts.

«Und außerdem bin ich Antialkoholiker», warf ich ein.

«Das ist ja das Allerneuste», sagte Alice.

«Irgendwann muß man damit anfangen», sagte ich, «und ich habe soeben den Vorsatz gefaßt. Kein Pfarrer der Welt kann dagegen etwas einzuwenden haben.»

In dieser Beziehung mußte Alice nachgeben, aber was das Essen anging, blieb sie hart. Und zwar über jeden einzelnen Gang. Als Jack und der Pfarrer von dem Bild zurückkamen, sagte sie ganz einfach und ohne irgendeinen Unterton zu Jack: «Ich befürchte, die Madge-Collinsons kommen nicht mehr. Gerade habe ich Lucy in die Küche geschickt, damit sie dort ausrichtet, daß wir nicht länger auf sie warten wollen. Ich will auch gehen und ihnen sagen, daß sie die Stühle ruhig stehenlassen sollen, um das Essen nicht noch länger zu verzögern.»

Zum Pfarrer sagte sie: «Wir haben noch drei Freunde erwartet, aber sie sind leider nicht gekommen. Ich befürchte, wir werden uns mit dem Essen um fünf Minuten verspäten.» Das war alles.

Und dann begann das Essen wieder von vorn. Lucy hat es sehr genossen.

STEPHEN LEACOCK

1869–1944

Das fürchterliche Schicksal des Melpomenus Jones

Einigen Leuten fällt es außerordentlich schwer, sich nach einem Nachmittagsklatsch oder nach einer Abendgesellschaft zu verabschieden. Die Zeit geht vorbei, und es kommt der Augenblick, wenn der Besucher sich berechtigt fühlt, nach Hause zu gehen. Er steht auf und sagt plötzlich: «So, jetzt aber, denke ich...» Dann sagen die andern: «Ach, müssen Sie denn schon? Es ist ja noch nicht spät!» Und ein Wortgefecht entwickelt sich.

Der traurigste Fall dieser Art, der mir je zu Ohren gekommen ist, ist derjenige meines armen Freundes Melpomenus Jones. Er war Pastor von Beruf – ein lieber, netter Mann, erst dreiundzwanzig Jahre alt. Er konnte sich einfach nie von den Leuten losreißen. Er war zu bescheiden, um zu lügen, und zu fromm, um grob zu werden. Nun geschah es, daß er – am ersten Nachmittag seiner Sommerferien – einige seiner Freunde besuchte. Sechs Wochen hatte er Ferien, konnte machen, was er wollte – er hatte überhaupt nichts zu tun. Man plauderte eine Weile; er trank zwei Tassen Tee, nahm sich schließlich ein Herz und sagte: «So, also, ich glaube...»

Aber die Gastgeberin sagte: «Aber nein, Herr Jones, können Sie nicht noch ein bißchen bleiben?»

Jones war die Wahrheit selbst. «Sicher», sagte er, «natürlich, ich... ähm... kann schon noch bleiben.»

«Dann gehen Sie doch noch nicht.»

Er blieb. Er trank elf Tassen Tee. Die Nacht brach herein. Er erhob sich wieder.

«Nun also», sagte er schüchtern, «ich glaube wirklich...»

«Müssen Sie wirklich gehen?» sagte die Dame höflich. «Ich dachte, Sie könnten vielleicht zum Nachtessen bleiben...»

«Ach, ich könnte schon, wissen Sie», sagte Jones, «aber...»

«Dann bleiben Sie doch bitte. Mein Mann wird sich sicher freuen.»

«Also gut», sagte er schwach, «ich bleibe», und sank in seinen Stuhl zurück, gefüllt bis zum Hals mit Tee und in elendester Verfassung.

Papa kam nach Hause. Man aß zu Nacht. Während des Nachtessens dachte Jones nur daran, daß er sich um halb neun bestimmt verabschieden würde. Unterdessen fragte sich die ganze Familie, ob Jones dumm sei und irgend etwas auf dem Magen habe, oder ob er nur dumm sei.

Nach dem Essen versuchte Mama, ihn aufzuheitern und zum Sprechen zu bringen. Sie zeigte ihm Photographien. Sie zeigte ihm das ganze Familienmuseum – Dutzende von Alben –, Photographien von Papas Onkel und dessen Frau, von Mamas Bruder und seinem kleinen Jungen, ein unerhört interessantes Bild von Papas Onkels Freund in bengalesischer Uniform, eine äußerst gut gelungene Aufnahme vom Hund von Papas Großvaters Geschäftsteilhaber und eine kühne Photographie von Papa als Teufel bei einem Maskenball.

Um halb neun Uhr hatte Jones hunderteinundsiebzig Aufnahmen betrachtet. Etwa neunundsechzig waren übrig, die er noch nicht gesehen hatte. Jones erhob sich.

«Ich muß jetzt gute Nacht sagen», bat er.

«Gute Nacht sagen!» riefen sie. «Es ist ja erst halb neun! Haben Sie denn noch etwas zu tun?»

«Nein, gar nichts», gestand er. Er murmelte etwas von «sechs Wochen» und «bleiben» und brach in ein traurig-elendes Gelächter aus.

Es zeigte sich aber, daß der Familienliebling, ein liebes kleines Kerlchen, den Hut von Herrn Jones versteckt hatte; und so sagte Papa, daß er noch bleiben müsse. Man könne noch eine Pfeife rauchen und ein bißchen plaudern. Nur Papa rauchte und redete, aber Jones blieb. Er wollte sich mehrmals aufraffen, doch er fand die Energie nicht mehr. Mit der Zeit begann Jones Papa auf die Nerven zu gehen; er rutschte im Stuhl hin und her und sagte zuletzt mit offensichtlicher Ironie, daß Jones über Nacht bleiben solle, er könnte ja auf der Straße überfallen werden. Jones verstand die Ironie nicht und dankte ihm mit Tränen in den Augen. Papa führte Jones ins Gästezimmer und verfluchte ihn in allen Tonarten.

Nach dem Frühstück ging Papa in die Stadt zur Arbeit, während der verzweifelte Jones zurückblieb und mit dem Kind spielte. Seine Nerven waren am Ende. Den ganzen Tag wollte er weggehen, aber er fand den Mut nicht. Als Papa abends nach Hause kam, fand er zu seinem Erstaunen und Ärger, daß Jones noch immer da war. Er dachte, er könnte ihn mit einer witzigen Bemerkung loswerden und sagte, er würde ihm in Bälde eine Rechnung für Unterkunft und Verpflegung ausstellen müssen, ha, ha! Der unglückselige junge Mann starrte einen Augenblick wild vor sich hin, ergriff dann Papas Hand, bezahlte ihm einen Monat Zimmer und Verköstigung im voraus, klappte zusammen und schluchzte wie ein Kind.

Während der folgenden Tage brütete er vor sich hin und sprach mit niemandem. Er hielt sich natürlich in der Stube auf, und seine Gesundheit litt unter dem Mangel an frischer Luft und Bewegung. Er verbrachte die Tage, indem er Tee trank und Photographien betrachtete. Stundenlang konnte er vor dem Bild von Papas Onkels Freund in bengalesischer Uniform stehen und sich laut mit ihm unterhalten – oder es beschimpfen. Mit seinen geistigen Kräften ging es abwärts.

Schließlich kam der Zusammenbruch. In wildem Fieberdelirium wurde er in sein Zimmer getragen. Die Krankheit, die nun folgte, war schrecklich. Er erkannte niemanden, nicht einmal Papas Onkels Freund in der bengalesischen Uniform. Von Zeit zu Zeit richtete er sich plötzlich im Bett auf und schrie: «So, jetzt aber, denke ich…», aber nur, um mit einem grauenerregenden Gelächter wieder in die Kissen zurückzufallen. Manchmal sprang er auch aus dem Bett und schrie: «Noch eine Tasse Tee, noch mehr Photographien! Mehr Photographien! Hurra! Hurra!»

Schließlich, nach einem Monat schwersten Leidens, an seinem letzten Ferientag, gab er seinen Geist auf. Man erzählt sich, daß er sich kurz vor dem Ende noch einmal aufgerichtet und mit einem feinen Lächeln des Selbstvertrauens auf dem Gesicht gesagt habe: «So… die Engel rufen mich. Leider muß ich jetzt wirklich gehen. Adieu.»

Und seine Seele verließ ihr Gefängnis noch schneller als eine Katze, die, von einem Hund verfolgt, über die Hecke setzt.

QUELLENNACHWEIS

Andrejew, Leonid N.
Bargamot und Garaska. Aus: Andrejew, «Erzählungen». Übertragung aus dem Russischen und Nachwort von Paul Gebhard. © Manesse Verlag, Zürich 1974.

Beerbohm, Max
Gast und Gastgeber. Aus: Beerbohm, «Der unvergleichliche Max. Erzählungen und Essays». Übertragung aus dem Englischen und Nachwort von Fritz Güttinger. © Manesse Verlag, Zürich 1975.

Camus, Albert
Der Gast. Aus: Camus, «Jonas oder Der Künstler bei der Arbeit. Gesammelte Erzählungen». Übertragung aus dem Französischen von Guido Meister. © Rowohlt Verlag, Reinbek 1966.

Lord Dunsany (Edward John Moreton Dunsany)
Das doppelte Weihnachtsessen. Aus: «Der kleine Adventsbegleiter». Auswahl und Übertragung aus dem Englischen von Anne Rademacher. München und Zürich 1995. © Curtis Brown, London, und Agence Hoffman, München.

Fitzgerald, Francis Scott
Die Kindergesellschaft. Aus: «Amerikanische Erzähler von F. Scott Fitzgerald bis William Goyen». Übertragung aus dem Amerikanischen von Elisabeth Schnack. © Manesse Verlag, Zürich 1957.

Leacock, Stephen

Das fürchterliche Schicksal des Melpomenus Jones. Aus: «Kanadische Erzähler». Auswahl und Übertragung aus dem Englischen von Armin Arnold und Walter Riedel. © Manesse Verlag, Zürich 1967.

Mann, Thomas

Gefallen. Aus: Mann, «Gesammelte Werke in dreizehn Bänden», Band 8. © S. Fischer Verlag, Frankfurt a.M. 1960, 1974.

Mansfield, Katherine

Die Gartenparty. Aus: Mansfield, «Erzählungen und Tagebücher». Übertragung aus dem Englischen und Nachwort von Ruth Schirmer. © Manesse Verlag, Zürich 1974.

Maupassant, Guy de

Das Scheit. Aus: Maupassant, «Weitere fünfzig Novellen». Auswahl, Übertragung aus dem Französischen und Nachwort von N.O. Scarpi. © Manesse Verlag, Zürich 1967.

Moravia, Alberto (Alberto Pincherle)

Appetit. Aus: Moravia, «Römische Erzählungen». Übertragung aus dem Italienischen von Katarina Helmling. Reinbek 1965. © Eulama, Rom.

Parker, Dorothy

Begegnung zwischen Schwarz und Weiß. Aus: Parker, «Kurzgeschichten». Übertragung aus dem Amerikanischen von Eva Roeder. © Humanitas Verlag, Zürich 1947.

Radecki, Sigismund von

Der Kontakt. Aus: Radecki, «Nebenbei bemerkt». München 1954. © Ruth Weilandt-Matthaeus.

Remisow, Alexej

Der ersehnte Gast. Aus: Remisow, «Der goldene Kaftan». Übertragung aus dem Russischen und Nachwort von Ilma Rakusa. © Manesse Verlag, Zürich 1981.

Saki (Hector Hugh Munro)
Gäste. Aus: Saki, «Meistererzählungen». Auswahl und Nachwort von Mary Hottinger. Übertragung aus dem Englischen von Günter Eichel. © Diogenes Verlag, Zürich 1964, 1973.

Söderberg, Hjalmar
Die Abendeinladungen des Generalkonsuls. Aus: Söderberg, «Erzählungen». Auswahl und Übertragung aus dem Schwedischen von Helen Oplatka. © Manesse Verlag, Zürich 1976.

Somerville und Ross (Edith Somerville und Martin Ross)
Poisson d'avril. Aus: «Irische Erzähler». Auswahl und Übertragung aus dem Englischen von Elisabeth Schnack. © Manesse Verlag, Zürich 1952.

Svevo, Italo (Ettore Schmitz)
Feuriger Wein. Aus: Svevo, «Die Erzählungen I». Übertragung aus dem Italienischen von Maria Seidl Gschwend. © Rowohlt Verlag, Reinbek 1983.

Thoreau, Henry David
Besuch. Aus: Thoreau, «Walden oder Hüttenleben im Walde». Übertragung aus dem Amerikanischen und Nachwort von Fritz Güttinger. © Manesse Verlag, Zürich 1972.

Villiers de l'Isle-Adam, Auguste
Der Gast der letzten Feste. Aus: Villiers de l'Isle-Adam, «Erzählungen». Auswahl und Übertragung aus dem Französischen von N.O.Scarpi. © Manesse Verlag, Zürich 1970.

Walser, Robert
Dinerabend. Aus: Walser, «Prosa». Auswahl und Nachwort von Walter Höllerer. © Suhrkamp Verlag, Frankfurt a.M. 1960, und die Carl Seelig Stiftung, Zürich.

13 Scheibenriß von D. Lindtmeyer, 1588. Schweiz. Landesmuseum Zürich (Inv. Nr. LM-25635)

25 Radierung von Daniel Chodowiecki, 1787. Graphische Sammlung der ETH, Zürich

31 Radierung und Aquatinta von Daniel Chodowiecki, 1758. Graphische Sammlung der ETH, Zürich

57 Scheibenriß von D. Lindtmeyer, 1594. Schweiz. Landesmuseum, Zürich (Inv. Nr. LM-30692)

117 Scheibenrißfragment, um 1600. Schweiz. Landesmuseum, Zürich (Inv. Nr. LM-24677)

143 Radierung von Daniel Chodowiecki. Berliner genealogischer Calender auf das Jahr 1787. Graphische Sammlung der ETH, Zürich

167 Radierung von Daniel Chodowiecki. Becker's Almanach für 1798. Graphische Sammlung der ETH, Zürich

195 Scheibenriß von Hieronymus Lang, 1554. Schweiz. Landesmuseum, Zürich (Inv. Nr. LM-24764)

231 Scheibenriß. Der verlorene Sohn (viertes Bild) von H. Jegli, 1624. Schweiz. Landesmuseum, Zürich (Inv. Nr. AG-11898)

273 Radierung von Daniel Chodowiecki. Göttinger Taschen Calender vom Jahr 1783. Graphische Sammlung der ETH, Zürich

299 Radierung von Daniel Chodowiecki. Göttinger Taschen Calender vom Jahr 1779. Graphische Sammlung der ETH, Zürich

367 Radierung von Daniel Chodowiecki, 1782. Graphische Sammlung der ETH, Zürich

INHALT

Diese Buchausgabe der *Manesse Bibliothek der Weltliteratur*
wurde mit der Berthold Bembo BQ gesetzt, im
Bogenoffset gedruckt und in Fadenheftung gebunden.
Alle verwendeten Materialien entsprechen alterungs-
beständiger Qualität, und die Papiere sind
chlor- und säurefrei.

Die Deutsche Bibliothek – CIP-Einheitsaufnahme

Einladungen: kleine und große
Feste in der Weltliteratur
Hrsg. von Anne Marie Fröhlich
Zürich: Manesse Verlag, 1997
(Manesse Bibliothek der Weltliteratur)
ISBN 3-7175-1906-9 Gewebe
ISBN 3-7175-1907-7 Ldr.